dtv

Erholung auf dem Lande hat ihr der Arzt verordnet. Von einem gänzlichen Ausstieg aus ihrem bisherigen Leben war nicht die Rede. Doch genau das tut »Miss Peckwitt«. Sie hängt ihren Lehrerinnenberuf (dank einer unverhofften kleinen Erbschaft) an den Nagel, verläßt die ungesunde nordenglische Industriestadt, in der sie bislang gearbeitet hat, und fährt einem Abenteuer auf den Hebriden entgegen. Schuld ist ein Brief, in dem eine Gegend angepriesen wird, in der es so ruhig ist, daß sich selbst die Schafe auf den Hügeln einsam fühlen. Neugierde und der Wunsch, den Schafen Abwechslung zu bringen, lassen »Becky« alle Warnungen in den Wind schlagen ...

Lillian Beckwith wurde in Ellesmere Port/Cheshire geboren und hat fast zwanzig Jahre auf den Hebriden gelebt. Ihre Erfahrungen mit Land und Leuten hat sie in zahlreichen Romanen und Kurzgeschichten niedergeschrieben. Heute lebt sie auf der Isle of Man in der Irischen See.

Lillian Beckwith

In der Einsamkeit der Hügel

Roman

Deutsch von Isabella Nadolny

Deutscher Taschenbuch Verlag

Von Lillian Beckwith
sind im Deutschen Taschenbuch Verlag erschienen:
Die See zum Frühstück (8460)
Auf den Inseln auch anders (11891)
Der Lachs im Pullover (25135)
Ein frischer Wind vom Meer (25140)

Ungekürzte Ausgabe
Oktober 1998
2. Auflage Juli 1999
Deutscher Taschenbuch Verlag GmbH & Co. KG,
München

Titel der englischen Originalausgabe:
›The Hills Is Lonely‹ (Hutchinson & Co. Ltd.,
London 1959)

Umschlagkonzept: Balk & Brumshagen
Umschlagbild: Ausschnitt des Gemäldes ›Carthillon Cliffs‹
von John Brett (1830–1902)
(Royal Holloway and Bedford New College/© The Bridgeman
Art Library)
Gesetzt aus der Stempel Garamond 12/14˙ (WinWord 6.0)
Gesamtherstellung: C. H. Beck'sche Buchdruckerei,
Nördlingen
Gedruckt auf säurefreiem, chlorfrei gebleichtem Papier
Printed in Germany · ISBN 3-423-25148-4

Für:
Lachlan, den Sohn von Peter
Johnny, den Sohn von Alistairs Frau
Angus, den Sohn des Dudelsackpfeifers
und Morag, die Witwe von Hamish

Ankunft

Wenn Sie noch nie eine stürmische Winternacht auf den Hebriden verbracht haben, können Sie sich das Wetter nicht vorstellen, das an dem Tag herrschte, als ich reisemüde und erschöpft an dem verlassenen kleinen Steg eintraf, um auf das Boot zu warten, das mich zu der »unglaublichen Insel« übersetzen sollte. Es war eine schreckliche Nacht. Eine Nacht, in der man sich nach der glühenden Hitze eines lodernden Feuers sehnt, nach Pantoffeln und einem Kreuzworträtsel. Und ich stand allein in der feindseligen, stürmischen Finsternis, durchnäßt, frierend und niedergeschlagen, und meine Zähne klapperten unkontrollierbar. Von drei Seiten her brüllte und wogte das rasende Meer, und der Sturm zerrte und rüttelte an meinen Kleidern und versuchte mit aller Kraft, mich umzureißen. Der stetige Regen stach mich in die Augen, ins Gesicht und in die Beine, er tropfte von meinem ruinierten Hut und rann mir in den Kragen, fand die Luftlöcher in meinem Gummimantel und kroch mir neugierig in die Achselhöhlen.

Irgendwo weit draußen auf den stürmischen Wellen blitzte ein Licht auf. Aus zusammengekniffenen Augen verfolgte ich es und sah fasziniert und entsetzt, wie es wieder und wieder auftauchte und verschwand. Mit steifen Fingern knipste ich meine Taschenlampe an: Die Batterie war neu, und der helle Strahl durchdrang den dichten Regen ein paar Meter weit. Rasch knipste ich sie wieder aus. Für eine ängstliche Landratte wie mich war das Geräusch der See bedrohlich genug, ihr Anblick war hundert Prozent feindselig. Heimweh überfiel mich. Warum, ach warum war ich so tollkühn gewesen – und so eigensinnig! Und das alles sollte auch noch gut für meine Gesundheit sein? Warum saß ich nicht mit Mary im gemütlichen Wohnzimmer unserer Stadtwohnung, tauchte Pfeffernüsse in kochendheißen Tee und verfolgte vom Lehnstuhl aus die Großtaten meines Lieblingsdetektivs? Die zweite Frage war recht einfach zu beantworten. Die erste schon schwieriger.

Als ich vor ein paar Monaten krank war, hatte mir mein Arzt dringend geraten, zur völligen Erholung aufs Land zu fahren. Eine unverhoffte Erbschaft in Form einer kleinen Rente hatte es mir ermöglicht, einen nicht besonders gut bezahlten Lehrerinnenposten in einer nordenglischen Industriestadt aufzugeben und mich nach einem Ort umzusehen, an dem ich innerhalb der Grenzen meines Portemonnaies nach den Worten meines Arztes »ausruhen konnte, ohne zu faul zu sein, und faulenzen, ohne zu unruhig zu werden«.

Mein Inserat in einer weitverbreiteten Zeitschrift hatte eine wahre Lawine verlockender Angebote ausgelöst. England, so schien es, war gespickt mit kleinen Paradiesen für jemand, der erholsame Abgeschiedenheit suchte, und ich hatte schon fast beschlossen, mich vorübergehend auf eine Farm in Kent zu begeben, als mir der Postbote einen Brief brachte, der meine Pläne umstieß. Der Umschlag trug einen Stempel von den Hebriden, die Handschrift war krakelig, aber einigermaßen lesbar, und der Inhalt entwarf ein so lebendiges und einladendes Bild wie ein Plakat für Eisenbahnreisen. Er lautete folgendermaßen:

Bruach

Liebe Madam,
hab Ihre Anzeige eben erst gesehn, weil ich das Strickmuster von meiner Base Catriona gekriegt hab, das ich brauch. Tut mir leid, daß ich nicht bälder geschrieben hab, weil Sie jetzt sicher schon alles festgemacht haben, aber wenn Sie noch nicht alles festgemacht haben, hätte ich ein prima Steinhaus und mein Bruder Ruari, der kalkt es zweimal im Jahr von oben bis unten. Ruari ist verheiratet und wohnt gleich nebenan. Feucht ist es nicht. Ich wohne allein und Sie könnten das Zimmer haben, das nicht Küche und nicht Schlaf-

zimmer ist zu mäßigem Preis. Bis vor kurzem war ich beim Gutsherrn in der Küche, dann ist er dahingegangen, er ruhe in Frieden der arme alte Herr. Sie wären hier sehr willkommen. Ich hab auch eine Kuh für Milch und Eier und wenn Sie wollen, kann der Geistliche vom Pfarrhaus mich empfehlen.

Freundliche Grüße
Morag McDugan

P.S. Strohdach hat es keins.

Mary, die mir beim Lesen über die Schulter blickte, brach in lautes Lachen aus. Wir lachten noch, als wir abends zu Bett gingen, und ich träumte von einem Pfarrer in vollem Ornat, der um einen Fußballplatz rannte und eine Schiedsrichterpfeife trillern ließ, während zwei Mannschaften kalkbespritzter Männer ein Kuhei umdribbelten – es sah aus wie ein holländischer Käse – und ein alter Mann sich verstohlen in eine Küche zurückzog.

Ich beschloß, das Angebot aus Kent noch etwas offenzulassen, und schrieb am nächsten Morgen an Morag McDugan. Mary gegenüber entschuldigte ich das mit dem Hinweis, eine weitere Korrespondenz brächte möglicherweise noch mehr Amüsantes. Insgeheim aber gestand ich mir ein, daß die Naivität dieses Briefes mir so sehr gefallen hatte, daß ich den Gedanken an einen Aufenthalt dort bereits ernstlich erwog. Die Antwort von Morag (wir nannten sie schon beim Vornamen) enttäuschte uns nicht. Ihre Anweisungen betreffend der Reise waren klar und offensichtlich von einem erfahrenen Reisenden diktiert. Die Antworten auf meine Fragen bezüglich Ruhe und Entfernung vom Meer aber stammten allein von ihr.

»Klar ist es ruhig hier, auch die Schafe auf den Hügeln sind ganz einsam, und das Meer ist so nahe, daß ich es jeden Tag für die Mülle benutz.«

Marys Lider zuckten.

»Und was schreibt sie über die Wasserversorgung?«

»Wir haben eine gute Quelle gleich nebenan und keine Viecher dran.«

Mary schauderte demonstrativ.

»Wie gut, daß du sowieso nicht hinfährst, Becky«, sagte sie.

»Ich glaube, genau das werde ich tun«, sagte ich plötzlich. Ich hatte aber nur laut gedacht – und mich noch nicht endgültig entschlossen.

Mary sah mich ungläubig an. »Aber das kannst du doch nicht machen, Becky«, mahnte sie. »Das geht doch nicht.«

»Warum denn nicht?« verteidigte ich mich. »Ich lerne gern neue Menschen und ihre Verhältnisse kennen. Und überhaupt war ich noch nie in Schottland.«

»Nun sei nicht töricht«, mahnte Mary. »Zugegeben, die Frau klingt ulkig und auch der Ort, aber es wäre albern, sich davon bestechen zu lassen. Es ist gar nicht so komisch, unter Bedingungen zu leben, wie diese Briefe sie andeuten.«

»Ich bin überzeugt, es wäre sogar noch komischer«, erwiderte ich mit einer Forschheit, die ich keineswegs empfand. »Schließlich gibt es nicht viele Mehrzweckkühe auf der Welt, und es wird Zeit, daß sich jemand der armen, einsamen Schafe annimmt.«

Mary lachte glucksend und wiederholte: »Nun sei nicht töricht.«

Ihre Worte bestärkten mich in meinem Entschluß. »Ich möchte eben einmal töricht sein«, entgegnete ich.

Mary war nicht die einzige, die mir zuredete, die unleugbaren Vorteile eines Gutshauses in Kent nicht gegen den zweifelhaften Charme einer Kate auf den Hebriden einzutauschen. Als ich mit meinem Arzt über meinen Plan sprach, war auch er skeptisch.

»Sehr vernünftig finde ich das nicht«, sagte er ganz ernst. »Bekannte von mir, die auf den Hebriden waren, sagen, daß die dortigen Einheimischen nur halb zivilisiert sind.«

»Nun denn«, sagte ich munter, »das werde ich dann schon selber merken« und setzte hinzu: »Ich bin wirklich fest entschlossen.«

Er sah mich kurz an, zuckte dann die Achseln und erhob sich. »In diesem Fall«, warnte er, »sollten Sie sich von mir gegen Typhus impfen lassen.«

Geimpft war ich mittlerweile, und nun ich so allein und verstört auf dem Landungssteg stand, war ich aufrichtig erstaunt, daß ich mich je auf ein solches Abenteuer eingelassen hatte, und ebenso aufrichtig froh, daß mich weder der Doktor noch Mary in meiner mißlichen Lage sahen.

Das von mir wahrgenommene Licht schwankte näher, und mit eisigem Schreck stellte ich fest, daß es zum Masttopp eines winzigen Bootes gehörte und sein Auftauchen und Verschwinden damit zusammenhing, daß sich das Boot auf gewaltigen Brechern hob und senkte. Es kam langsam näher, und der dunkle Umriß seines Bugs hüpfte verwegen, bis es unmöglich noch näher kommen konnte, ohne am steinernen Pier zu zerschellen. Doch dann lag es plötzlich längsseits, und eine in triefende Ölhaut gekleidete Gestalt in hüfthohen Stiefeln sprang an Land, ein Tau in Händen.

»Kommen Sie vom Zug?« rief diese Gestalt und wickelte das Seil um den Polder.

Die Frage schien an mich gerichtet. »Ja«, schrie ich zurück. »Ist das das Fährboot?«

»Aye.« Er spuckte aus mit aller Würde eines Mannes, der seine Visitenkarte abgibt, und hielt das offenbar für eine hinlängliche Vorstellung.

»Sonst noch wer fürs Fährboot?« Wieder war ich gefragt und lugte blinzelnd in die mich umgebende Finsternis.

»Weiß nicht!« schrie ich zurück.

Der Mann brummte: »Warn viele im Zug?«

Allmählich schwante mir, welchen Grad der Vertraulichkeit ich von meiner neuen Umgebung zu erwarten hatte.

»Ziemlich viele Leute waren im Zug«, antwortete ich, »die sind aber alle verschwunden.« Spontan warf ich einen Blick nach rückwärts und bereute es sofort, weil diese Bewegung ein paar eisige Rinnsale neue Wege finden ließ.

»Sind Sie schon lang da?«

Ich fand, die Fragen wurden allmählich sinnlos, und war versucht, die zehn Minuten, die meine Uhr anzeigte, gewaltig zu übertreiben. Doch dann antwortete ich doch wahrheitsgemäß. Wieder spuckte der Mann aus.

»Wenn Sie heut abend noch fahrn wolln, kommen Sie besser an Bord«, brummte er.

Zweifellos war dies ein Beispiel für die mürrische Art der Hebriden-Bewohner, vor der man mich gewarnt hatte, doch im Moment schien sie mir besonders unangebracht. Zögernd tastete ich mich vorwärts. Zwischen dem Boot und dem Landungssteg kochte ein wogender Abgrund, und ich hatte schreckliche Angst, in ihn hinabzutreten.

»Achtung jetzt!« befahl eine andere Stimme aus der Dunkelheit energisch, als ich wartete, bis das Deck hoch genug heraufsprang, damit ich an Bord klettern konnte, ohne so etwas wie eine gymnastische Übung vollbringen zu müssen.

»Ich kann nichts sehen!« jammerte ich. Fast noch ehe die Worte ausgesprochen waren, fühlte ich mich von starken Armen gepackt und unsanft über das Dollbord und in die Tiefe des Bootes bugsiert. Meine Waden stießen an etwas Festes, und ich ging schwer zu Boden. Es gelang mir noch, einen Dank zu stammeln, aber ich hätte mir den Atem dafür sparen können, denn die Männer hatten kaum mich und meine Habseligkeiten sicher an Bord, da hatten sie nur noch ihre Arbeit im Sinn. Elend vor Angst, Kälte und Zorn, alle Muskeln angespannt, klammerte ich mich verbissen an meinen Sitz, um nicht bei jedem Schlingern des Bootes über Bord zu gehen. Es kamen keine weiteren Passagiere. »Niemand sonst«, dachte ich stumpfsinnig, »ist ein solcher Idiot, in einer Nacht wie dieser überzusetzen.« Der Gedanke machte mich schlagartig aktiv.

»Ich steige aus«, schrie ich, meine Stimme klang schrill vor Todesangst. »Heute abend fahre ich nicht. Es ist zu stürmisch!«

»Setzen Sie sich hin«, kam die verächtliche Antwort. »Sie können doch bei dem Wetter nicht zum Spaß ins Boot und wieder raus.«

»Spaß?« gab ich wütend zurück und war drauf und dran, den beiden zu erklären, wie groß dieser Spaß sei, da füllte ein Schwall Gischt mir den Mund und erstickte buchstäblich jede Rede. Der Bootsmann mochte seinen Sarkasmus tröstend gemeint haben, doch ehe ich einen weiteren Einwand hätte formulieren können, war ein kurzer Befehl zu hören, die Männer sprangen ins Boot, und der langsam tuckernde Motor kam auf Touren. Wir hatten abgelegt, und ich mußte mich mit allem abfinden, was möglicherweise nun kam.

Am Geräusch des Motors konnte ich zwar erraten, daß wir den Steg verlassen und uns in Bewegung gesetzt hatten, aber bei dem wütenden Anprall der Wellen gegen den Bug kam es mir wahrscheinlicher vor, daß wir rückwärts getrieben wurden. Manchmal schien das Boot sich flehend auf dem Heck aufzurichten, dann wieder kopfüber hinabzutauchen. Ich war jedesmal überzeugt, daß sich der Bug nie wieder aus dem Wasser heben würde. Meine gequälten Gedanken verglichen den Vorgang mit der großen Schiffschaukel auf dem Jahrmarkt in Blackpool, einem Vergnügen, daß ich mir einmal angetan, seither aber gemieden hatte. Dies jedoch war eine ganze Kette von Schiffschaukeln und bei jedem Tauchen in den Abgrund verknotete sich mir der Magen. Während das Boot dramatisch stampfte und schlingerte, rülpste die See über das eine oder andere Dollbord. Schon strudelte eisiges Wasser mir um die Knöchel. »Wie lange noch?« fragte ich mich in meinem Elend. Dann begann ich zu wimmern und in einem Anfall von Feigheit zu beten – abwechselnd um Rettung und um einen raschen Tod. Mir war entsetzlich übel, doch die Angst verspannte meine Muskeln so sehr, daß ich mich nicht übergeben konnte.

Neben mir erhob sich eine dunkle Gestalt. Ich wußte schlagartig, daß nun das Unheil da war, daß dieser Mann mir mitteilen wollte, ich solle mich retten, so gut ich konnte, weil das Boot sank. Ich unterdrückte einen Aufschrei, zerrte meine Taschenlampe aus der Tasche und suchte verstört ringsum nach einem Rettungsring. Ich entdeckte keinen. Der Mann blieb regungslos und schweigend stehen, und ich glaubte, er sei von ebensolcher Angst erfaßt wie ich. Ich zitterte von Kopf bis Fuß.

»Was ist denn?« fragte ich mit schwacher Stimme.

»Macht zehn Pence.« Die Stimme klang klar und sachlich.

»Zehn Pence?« brach es ungläubig kreischend aus meiner Kehle. Erleichterung durchflutete meinen zitternden Körper wie ein Schluck heißer Brandy. Fast hätte ich gelacht. Törichterweise lockerte ich meinen Griff am Sitz, und eine plötzliche Schlingerbewegung des Bootes warf mich heftig gegen den Mann.

»Ruhig!« mahnte er mich.

»Sagen Sie das dem Boot«, entgegnete ich schnippisch. Fast in Hochstimmung tastete ich nach meinem Portemonnaie und gab dem Mann einen Shilling. Er wühlte ernsthaft nach zwei Pennies Wechselgeld und reichte sie mir zusammen mit dem Billett. Letzteres verlor ich sofort, aber die zwei Pennies umkrampfte ich wie einen Talisman. Es schien phantastisch: Zwei Pennies Wechselgeld nach einer Nacht wie dieser! Zwei Pennies Wechselgeld, wo ich darauf vorbereitet gewesen war, alles zu verlieren. Ich wurde geradezu übermütig.

Der Mann verschwand, und ich blieb wieder allein, doch jetzt konnte ich manchmal flüchtig den Inselsteg erkennen mit seiner einzigen Laterne und etwas, das aussah wie zwei Scheinwerfer, die die Dunkelheit dahinter durchdrangen. Obwohl ich mich immer noch am Sitz festhalten mußte, weil das Boot Kunstfiguren vollführte, die einem Flugzeug besser angestanden hätten, und obwohl ich kein bißchen weniger durchgefroren und naß war als vor ein paar Minuten, hatte mir der Erwerb eines Billetts zum Preis von zehn Pence neue Zuversicht eingeflößt. Hatte ich doch genug über das Wesen der Schotten gehört, um sicher zu sein, daß diese zehn Pence Aussicht hatten, ihren Bestimmungsort sicher zu erreichen. Sonst hätte man wohl das Gewicht des Geldes bei meinem Körper gelassen und nicht noch dem schweren Ölzeug und den Wasserstiefeln hinzugefügt.

Wie ein Rennpferd, das den Stall riecht, tollte das Boot übermütig am Steg, und ich wurde unverzüglich so zwanglos ausgeladen, wie ich verstaut worden war. Die Scheinwerfer, die ich vorhin bemerkt hatte, waren vorübergehend erloschen, blendeten aber jetzt wieder auf und beleuchteten scharf meine Jammergestalt.

Eine Wagentür schlug zu, und eine klangvolle Männerstimme fragte: »Sind Sie die für McDugan, Madam?«

»Bin ich«, erwiderte ich dankbar und wäre dem Sprecher beinahe um den Hals gefallen.

»Bitte hierher«, sagte die Stimme höflich. »Ich hab das Taxi für Sie da.«

Eine große Gestalt im Mantel nahm meine beiden Koffer, führte mich zu den Scheinwerfern und öffnete die Tür eines uralten Sportzweisitzers mit einem Schwung, der eines Rolls-Royce würdig gewesen wäre. Viel Schutz bot er nicht, aber ich kletterte heilfroh hinein, und von irgendwoher aus dem Fond zauberte der Fahrer aufmerksamerweise eine Decke herbei, die zwar grob und haarig war und fürchterlich nach Moder stank, über die ich aber sehr froh war, dämpfte sie doch das Aneinanderschlagen meiner Knie. Als wir vom Kai wegfuhren, sauste und brauste der Wind innerhalb wie außerhalb des Gefährts. Silbriger Regen ergoß sich über die Windschutzscheibe, und die Sicht war auf den von den Scheinwerfern beleuchteten Teil des Weges beschränkt. Der Fahrer, der die ganze Zeit freundlich schwatzte, unterrichtete mich netterweise, daß der Weg fast durchgehend der Küste folgte, und ich mußte seine Versicherung akzeptieren, daß man hier »wenn's schön ist, eine großartige Aussicht hat«.

Ein paar Meilen mühte sich der Wagen geräuschvoll vorwärts, dann bog er unvermittelt in einen lächerlich schmalen, beidseits von hohen Mauern gesäumten, von rasch aufeinander folgenden Brücken überwölbten Weg und kam langsam zum Stehen. Ich dachte schon, uns sei das Benzin ausgegangen, denn weder Lichter noch Häuser waren zu sehen. Nichts als Weg, Mauern und Regen.

»Angekomm'«, verkündete der Fahrer, indem er die Tür aufstieß und von seinem Sitz rutschte. Er hätte keine irrigere Feststellung treffen können. Dies war mit Sicherheit nicht der Ort, an den ich wollte, doch es sah leider so aus, als sei es das, was mir blühte.

Er zog die Mütze auf der dem Wind ausgesetzten Gesichtshälfte weiter herunter, stellte überflüssigerweise auch noch den Mantelkragen auf, fluchte leise vor sich hin, während er die rückwärtige Klappe des Wagens öffnete und mit meinem Gepäck zu kämpfen begann. Im gleißenden Scheinwerferlicht drosch der Regen noch immer herunter, als hätte jeder Tropfen es persönlich auf jeden Kiesel des Weges abgesehen. Einen solchen Wolkenbruch hatte ich meiner Lebtage noch nicht gesehen.

Verzweifelt schaudernd zog ich den Gummimantel enger um die Schultern und lugte angstvoll über den Rücken des Fahrers in der innigen Hoffnung, er hätte so nah wie möglich am Eingang gehalten. Ich wurde enttäuscht. Auf beiden Seiten des Wagens erhoben sich undurchdringliche Mauern, und ich erkannte, daß nicht nur sie hoch ragten, sondern daß auch noch der Weg tief eingeschnitten war, so daß ein Erdwall zu beiden Seiten eine unüberwindliche Barriere von etwa zwei Metern zwischen dem Weg und der anderen Seite bildete.

»Ich sehe keinen Eingang«, beklagte ich mich gereizt.

Der Fahrer unterbrach seinen Versuch, meinen zweiten Koffer durch die Wagentür zu stemmen. »O nein«, versicherte er mir mit zungenfertiger Freundlichkeit, »es gibt gar keinen. Klettern Sie nur über die Mauer, das Haus ist gleich dahinter.«

Ich hätte nicht erstaunter sein können, wenn er gesagt hätte, ich solle auf das Herablassen der

Zugbrücke warten. Allmählich wurde mir klar, daß für einen Aufenthalt in Bruach akrobatische Ausbildung nötig war.

»Über Mauern klettern kann ich nicht«, widersprach ich, »und die da ist gute zwei Meter hoch. Es wird doch bestimmt noch einen anderen Eingang geben.«

»Gewiß doch, Madam«, antwortete er beschwichtigend. »Aber eben ist Flut, und da können Sie ihn nur nehmen, wenn Sie schwimmen.« Er gestattete sich ein hämisches Kichern.

»Ein feiner Empfang«, murmelte ich.

»Aber über die Wand sind Sie doch im Nu«, versicherte mir der Fahrer höflich, »ich gebe Ihnen schon einen Schubs rauf.«

Ohne behaupten zu wollen, meine Figur sei irgendwie unförmig, muß ich doch zugeben, daß sie nicht geeignet ist, ohne weiteres Zweimetermauern zu überklettern. Behendigkeit war und ist keine meiner hervorstechenden Eigenschaften, meine Gestalt ist stämmig, aber doch mehr rundlich und nur für die Ausübung gemäßigter Sportarten geeignet. Ich sah daher der Klettertour, selbst mit »Schubs rauf« vom Fahrer, beklommen entgegen.

Verdattert stieg ich aus dem Wagen. Der Wind fiel über mich her, und es wäre ihm fast gelungen, mich umzuwerfen. Der Regen begann einen neuen Sturmangriff auf meinen Gummimantel.

Aus der Dunkelheit im Hintergrund, ungemütlich nah, drang das Donnern und Saugen der Brecher am Ufer. Um meine Bestürzung noch zu vergrößern, bemerkte ich einen rasch strömenden Abzugsgraben am Fuß der Mauer. Ich sehnte mich aufrichtig nach gepflasterten Straßen.

Der Fahrer trat lässig über den Graben (er hatte lange Beine) und zog sich hinauf. Er war hochgewachsen, und die Mauerkrönung reichte ihm genau bis an die Nase. Er wandte mir einen fragenden Blick zu.

»Erwartet werden Sie doch?« erkundigte er sich. Ich meinte, das sei höchst wahrscheinlich, denn ich hatte Morag ein Telegramm geschickt, das meine ungefähre Ankunftszeit meldete.

Wieder wandte sich der Fahrer zur Mauer und stieß einen gellenden Schrei aus, dessen Volumen und Plötzlichkeit den Sturm übertönte und mich fast vorzeitig in unerwünschten Kontakt mit dem Graben gebracht hätte. Sofort leuchtete ein gelber Lichtstrahl in der Ferne auf, eine Tür wurde geöffnet, und eine ebenso kräftige, wenn auch unverwechselbar weibliche Stimme rief etwas. Der Fahrer antwortete, und trotz der Wetterunbilden entspann sich eine Unterhaltung – vermutlich auf gälisch, da ich kein Wort verstand.

Der Lichtstrahl erlosch, weil die Tür geschlossen wurde, dann kam eine Laterne rhythmisch auf uns zugeschwankt. Einen Augenblick später stieg eine Gestalt über die Mauer, kletterte rasch herab und blieb neben mir stehen. Dies also war Morag, meine künftige Wirtin.

»So, so, da haben wir also Miss Peckwitt. Wie geht's denn?« Meine Hand wurde mit festem Druck ergriffen, energisch geschüttelt, und es gelang mir nur knapp, einem saftigen Kuß auszuweichen.

»Meine Güte, was für eine Nacht, um jemand zu begrüßen. Sie sind doch sicher ganz *drookit*«, klagte sie munter. Ich nahm an, *drookit* müsse so etwas wie »tot« sein, und bestätigte, ich sei es beinahe.

»Beinah? Sie sind's bestimmt ganz und gar«, beharrte sie. Ich kam zu dem Schluß, *drookit* bedeute so etwas wie »total durchweicht«.

»Aber ich hab ein so schönes Feuer für Sie«, fuhr Morag fröhlich fort, »da sind Sie im Handumdrehen warm und trocken.« Die weichen Konsonanten waren ganz deutlich, und für mein Ohr rollte sie das r so überbetont wie manche Opernsängerinnen.

Morag hob die Laterne, und einen Moment lang konnten wir einander ins Gesicht sehen. Bei ihrer Beweglichkeit war ich überrascht, das ihre so verdorrt und altersrunzelig zu finden. Die Haarsträhnen, die unter dem um den Kopf gewundenen Schal vorschauten, waren schneeweiß. Sie ließ meine Hand los und wandte sich zum Fahrer.

»Sollen wir sie einfach zwischen uns rauf- und rüberhieven?« fragte sie ihn.

»Aye«, bejahte der Fahrer. Gekränkt tat ich einen Schritt rückwärts, aber darum kümmerten sie sich nicht, bückten sich und warfen meine beiden Koffer auf die Mauer. Ihnen folgte rasch Morag, die sie auf der anderen Seite herunterhob, dann sprang sie geschmeidig wie eine Zweijährige wieder herab. Ich schnappte nach Luft, wie mühelos sie das vollbrachte, aber ihre Leistung vermochte nicht, meine Befürchtungen zu zerstreuen.

»Gibt es keinen anderen Weg?« fragte ich schüchtern.

»Gewiß nicht«, erwiderte sie und zeigte den Weg hinunter. »Dort unten ist das Törchen, aber das Wasser ist schon hoch rundherum um die Zeit. Zu schade, daß Sie nicht bei Ebbe kommen konnten.«

Ich begann zu ahnen, daß Ebbe und Flut in meinem neuen Leben eine sehr wichtige Rolle spielen würden, und unterdrückte einen Seufzer.

»Ach, der Weg ist leicht gemacht, wenn Sie ihn erst unter den Füßen haben«, ermutigte Morag. »Kommen Sie.« Behutsam trat ich über den Graben und nahm »den Weg unter die Füße«. »So, jetzt«, befahl meine Wirtin schwerfällig scherzend, »das eine Füßchen hierhin ... so, jetzt das andre Füßchen dorthin ... Sehr gut ... und jetzt noch ein Füßchen hierhin ...« Zweifellos glaubte

Morag, ihre neue Untermieterin sei ein Vierbeiner. Der Fahrer, der auf der anderen Seite der Mauer wartete, mich hinüberzuzerren, gab ebenfalls ermutigende Töne von sich. Ich fühlte einen festen Griff um den Knöchel. »Und jetzt noch mal den Fuß hierhin, dann haben Sie es beinah«, instruierte Morag. Sie hatte recht. Im nächsten Moment rutschte eines meiner »Füßchen« auf dem nassen Stein aus, ich hing verzweifelt an beiden Händen, und meine Beine droschen in die Luft, während mir der Wind die Röcke über den Kopf hob und der Regen Greueltaten an denjenigen meiner Körperteile beging, die ihm bisher nicht unmittelbar ausgesetzt gewesen waren. Der Fahrer kam mir in meiner Zwangslage zu Hilfe, packte mich fest an beiden Armen und zerrte mich über die Mauer. Meine Füße landeten auf festem Boden. Zugegeben, sehr nassem Boden, aber das war mir gleich, wenn ich nur nicht mehr klettern mußte. Sofort war Morag neben mir. »Alles heil?« fragte sie besorgt. »Haben Sie sich weh getan?«

Ich versicherte, ich sei nicht im geringsten verletzt, wußte aber, daß zwar nicht ich, wohl aber meine Strümpfe irreparabel gelitten hatten.

»Dann ist's gut. Ich werde Ruari gleich sagen, daß er sich um Ihr Gepäck kümmert.«

»Ach ja, Ruari«, wiederholte ich wie ein Echo und hatte flüchtig die Vision eines frischgekalkten

Ruari, der diesem Wolkenbruch trotzte. Mir wurde langsam wohler. Schließlich, sagte ich mir, war ich zwar malträtiert worden, aber das Ganze sollte ja ein Abenteuer sein.

Ich öffnete mein Portemonnaie und gab dem Taxichauffeur den Fahrpreis und dazu ein bescheidenes Trinkgeld. Erst zögerte er, doch als ich darauf bestand, nahm er es, dankte mir höflich und steckte es ein. »Es ist wahrhaftig, als käme man in ein anderes Land«, dachte ich, »in dem sogar die Taxifahrer ein Trinkgeld verweigern.«

Von Morags Laterne geleitet, folgte ich ihr über das triefend nasse Gras, über Kopfsteinpflaster und in die winzige Diele eines Häuschens, wo eine Kerze brannte, schiefgeblasen vom Luftzug aus einem unsichtbaren Spalt. Ich zog meine tropfenden Überkleider aus und hängte sie ans Geweih eines jämmerlich aussehenden Hirschkopfes. Morag öffnete die Tür zu einem Zimmer auf der linken Seite und geleitete mich hinein. »Das Zimmer, das keine Küche ist« erwies sich als hübscher, von einer Lampe erleuchteter Raum mit einem Riesenfeuer in einem auf Hochglanz polierten Kamin. Halb auf dem lodernden Feuer, halb auf dem Kaminsims stand ein dampfender Kessel und rasselte mit schlecht verhohlener Ungeduld mit dem Deckel. Er versprach baldigen Teegenuß. Ein Tisch war mit einem weißen Tuch gedeckt, und darauf stand verlockend mein

Abendessen. Nach den schrecklichen Verhältnissen draußen war das alles so viel einladender, als ich erwartet hatte, daß ich spontan aufjubelte. Ich ließ mich in einen Sessel fallen, ohne darauf zu achten, wie sehr er quietschte, und sah Morag zu, die sich, selbstzufrieden lächelnd, mit dem Essen zu schaffen machte.

Meine Wirtin war eine Frau von kleinem Wuchs mit breitem Rücken, der nicht eigentlich krumm war, aber doch den Eindruck machte, er sei es gewohnt, viele Lasten zu schleppen. Der Rest ihrer Figur war unter den sperrigen Hüllen nicht auszumachen. Ihre Bewegungen waren recht flink, trotz eines eigentümlichen Gangs, der sich nur mit dem Spruch »ein Bein rennt, das andere geht« hätte beschreiben lassen. Ihr Haar war, wie schon erwähnt, weiß, ihr Gesicht runzlig und voller Sommersprossen. Ihre Augen waren, wenn sie nicht gerade seelenvoll blau dreinschauten, die eines schelmischen kleinen Jungen, ihre Hände aber schwielig wie bei einem Mann, und ihre Stummelfinger glichen verkalkten Würstchen. Was ich von ihren Kleidern sehen konnte, bestand aus einer dicken Tweedjacke und einem Wollrock, dessen Vorderseite zum Teil von einer durchweichten Schürze bedeckt war, denn sie hatte nichts übergezogen, als sie aus dem Haus eilte, um mir beizustehen. Nach ihrer Breite im Verhältnis zur Länge vermutete ich jedoch, daß wahrscheinlich noch eine ganze Menge isolierender Schichten zwischen ihrer Haut und ihrer äußeren Kleidung lagen, die zweifellos bei den Wetterbedingungen auf der Insel nützlicher waren als der konventionelle Regenmantel.

Als der Tee aufgebrüht war, und nachdem sie sich überzeugt hatte, im Moment nichts weiter tun zu können, außer zu versprechen, Ruari zu einem Gepäcktransport zu bewegen, ging Morag. Danach hörte ich die Haustür knallend zufallen, und noch während ich meine dritte Tasse Tee trank, polternde Stimmen, gefolgt von einem dumpfen Gerumpel auf der Treppe, das anzeigte, daß meine Koffer ins Schlafzimmer hinaufgetragen wurden. Ich unterdrückte den Wunsch, kurz einmal nachzusehen. Wenige Minuten später klopfte es, und Morag kam herein.

»Ich wollte nur sagen, daß ich Ruari und Lachy nicht reingeführt hab, damit sie noch heut abend guten Tag sagen, weil Sie doch schon schrecklich müd sind«, begann sie. Ich protestierte nur schwach. »Wissen Sie«, fuhr sie entschuldigend fort, »Ruari ist so taub, daß sein Gebrüll einem fast die Ohren abreißt, und ich hab ihm gesagt, er soll auf der Treppe den Mund halten. Er grunzt nämlich wirklich wie ein Stier.«

»Und wer ist Lachy?« fragte ich und unterdrückte ein Gähnen.

»Der ist die andre Hälfte von Ruaris Boot«,

erklärte Morag rätselhaft. »Und um welche Zeit möchten Sie wohl Ihr Frühstück?« fragte sie.

Ich meinte, ungefähr um halb neun.

»Halb neun«, stimmte sie zu. »Und wenn der Herr mich bewahrt, werde ich um acht Uhr bei Ihnen eingeheizt haben.«

Ich sah sie fragend an.

»Sie fühlen sich nicht wohl?«

»Mir geht's großartig«, antwortete sie einigermaßen erstaunt. »Nanu, finden Sie, ich seh schlecht aus?«

»Nicht im geringsten«, beeilte ich mich zu erwidern. »Aber weil Sie sagten, ›wenn der Herr mich bewahrt‹, dachte ich, daß Sie sich möglicherweise nicht ganz wohl fühlen.«

»Ich bin vollkommen wohl heut abend«, entgegnete Morag ergeben, »aber wer weiß, ob nicht der liebe Gott einen von uns abruft, eh es Morgen wird, und wenn's ihm gefällt, mich in der Nacht abzurufen, kann ich doch morgen früh nicht bei Ihnen einheizen, oder?«

»Aber das nehme ich doch fest an«, sagte ich lächelnd.

»Wissen Sie, es ist nicht klug, beim lieben Gott irgendwas fest anzunehmen«, mahnte sie und setzte entschlossen hinzu: »Aber ich heiz um Punkt acht, wenn ich verschont bleib.« Und wie um diese Worte zu unterstreichen, schloß sie nachdrücklich die Tür hinter sich.

Nach der langen Reise, der ausgestandenen Angst, der bitteren Kälte und der jetzigen Wärme und dem Essen wurde ich unbezwingbar schläfrig. Müde kroch ich die schmale, linoleumbelegte Treppe hinauf zum Schlafzimmer, das Morag mir schon gezeigt hatte. Im Zimmer brannte eine Lampe, die trübes Licht verbreitete, doch außer dem Eindruck, daß alles sauber und bequem zu sein schien, konnte ich an diesem Abend nichts mehr wahrnehmen. Ich holte nur das Nötigste aus meinem Koffer und fiel ins Bett, wo ich noch eine Weile dem Sturm draußen lauschte. Fast ein bißchen aufgeregt drehte ich die Lampe aus. Es war das erste Mal in meinem Leben, daß ich eine Petroleumlampe bediente, und ich war nicht sicher, ob ich sie ausblasen oder aber den Knopf so weit herunterdrehen sollte, bis die Flamme vollständig erlosch. Es gelang mir ein erfolgreicher Kompromiß, und als ich mich in die Kissen fallen ließ und eindämmerte, nahm ich noch den Regen wahr, der gegen das Fenster prasselte und mit verbissener Beharrlichkeit auf die Dachziegel trommelte.

Kennenlernen

Ich wachte auf, wie mir schien nach sehr kurzer Zeit, und stellte fest, daß der Regen aufgehört hatte und kaltes, graues Tageslicht durch die Spitzenvorhänge an meinen Fenstern drang. Ich meinem Kopf hallte noch immer das rhythmische Stampfen der Eisenbahn wider, denn ich gehöre zu den Unglücklichen, die nach einer Reise von fünfhundert tatsächlich gefahrenen Kilometern im Schlaf weitere tausend zurücklegen.

Im Bett war es so gemütlich, daß die Aussicht, es zu verlassen, wenig Einladendes hatte. Ich döste weiter, betrachtete mein Zimmer und lauschte verschlafen, aber interessiert den Morgengeräuschen. Kannen klirrten, wie ich annahm, Milcheimer. Hühner scharrten und gackerten und schlugen mit den Flügeln. Ein seltsamer, stoßweiser Klagelaut ertönte, den ich absolut nicht deuten konnte. Türen öffneten und schlossen sich. Geschirr klapperte. Den Geräuschen nach zu urteilen hatte es dem Herrn gefallen, meine Wirtin noch für ein neues Tagewerk zu bewahren, und die Hühner hatten ihr Morgenfutter noch nicht bekommen.

Die Zeiger meiner Uhr wiesen auf halb neun, als ich Schritte auf der Treppe hörte, gefolgt von einem Klopfen an der Schlafzimmertür.

»Ich hab Wasser gebracht, schönes, heißes«, verkündete Morags Stimme.

»Nehmen Sie es wieder mit«, bat ich, unwillkürlich schaudernd. »Ich wasche mich unten, wo es wärmer ist.«

Morag fing wieder an zu sprechen, doch ihre Worte wurden übertönt von einem stoßweisen, durchdringenden Gebrüll, das treppauf und treppab hallte und mich fast aus dem Bett geworfen hätte.

»Entschuldigung«, sagte ich, als das Gebrüll einen Moment nachließ, »aber ich habe nicht verstanden, was Sie sagten.«

»Das ist nur Ruari«, erklärte Morag mit resignierter Geduld, »ich hab gerade gesagt, er ist schon schön warm, denn ich hab ihn mit einer Portion Paraffin im Kamin hochbrennen lassen.«

Ihre Schritte entfernten sich die Treppe hinunter. Verwundert und erschreckt gelang es mir, diese erstaunliche Information zu deuten: Hätte ich meiner Wirtin solche Untaten zugetraut, Ruaris Gebrüll hätte ihrer Aussage Glaubhaftigkeit verliehen.

Als ich die unterste Stufe erreichte, kam Morag aus der Küche, eine Schüssel dampfenden Brei in Händen.

»Ich hoffe, Sie haben gut geschlafen nach Ihrer langen Reise«, begrüßte sie mich, und ich bejahte es.

»Irgend etwas riecht hier wundervoll«, stellte ich fest.

»Das ist bloß das Maisschrot, das ich für die Hühner brüh«, sagte Morag, »das riecht so gut, daß ich schon oft selber was zum Frühstück gegessen hab. Ehrlich, da hab ich leckere Zähne drauf.«

Der letztere Teil ihrer Antwort war offenkundig unwahr. Über ihre Schulter sah ich ihre Zähne auf dem Küchenbüfett liegen, und sie sahen überhaupt nicht lecker aus – aber an dem verlokkenden Geruch bestand kein Zweifel, und wäre die Schüssel ein bißchen sauberer gewesen, hätte ich vielleicht selbst davon probiert.

Aus dem Geräuschwirrwarr von draußen fiel mir wieder der klagende Ruf auf wie schon einmal.

»Welches Tier macht ein so sonderbares Geräusch?« fragte ich.

Morags Lippen verzogen sich zur Andeutung eines Lächelns.

»Na, mein Hahn«, erklärte sie.

»Wirklich?« fragte ich und ergänzte, als ihr Lächeln über meine Unwissenheit breit und breiter wurde, schwach: »Ich dachte, Hähne machten immer Kikeriki, aber der hier klingt wie eine Kreuzung mit einer Kreissäge.«

»Ach, der ist bloß noch jung«, entschuldigte sie ihn. »Noch sechs Monate, und der kräht so gut wie Sie selber.«

Es wurde deutlich, daß meine Wirtin zu einem langen Schwatz aufgelegt war, doch ich konnte nicht wie sie das gefräßige Lärmen der Hühner ignorieren, die in ihrer Gier die winzige Diele füllten und versuchten, auf den Schüsselrand zu flattern. Im Hinblick auf die Hühner und auch den Zustand des Fußbodens beschloß ich mich zurückzuziehen und eilte auf mein Zimmer.

Ohne das mildernde Lampenlicht und den Kontrast mit dem Sturm draußen fand ich es abstoßend häßlich. Der Bodenbelag war abgetreten, die zwei Sessel ergraut, und bei näherem Hinsehen stellte ich fest, daß ihre Fähigkeit, den menschlichen Körper auszuhalten, allein dem Umstand zu verdanken war, daß eine bekannte Firma ihre Margarine in Holzkisten verpackt. Ein gelbgemasertes Büfett nahm fast die ganze eine Wand ein, ein fürchterliches Monstrum, das in jeder Hinsicht wirkte wie von jemand aufgestellt, der es in einem Anfall von Delirium tremens mit dem Pinsel attackiert hatte, abwechselnd in Okkergelb und schwarzen Sirup getaucht.

Der Tisch war ganz offensichtlich Eigenbau, und obwohl ein Tischtuch seine größeren Mängel verdeckte, sollte ich bald erfahren, daß keines seiner vier Beine in Form oder Länge zum anderen paßte und daß es nur eine Möglichkeit gab, ihn während des Essens im Gleichgewicht zu halten, nämlich ihn mit den Knien zu stützen. Die Tapete, die gestern abend einen diskreten Eindruck gemacht hatte, bedrängte einen jetzt mit einem grellen Muster aus scharlachroten Butterblumen und einem Abschlußstreifen aus schlecht gepflegten falschen Zähnen, obwohl letztere mit Sicherheit herbstliche Blätter darstellen sollten.

Wäre ich mit voller Zustimmung meiner Freunde auf meine Abenteuerreise gegangen, hätte ich mir wohl Zweifel hinsichtlich der Dauer meines Aufenthalts bei Morag gestattet. Wie die Dinge lagen, konzentrierte ich mich entschlossen auf die erfreulicheren Seiten. Nachdem ich mich vergewissert hatte, daß Vorhänge, Kissen und Tischtuch frisch und sauber waren, begann ich den altmodischen Kaminrost mit dem mächtigen Torffeuer zu bewundern, die blitzenden Schürhaken aus Messing und die Uhr, die bereits ein Jahrhundert weggetickt hatte.

Ein Klopfen an der Tür kündete Morags Erscheinen mit meinem Tablett an, dessen Anblick vorläufig alle Bedenken zerstreute. Bald setzte ich mich und sprach dem ausgezeichneten Frühstück herzhaft zu. Es gab Haferbrei – er war meine erste Begegnung mit frischgemahlenem Hafermehl – und Sahne, dick, glatt und fett. Es gab auch Zukker, obwohl meine Wirtin tadelnd den Kopf schüttelte, als ich ihn mir auf den Teller streute.

»Ach, *mo ghaoil*«, schalt sie, »das darf man nicht, Zucker mit Haferbrei. Das verdirbt doch den feinen Geschmack.«

»Ohne geht es bei mir nicht«, widersprach ich und machte mich mit gesundem Appetit über meinen wohlgefüllten Teller her.

Als nächstes wurde ein Teller mit köstlich riechendem Speck und Eiern vor mich hingestellt. Da er auf dem Kaminrand hatte warmgehalten werden müssen, sah ich mit Leichtigkeit darüber hinweg, daß der Tellerrand mit einem fetten schwarzen Daumenabdruck geziert war. Hatte ich schließlich nicht schon beim Planen meines Inselaufenthalts gewußt, daß ich nicht heikel sein durfte? Auf meine Einladung, doch eine Tasse Tee mitzutrinken, ging Morag bereitwillig ein.

»Ich glaub nicht, daß ich schon mal 'ne Tasse Tee verweigert hab, und wenn es die zwanzigste wär«, gestand sie schuldbewußt und goß sich aus der geräumigen Teekanne ein. Spätere Erfahrungen überzeugten mich, daß zwanzig Tassen pro Tag Morags Aufnahmefähigkeit gröblich unterschätzen hieß und daß die gewaltige Teebüchse auf dem Kaminsims in ihrem Zimmer nicht nur Dekoration war.

Nach dem Frühstück ging ich, weil das Wetter sich entschieden gebessert hatte, auf Erkundungstour. Mein Gummimantel und die Schuhe waren noch von gestern Nacht klatschnaß, daher bot mir meine Wirtin eine Ölhaut und ein Paar Gummistiefel von sich an. Ich akzeptierte etwas zögernd, denn ich fürchtete, daß die Stiefel für meine Füße ungewohnt schwer und die Ölhaut nur eine Last sein würde. Doch als die erste Ungeschicklichkeit sich gelegt hatte, hätte ich sehr gewünscht, daß meine Freundinnen, insbesondere Mary, mich hätten sehen können, wie ich in der sonderbaren Ausrüstung herumstapfte.

Die Aussicht draußen war nicht sehr imposant, der Regen hatte zwar aufgehört, doch nur, um Nebelwolken Platz zu machen, die vom Meer hereinwogten, träge über den Mooren ringsum hingen, das Donnern der Brecher verstärkten und die Landgeräusche seltsam verfälschten. Morag, die mich mit ihrem drolligen Gang umhüpfte, zeigte mir die ungefähren Grenzen ihres Anwesens, ungefähr deshalb, weil sie den kleinen Hof mit ihrem Bruder Ruari teilte, wobei Morag ein Viertel, Ruari die anderen drei Viertel gehörten, ohne daß dazwischen eine erkennbare Abgrenzung bestanden hätte. Ich fragte, wie sie es mit der Post hielten, da doch beide Häuser die Nummer 15 trügen – Hausnummern wurden nur für ganze Anwesen vergeben – und sie den gleichen Familiennamen hätten. Die Erklärung war einfach: Der Briefträger war hinlänglich vertraut mit den Vorgängen in beiden Haushalten und konnte daher selbständig entscheiden, welcher Brief an wen gerichtet war. Er irrte sich selten, doch hörte ich entzückt, daß amtliche Zuschriften an Morag mit »ein Viertel von Nummer fünfzehn« adressiert waren und die an ihren Bruder mit »drei Viertel von Nummer fünfzehn«. Präzision bei Beamten, sonst wünschenswert, macht sich auf einem Briefumschlag etwas albern.

Wir wanderten hinunter zu dem schwer auszumachenden Eingang, der sich dann als nichts anderes erwies als eine Lücke in einer Natursteinmauer und von einer ehemaligen eisernen Bettstatt geschlossen war. Obwohl der Wind sich vollständig gelegt hatte und Morag murmelte, die Flut stehe halbzeit, klatschte und saugte die Dünung um die unterste der drei Steinstufen, die vom Garten zum Strand führten. So sehr ich das Überklettern von Mauern haßte, es würde künftig doch weniger destruktiv für die Stimmung sein, als mit Ausnahme der Ebbezeiten im Haus festzusitzen.

»Mir scheint, ich muß das kleinere Übel wählen«, sagte ich bedrückt zu Morag.

»Wenn Sie erst ein' Monat hier sind, springen Sie über die Mauer wie eine Geiß«, prophezeite sie mir munter. Wenn ich an meine Leistung von gestern abend dachte, kam mir der leise Verdacht, sie meine es ironisch.

Seit ein paar Minuten beobachtete ich ein Boot, das rechts von uns dem Ufer zusteuerte. Neben dem Mann an den Rudern beförderte es fünf bis sechs Frauen unterschiedlichen Alters, jede mit mindestens einem großen Melkkübel auf dem Schoß. Als das Boot angelegt hatte, sprangen die Frauen ins Wasser, packten es am Dollbord und zerrten es den Strand hinauf, als sei es ein leichtes Spielzeug. Auf meinen fragenden Blick hin erklärte Morag, einiges Vieh weide auf einer kleinen Flutinsel und die Bäuerinnen zögen es vor, per Boot zum Melken zu fahren, anstatt die drei, vier Kilometer am Ufer entlangzulaufen, obwohl die Flut täglich eine halbe Stunde später einträte. Diese Regelung kam mir riskant vor, aber ich wußte damals auch noch nicht, daß auf den Hebriden das Vieh wunderbar anpassungsfähig ist, daß Zeit praktisch nicht existiert und die Uhren ebenso den Kontakt zur Realität verloren haben wie die Bewohner.

Die Melkerinnen blieben in unverhohlener Neugier mit den schweren Eimern stehen. Ihretwegen und auch meinetwegen ging ich zurück zum Haus und fragte Morag nach dem Postamt.

»Da müssen Sie aber langsam gehn, sonst ist die vom Melken noch nicht wieder da«, belehrte sie mich.

»Um wieviel Uhr öffnet sie denn?« fragte ich, denn es war fast elf.

»Eigentlich um neun, glaub ich, aber die Kühe müssen ja gemolken werden, und sie kann ja nicht an zwei Stellen gleichzeitig sein, nicht wahr?«

Ich räumte ein, diese Feststellung sei logisch, und da ich mir nicht das Mißfallen der Postmeisterin zuziehen wollte, ging ich ganz langsam in die mir angegebene Richtung und empfand dabei ein flüchtiges, kindisches Vergnügen, durch die tieferen Pfützen zu waten und durch den dicksten Dreck zu platschen.

Beidseits des Weges standen die Häuser der Crofter, einige niedrig und strohgedeckt, manche zweistöckig und mit Schieferdach. Durch die offenen Türen drangen die Geräusche von stampfenden Füßen, Geschirrklappern und gälische Streitereien, die verdächtig abrupt abbrachen, wenn ich mich näherte. Ein-, zweimal drehte ich mich rasch um in der Hoffnung, verborgene Beobachter zu entdecken, die ein wehender Vorhang verriet, bis ich merkte, daß es keine Vorhänge gab, die hätten wehen können. Neugierige Hunde tauchten in allen Türen auf, Collies und Cairn-Terrier, manche wagten sich weit genug heran, um an meinen Fersen zu schnüffeln, andere begnügten sich damit, mich aus der Sicherheitszone der eigenen Schwelle anzukläffen. Hie und da graste eine angepflockte Kuh – mit friedlichem Gleichmut gegenüber der behindernden Kette.

Schafe knabberten zufrieden in den Umkreisen, die die kurzen Stricke ihnen ließen. Vor einem Haus trat ein Pferd behutsam hin und her, man sah, daß eine feingliedrige Kette an seinem Hinterfuß es mit einem ziemlich weit entfernten Pflock verband. Ein Puter kollerte unglücklich und stand wie ein Storch auf einem Bein, weil das andere mit Paketschnur an einem nahen Busch festgemacht war. Die hiesigen Crofter schienen die Wissenschaft des Anbindens zur schönen Kunst erhoben zu haben, und jede Tierart schien Strick und Pflock als selbstverständlich hinzunehmen.

Zu jedem der Häuser gehörte ein kleines Stück Land, eingefriedet von einer Natursteinmauer, das wir in England Garten genannt hätten, von Morag aber hochtrabend als »Park« bezeichnet wurde. Dieser »Park« war getrennt vom übrigen Anwesen, das ebenfalls von der unvermeidlichen Natursteinmauer eingefaßt war. In jedem Fall war das Eingangstor dadurch entstanden, daß man einige Steine herausgebrochen und die Lücke mit einer alten eisernen Bettstelle geschlossen hatte. Manche dieser Bettgestelle waren uralt und verrostet, andere, anscheinend erst kürzlich ausrangiert, prunkten noch mit schmückenden Messingknäufen und -ringen. Es gab alle nur denkbaren Modelle, so daß ich mich damit amüsieren konnte zu erraten, was ich als nächstes antreffen würde. Als ich am Abend an Mary schrieb und ihr von meiner Reise, meinem Empfang und den bisherigen Eindrücken berichtete, schloß ich mit den Worten: »... und stell Dir vor, jedes Haus, das ich sah, hat als Eingangstor ein altes Bettgestell, bis jetzt habe ich zweiundzwanzig gezählt.«

Ein kleines Schild »Postamt« führte mich zu einem Wellblechschuppen. Ich klopfte an die Tür, niemand antwortete, und alles blieb trotz wiederholtem Klopfen stumm und still. Noch einmal sah ich nach dem Schild. Doch, da stand eindeutig »Postamt«. Ich klopfte erneut, aber es geschah noch immer nichts. Ein Stückchen weiter spielten Jungen ein Bolzspiel mit einem Fußball, und in der Annahme, sie wüßten vielleicht, wo das Postfräulein sei, ging ich zu ihnen. Ich war nicht wirklich erstaunt festzustellen, daß ihr Fußball ein verbeulter Bettknauf war. Bei meinem Näherkommen unterbrachen sie ihr Spiel, aber meine Frage versetzte sie in verlegenes Schweigen. Ich fragte noch einmal.

»Zu Haus wahrscheinlich«, riskierte der eine Junge schüchtern.

»Ist das Postamt geschlossen?« fragte ich und zeigte auf den Wellblechschuppen.

»Jetzt ist das keine Post.« Die Stimme des Jungen wurde mit wachsendem Mut kräftiger. »Das ist nur die Post, wenn im Sommer Touristen da sind. Im Winter täten die Marken zusammenpappen, weil's so feucht drin ist. Aber die gibt sie Ihnen in ihrem Haus.« Er zeigte auf ein Häuschen am Ende einer Karrenspur durch eines der Grundstücke, aber ein Blick auf meine Uhr sagte mir, daß das Postfräulein bis nach dem Mittagessen nicht gestört werden durfte. Rasch kehrte ich nach Hause zurück.

Beim Kochen des Mittagessens hatte Morag sich selbst übertroffen, und wieder war das Tischtuch schneeweiß. Die Fleischportion hätte für drei starke Esser reichlich genügt, wurde aber unglücklicherweise auf einem Kuchenteller serviert, und selbst ohne Gemüsezugabe drohte die Soße über den Rand zu quellen. Ich bat um einen größeren Teller und tröstete Morag, die ein ganz bekümmertes Gesicht machte, mit der hastigen Versicherung, daß nicht das Essen ungenügend sei. Eifrig eilte sie hinaus und kam mit einem Teller normaler Größe zurück, den sie wiederholt mit dem Schürzenzipfel polierte. Es war ein hübscher Teller, und ich äußerte mich erfreut über den zierlichen Rand aus – wie ich zuerst glaubte – winzigen gelben Krokussen, deren anschließendes Sichtbar- und Unsichtbarwerden dann so verwirrend war, daß ich sie, wenn auch ungern, als Spritzer von Eigelb identifizierte und übertrieben dankbar war, daß wenigstens die grünen Blätter Anzeichen von Dauerhaftigkeit zeigten. Ich machte Morag ein Kompliment über ihre Kochkunst. Ihre Geschirrspülerei blieb wohl besser unerwähnt.

Aus meinem Mittagsschläfchen wurde ich durch das Geräusch der Haustür und Motorrumpeln geweckt. Durch das Fenster sah ich einen Lastwagen, hoch mit Kohle beladen, langsam den Weg hinunterzuckeln, vorüber an Ruaris Haus, dem Meer zu. Ich ging in die Diele, wo Morag sich gerade hastig ein Kopftuch umband.

»Das ist der Mann mit den Kohlen fürs ganze Jahr«, knurrte sie als Antwort auf meine Frage, »und auch noch am Sonnabend, der Halunke! Noch zwei Stunden, und die Flut nimmt sie mit!«

Ich bot ihr meine Hilfe an, und obwohl sie sie sichtlich gern angenommen hätte, lehnte Morag mein Angebot nach einem geringschätzigen Blick auf mein sauberes Kostüm ab. Ich zog mir einen alten Rock und eine Jacke an und eilte hinaus. Es war Ebbe, das Eingangstor lag trocken. Daneben auf dem Kies hatte man einen gewaltigen Haufen Kohle abgeladen. Morag war bereits dabei, dem Lastwagenfahrer, in dem ich meinen Taxichauffeur von gestern abend erkannte, bittere Vorwürfe zu machen. Sie verstummte, als ich mich näherte, und der Mann grüßte mich sehr artig.

»Bald wird's regnen«, sagte er fröhlich mit einem Kennerblick zum Himmel.

»Meinen Sie?« fragte ich.

»Ganz bestimmt«, erwiderte der Fahrer entschieden.

»Also, Miss Peckwitt, jetzt sag ich Ihnen mal ein gutes Wetterzeichen: Wenn Sie je Bäume oben am Himmel sehn, könn' Sie sicher sein, daß es bald regnet.«

Ich dachte, wenn ich Bäume am Himmel sähe, würde ich bald auch weiße Mäuse sehen, die darin aus- und einflogen, nickte aber nur und schaute verständnisvoll auf den Himmel voll grauer Flicken. Ich hielt es für besser, seine Voraussage kommentarlos hinzunehmen.

»Ich kann dir kein' Tee geben, wenn ich das alles noch unter Dach bringen soll, eh das Wasser wieder hoch ist«, fuhr Morag den Fahrer an.

Der sprang in die Fahrerkabine. »Könnt sowieso nicht bleiben«, erwiderte er. »Hab heut abend noch zwei Tonnen fürs Pfarrhaus.«

»Zwei Tonnen fürs Pfarrhaus«, rief Morag schrill, »das nehmen die doch heut abend gar nicht mehr an.«

»Dann müssen sie ohne auskommen, länger als sie möchten«, sagte der Fahrer mit boshaftem Kichern. Er legte den Gang ein, und der Lastwagen ruckelte den Strand entlang.

»Aha, der Lastwagenfahrer ist zugleich Taxichauffeur«, sagte ich zu Morag, als wir uns mit Schaufeln und Eimern ans Werk machten.

»Der ist nicht nur Taxichauffeur und Lastwagenfahrer«, erwiderte Morag sarkastisch, »der ist auch Kohlenhändler, Spediteur, Leichenbestatter und die Garage«, zählte sie an den Fingern ab, »und was weiß ich was noch alles.«

Ich wurde etwas verlegen. »In dem Fall muß er ja recht vermögend sein«, sagte ich.

»Vermögend?« gab sie zurück. »Hören Sie, wenn ich so viel Halfpennies hätte, wie der Pfunde hat, wär ich für den Rest meines Lebens sorgenfrei.«

Mir fiel wieder ein, wie der Mann meinen Shilling Trinkgeld abgelehnt hatte, und ich war froh, daß man mein Erröten auf die Anstrengung mit den Kohlen schieben konnte.

»Und ein Angeber«, fuhr Morag fort und rieb Salz in die Wunde. »Wissen Sie, der gibt an wie so 'n Herzog.«

Abrupt wechselte ich das Thema.

»Wieviel Kohle ist das denn hier?« fragte ich und musterte den gewaltigen Haufen.

»Zwei Tonnen«, jammerte sie, »und in zwei Stunden ist die Flut damit auf und davon.«

Es schien unmöglich für uns beide, in weniger als zwei Stunden die Kohle vom Strand in den Kohlenschuppen zu transportieren. Morag schien meine Gedanken zu lesen.

»Ruari ist mit der Kuh zum Bullen, sonst würde er mit anfassen«, erklärte sie.

Ich hatte in meinem ganzen Leben noch nicht so schwer körperlich gearbeitet wie in diesen zwei Stunden. Die Kohle mußte Eimer für Eimer die drei Steinstufen hinauf und etwa zehn Meter weiter zu einem Schuppen neben dem Hühnerstall geschafft werden. Der Tag war feuchtkalt, unsere Kleider von Tropfen beperlt, aber die Arbeit so schwer, daß wir ohne Gummimäntel arbeiten mußten. Morag schwang eine große Sandschaufel, ich aber mußte mich mit einer kleinen Ofenschaufel begnügen, die mehr Schmuck als nützliches Gerät war. Nach dem sechzehnten Eimer tat mir der Rücken weh, meine Arme fühlten sich an, als wären sie ausgekugelt, und meine »Musikantenknochen«, als hätte man sie wiederholt mit einem Hammer bearbeitet, und doch hatten wir auf dem glänzend schwarzen Hügel noch kaum einen Eindruck hinterlassen. Wie wild füllten und schleppten wir und warfen beständig Blicke auf die Wasserlinie hinter uns, die unerbittlich näher kroch. Und während der ganzen Zeit unterhielt mich meine Wirtin mit Themen wie: ob es klug sei, jungen Mädchen Mathematik beizubringen, daß die Jugendkriminalität, wie ihr ein befreundeter Polizist in Glasgow erzählt habe, schreckliche »Propperzjohnen« annehme, und naheliegenderweise sprach sie auch über Politik. Ich erfuhr bald, daß Morag begeisterte Tory war, und als der letzte Eimer in den

Schuppen geleert wurde, war sie überzeugt, daß ich eine ebenso begeisterte sei. In Wahrheit war mir nicht genügend Atem geblieben, um irgendeine Meinung anders als durch Knurren auszudrücken.

Beim Licht der Sturmlaterne, die wir auf der Mauer befestigt hatten, und als das Meer uns schon um die Knöchel spülte, schöpften wir die letzten Eimervoll aus dem Strandkies. Bei Tageslicht erkannten wir, daß ich auch eine Menge Kies mit aufgeschöpft hatte, aber bei Lampenlicht waren die nassen schwarzen Kiesel nasser schwarzer Kohle bemerkenswert ähnlich.

»Du meine Zeit, morgen in der Kirche schlaf ich bestimmt ein, so müd bin ich«, sagte Morag, als wir erschöpft dem Hause zuwankten.

»Sie gehen in die Kirche?« fragte ich.

»Aber ja«, sagte sie leicht gekränkt, »ich geh immer, wenn der Missionar da ist und Gottesdienst hält.«

(Missionar? Mir fielen die Worte meines Arztes ein, »dort sind die Leute nur halb zivilisiert«. Aber gleich Missionare?)

»In Ihrem Brief hat doch gestanden, Sie hätten einen Pfarrer?«

»Haben wir auch, für Trauungen und Begräbnisse und so was, aber der hat zu viel zu tun, um hier und dort und sonst noch wo Gottesdienst abzuhalten. Dafür hat er Missionare.«

»Ach so, der Missionar ist kein Pfarrer?«

»Nein, das nicht.« Sie wandte mir die seelenvollen blauen Augen zu. »Das Gehalt vom Missionar ist natürlich nicht so hoch wie das vom Pfarrer, der hat ja auch den Ruf des Herrn erst gehört, als er in Pension ging und merkte, daß er von seiner Rente allein nicht leben kann«, erklärte sie mit erschreckender Respektlosigkeit. »Aber der Pfarrer, also der ist ein richtiger Gottesmann. Der hat schon als Junger angefangen, damit Geld zu verdienen.«

Nach ihrer gestrigen Frömmigkeit wirkte ihr unschuldiger Sarkasmus verblüffend.

Am nächsten Morgen stellte mir meine Wirtin, feierlich aussehend und gekleidet, das Frühstück hin. Entgegen der Voraussage des Kohlenhändlers hatte das Wetter sich entschieden gebessert, aber die ganze Atmosphäre war erfüllt vom Geist des Sabbats. Als ich mich erbot, den Hühnern das Futter hinauszutragen, nickte Morag nur und dankte mir sanft. Draußen stellte ich zu meiner Erleichterung fest, daß die Hühner den gleichen Appetit hatten wie alltags und sich eifrig über das Futter hermachten.

»Bitte geben Sie dem Hähnchen auch was, dem dort drüben unterm Korb«, bat mich meine Wirtin mit Grabesstimme.

Ich ging zum Hühnerstall, auf den sie gezeigt hatte, und entdeckte einen umgestülpten Torfkorb, aus dem der Kopf eines tief deprimierten jungen Hahns ragte. Nachdem ich ihm Körner durch einen Spalt im Weidengeflecht geworfen hatte, kehrte ich ins Haus zurück. »Warum steckt er denn unter dem Korb?« fragte ich. »Ist er krank?«

»Wir haben Sabbat«, belehrte mich Morag fromm, als hätte ich es nicht schon hinlänglich bemerkt.

»Ja«, bestätigte ich zweifelnd, »aber stecken Sie ihn jeden Sonntag unter den Korb?«

»Jawohl, mach ich«, platzte sie heraus. »Aber hier gibt's viele, die es nicht tun. Auch solche, die in die Kirche gehn, binden den Hahn nur mit einem Stück Schnur an.« Mit blitzenden Augen fuhr sie fort: »Ich sag, wenn man nach der Religion lebt, muß man's auch richtig machen und ihn ganz und gar einsperren. Anbinden ist einfach scheinheilig«, schloß sie streng.

Ich hörte mir diesen Ausbruch scheinbar interessiert an, war aber doch froh, als der sprudelnde Teekessel sie in ihr Zimmer zurückrief.

Der Gottesdienst, erfuhr ich, fand statt, wenn es dem Missionar paßte, nicht der Gemeinde, und Morag fragte mich, ob ich lieber ein verfrühtes oder ein verspätetes Mittagessen wünschte. Ich entschied mich für ein verspätetes, und entsprechend zogen wir kurz vor ein Uhr los: Morag schwarz gewandet und in Halbschuhen, die ein paar stämmige Knöchel sehen ließen. Die Kirche, sagte sie, sei auf dem oberen Weg. Es kam mir sonderbar vor, daß ich sie auf meiner Suche nach dem Postamt nicht bemerkt hatte, doch das schob ich auf den Morgennebel oder die Faszination der Bettgestelle. Wir wanderten langsam und schweigend, wie es sich für den Sabbat geziemt. In verschiedenen Entfernungen tauchten vor und hinter uns noch andere Gestalten in Zweier- und Dreiergruppen auf, die mit dem gleichen andächtigen Schritt marschierten. Männer und Ältere einhellig in düsterem Schwarz, junge Frauen und Mädchen prangten in jenem schauderhaften Rot und Blau, das Bäuerinnen ohne Rücksicht auf ihren Teint bevorzugen.

Als wir uns mühsam durch den Schmutz und Abfall eines Weges kämpften, merkte ich an einem Knäuel gedämpft sprechender Menschen vor einer Tür, daß die häßliche Wellblechscheune, der wir uns näherten, die Kirche war.

»Warum in aller Welt wird dieser Weg nicht gekehrt?« fragte ich Morag.

»Verstehn Sie, der Mann, dem das Land gehört, hat eine total andre Religion, und es macht ihm einfach Spaß, seinen Mist denen auf den Weg zu werfen, die er ›die Ungerechten‹ nennt.«

An der Kirchentür wurden wir von einem seltsam verbauten Mann in altmodischem schwarzem Anzug begrüßt.

»Das ist der Präzentor«, sagte Morag, als er mir die Hand reichte. Da ich bisher der Meinung gewesen war, ein Präzentor sei ein Miniaturharmonium, war es mir interessant, einem solchen aus Fleisch und Blut die Hand zu schütteln, auch wenn dieses Fleisch und Blut schlaff und feuchtkalt war. Seine geflüsterte Begrüßung war kaum zu hören. Auch die anderen Kirchgänger um uns herum flüsterten, das scharfe Gezischel hallte durch die Kirche wie Wind durch Baumwipfel. Als ich für meine Einführung dankte, wirkte es wie ein Donnerschlag.

Auf ein Kopfnicken von Morag näherte sich ein junger Mann.

»Das ist Lachy«, stellte meine Wirtin ihn mir flüsternd vor, »die andre Hälfte vom Boot.«

Ich schüttelte dem jungen Mann die Hand, dessen stämmige, muskulöse Gestalt in einen zu engen marineblauen Anzug gezwängt war. Ein großer Kropf verunstaltete seinen Hals und schien mit dem übertrieben engen Kragen darum zu wetteifern, ihn zu erwürgen. Zu Morags Erstaunen geleitete Lachy uns mit formvollendeter Höflichkeit zu unseren Sitzen, und als wir uns gesetzt hatten, ließ er sich prompt in der Bank unmittelbar vor uns nieder. Wenige Minuten später nickte uns eine übelriechende Frau vertraulich zu und setzte sich neben mich.

Ich betrachtete das Innere der Kirche, das so

wenig erhebend war wie ihr Äußeres: Bänke ohne Lehnen, auf denen zahlreiche Menschen in unfrommer Haltung lümmelten. Alles abstoßend schmutzig, der Boden voller Bonbonpapiere, Spinnweben an den Balken des Blechdachs, die einfachen Glasfenster blind vor Dreck, keine Heizung irgendwelcher Art. Man erwartete offenbar, daß die Inbrunst der Andacht die frostige Atmosphäre überwinden würde. Ein betrunken wirkender Tisch, über und über voller eingeschnitzter Monogramme, stand am einen Ende des Raumes, auf seiner verstaubten Platte ruhte eine moderige Bibel. Ein gewöhnlicher Küchenstuhl und zwei angelaufene messingne Öllampen vervollständigten das erbärmlichste Gotteshaus, in das zu geraten ich je das Pech hatte.

Von draußen hörte man das Geräusch eines Motors und einer zuschlagenden Autotür.

»Das ist der Missionar«, flüsterte Morag.

Dumpfe Tritte näherten sich auf dem Lehmweg, und wenige Augenblicke später betrat ein korpulenter, bleicher Mann allein die Kirche. Auch er war schwarz gekleidet, aber teurer als die Gemeindemitglieder, und als er den Mittelgang hinaufschritt, hatte er so sehr das Gehabe eines Stars, daß ich den Impuls unterdrücken mußte zu applaudieren. Gedämpftes Zischeln und bewunderndes Raunen durchlief die Kirche, verstummte aber jäh, als der Missionar sich, am Tisch angekommen, umwandte und die Versammlung lange hoheitsvoll anblickte. Er sprach ein paar Worte, die ich nicht verstand. Da mich Morag mit dem Ellbogen in die Seite stieß, stand ich gehorsam auf.

Der Missionar stand breitbeinig da, hatte einen Arm hinter dem Rücken versteckt, die Augen tugendsam zu den Dachbalken erhoben und begann ein Gebet. Morag hatte mich wissen lassen, es sei ein Gebet, ich hätte es sonst für eine Predigt gehalten, so lang dauerte es.

Meine Füße wurden kalt und kälter, mein steifer Hals immer quälender, und noch immer gingen die leidenschaftlichen Anrufungen und Ermahnungen weiter. Hinter mir hörte ich Papier rascheln, dann auch rechts von mir, links und vor mir. Morag hielt mir eine Tüte Pfefferminzbonbons vor die Nase und gesellte so ihr Geraschel noch zu dem, was mittlerweile überall herrschte. Bald wurde das Geraschel abgelöst durch einen schmatzenden Lutschton aus allen Ecken des Gebäudes. Ich war überzeugt, der Missionar müßte taub sein, wenn er ihn nicht hörte.

Schließlich endete das überlange Gebet, und wir durften uns setzen, woraufhin die übelriechende Frau meine Hand ergriff, zwei feuchte, warme Pfefferminzbonbons hineinlegte und mich in heiserem Flüsterton anwies, eines an Morag weiterzureichen. Ich nickte und reichte sie zuvorkommend beide weiter.

Jetzt erhob sich der Präzentor und begann, da es weder eine Orgel noch sonst ein Instrument in der Kirche gab, mit zitterndem Tenor die Paraphrase. Die Gemeinde blieb sitzen und stimmte sittsam mit ein, wobei die Lippen kaum bewegt wurden und die Augen leer vor sich hinstarrten. Waren schon Gebet und Paraphrase beeindruckend gewesen, die nun folgende Predigt war es noch mehr.

Sie begann damit, daß der Missionar hinter dem Tischchen ganz still stehenblieb und die Versammlung lange und aggressiv anstarrte. Seine Augen traten hervor, er schürzte die Lippen. Eine ganze Weile glotzte er nur, doch dann hob er ohne die geringste Warnung die fleischige Faust und ließ sie mit voller Wucht auf das gebrechliche Tischchen niedersausen. Die Gemeinde zuckte sichtbar zusammen.

»Es war einer da!« brüllte er anklagend, und dreißig, vierzig Augenpaare blickten ehrfürchtig bestürzt.

Wieder hob er die Faust hoch über den Kopf und ließ sie niederdonnern. Einige der anwesenden Frauen schienen aus Mitgefühl für das Tischchen zu schaudern.

»Es war einer da!« wiederholte er noch lauter.

Ich nahm ein weiteres Pfefferminzbonbon aus der Tüte, die Morag mir hinhielt. Zum dritten

Mal traf die Faust den Tisch, und jetzt wurde die Stimme zum Donnergrollen.

»Es war einer da!«

Eine bedeutungsvolle Pause folgte, in der die Wände der Kirche seine Worte blechern-klagend zurückzuwerfen schienen. Mit beiden fetten weißen Händen an den Tisch geklammert, den ein grauer Staubring zierte, senkte er die Stimme zu sanftem, bekümmertem Flüstern.

»Der Teufel war da«, wehklagte er. »Der Satan. Der Satan, sage ich, war da.«

Die Wiederholung war irritierend und wohl kaum ein Kompliment für den vorigen Sonntagsprediger. Verstohlen fuhr sich der Missionar mit der Zunge über die dicken Lippen, Tränen glänzten in seinen Augen, und als er den Mund wieder öffnete, um zu sprechen, hätte er beinahe das Pfefferminzbonbon verloren, das er lutschte.

»Fragt mich nicht, woher ich das weiß.« Wieder hob er die Stimme. »Fragt mich nicht, woher ich das weiß«, wiederholte er. »Aber ich weiß es. Ich weiß es. Ich weiß es.« Der Satz gipfelte in einem ekstatischen Ausruf. Der Missionar ließ den Tisch los, der unsicher wackelte, und seine Hände fuhrwerkten durch die Luft wie bei jemandem, dem man plötzlich die Stütze entzogen hat. Ich überlegte, ob er den Teufel auch für die vielen Bonbonpapiere verantwortlich machte.

Seine Stirn war feucht von Schweiß, Tränen begannen über seine Wangen zu rinnen, seine beiden Hände waren mittlerweile extrem schmutzig, und er zog zu meiner großen Erleichterung ein sauberes Taschentuch, doch statt es zu benutzen wie erwartet, hielt er es sich vor den Mund, spuckte die Reste des Pfefferminzbonbons hinein und steckte es dann wieder in die Tasche. Die Tränen durften unkontrolliert weiterfließen.

»Aaah«, hauchte er betrübt, »es ist leicht, bei euch den Teufel zu riechen.«

Fast hätte ich gekichert, weil die melodramatischen Worte mir durch den Kopf fuhren wie der Titel eines Theaterstücks: ›Der Teufel riecht nach Pfefferminz.‹

»Hütet euch vor dem Teufel in euren Herzen und in euren Häusern«, beschwor er uns. »Hütet euch vor dem Teufel, der euch Freitag abends ruft, auszugehen und seiner verlockenden Musik zu lauschen.«

Ein Mann, den mir Morag als den Wildhüter und begeisterten Flötenspieler des Dorfes gezeigt hatte, sah plötzlich erschrocken aus und errötete schuldbewußt über Gesicht und Hals.

»Hütet euch vor dem Teufel, der euch lehrt, Wange an Wange zu tanzen, Bauch an Bauch, und das mit Fremden«, fuhr der Missionar fort.

Die Gemeinde stieß einen pfefferminzduftenden Atemzug aus, und der Missionar, der sich für sein Thema erwärmte, leckte sich verständnisvoll die Lippen. (Morag erklärte mir später, daß dieses öffentliche Anprangern eine Folge davon sei, daß Foxtrott und Onestep im Tanzsaal der Insel Einzug gehalten hätten.)

Erstaunt richtete ich den Blick auf die Schultern der vor mir sitzenden »anderen Hälfte vom Boot«. Sie bebten vor unterdrückter Heiterkeit. Ich blinzelte ungläubig, doch als ich die Reihen dunkelgekleideter Rücken entlangschaute, entdeckte ich, daß so manches Schulterpaar unbeherrscht zitterte. Dann sah ich die Frauen an. Sie schienen alle mit verkniffenem Mund übertrieben sittsam in ihren Schoß zu blicken. Ein Seitenblick auf meine Wirtin zeigte mir, daß ihre Augen so fröhlich glänzten wie bei einem Kind. Im Grunde schien die ganze Gemeinde bis auf einen sichtlich Schwachsinnigen, der verkrampft und entsetzt am äußersten Ende der vordersten Bank saß, drauf und dran, in Gelächter auszubrechen. Ich blickte starr auf den schmutzigen Boden.

Endlich endete die Tirade, und es begann die Kollekte. Hatte ich schon den Gottesdienst verrückt gefunden, die Art der Kollekte erschütterte mich ebenso. Zwei der älteren Gemeindemitglieder holten schwarze Samtbeutelchen hervor und rannten damit – wie ich fand, in unziemlicher Eile – zu den hinten Sitzenden, wobei sie einander rempelten, wegdrängten und versuchten, sich den Rang abzulaufen. Geld fiel zu Boden, rollte weg, wurde vom Betonboden aufgegriffen. Die Einsammelnden erhoben sich grau von Staub zwischen den Sitzreihen. Ich ließ mein Scherflein in den ersten Beutel fallen, den man mir unter die Nase hielt, und erntete einen wütenden Blick vom rivalisierenden Beutelträger.

Kaum war die Kollekte beendet, war auch der Gottesdienst vorüber, und die Andächtigen schlurften sehr würdig hinaus. Nach dem Schauspiel, dessen Zeugen wir eben geworden waren, meinte ich, unser Abgang müsse passenderweise vom Knallen hochklappender Sitze und der Nationalhymne begleitet werden. Vor der Kirche bildeten sich schwatzende Gruppen, sie schienen auf etwas zu warten. Und so war es auch.

Die beiden Sammler kamen heraus und standen einander gegenüber, beide mit roten, bösen Gesichtern. Jeder hielt seinen gefüllten Kollektenbeutel hinter dem Rücken. Gleichzeitig streckte jeder die Hand dem anderen entgegen und verlangte: »Gib den Beutel her.«

»Was haben die denn bloß?« flüsterte ich.

»Na ja, das kommt von der Gemeinschaftsandacht«, sagte Morag. »Gemeinschaftsandachten sollten nicht erlaubt sein, das gibt immer Ärger.«

Anscheinend gab es nur diese eine Kirche in Bruach, und die mußten zwei rivalisierende Bekenntnisse sich teilen. Es lief alles glatt bis auf die Kollekte. »Das letzte Mal sind sie hinter die Kirche und wollten es ausfechten.«

»Aber da hat doch der Missionar sicherlich ...«, begann ich.

»Ach«, sagte Morag, »der kommt erst aus der Kirche, wenn einer von denen mit dem Geld wiederkommt.«

Die Kombattanten wurden immer böser und starrten einander herausfordernd an. Es schien kaum Aussicht, diese Spannung zu lösen.

»Sie sollten eine Münze darum werfen«, sagte ich leichthin.

Morag sah mich bewundernd an und ergriff dann das Wort. »Miss Peckwitt sagt, ihr sollt drum losen«, sagte sie zu den beiden.

Diese Miss Peckwitt hätte sich in diesem Augenblick gern unsichtbar gemacht, doch fand ich zu meiner Überraschung, daß ich Mittelpunkt der allgemeinen Zustimmung war.

»Richtig, das sollten sie«, sagte der Präzentor, und jedermann wiederholte es, einschließlich der konkurrierenden Kollektoren. Er nahm einen Penny aus einem der Beutel.

»Weil Miss Peckwitt es vorgeschlagen hat und

weil sie zu keiner Seite gehört, soll sie ihn werfen«, sagte er. Ergeben nahm ich den Penny.

»Und jetzt los«, sagte der Präzentor. »Welche Seite wollt ihr, Kopf oder den Mann mit der Heugabel?«

Sie sprachen, ich warf.

»Welche Seite ist es, Miss Peckwitt?« erkundigte sich der Präzentor.

»Der Mann mit der Heugabel«, sagte ich ängstlich.

Die Szene war vorüber, der Verlierer übergab bereitwillig seinen Beutel, und der Sieger verschwand im Inneren der Kirche. Nach und nach zerstreuten sich die Kirchgänger.

»Wie fanden Sie den Gottesdienst?« fragte mich meine Wirtin.

»Euer Missionar ist nur so etwas wie ein Medizinmann«, sagte ich.

»Aye«, bejahte sie, »aber über den Burschen kann man immer so richtig lachen.«

»Gehen die Leute hier deswegen in die Kirche?« fragte ich ironisch.

Morag kicherte schuldbewußt. »Ach nein, eigentlich ist es nicht deswegen«, widersprach sie. »Das ist bloß dieser eine, die andren sind gar nicht so. Es heißt, er hätte zuviel Religion getrieben. Sie wissen doch, einer von diesen religiösen Fanackjern.«

Als wir unsere Mahlzeit beendeten, dämmerte

schon der Abend, daher machte ich den Hühnern das Futter, während meine Wirtin davoneilte, um die Kühe zu melken.

»Vergessen Sie den Hahn nicht«, mahnte sie, als sie mit dem Milcheimer verschwand.

Ich wußte, den Hahn würde ich niemals vergessen.

Vom Fahren und Fischen

Mein Aufenthalt in Bruach wurde zu Wochen, zu Monaten und schien kein Ende nehmen zu wollen, denn die Reize der Hebriden sind unbestritten und zwingend. Es gab Zeiten, in denen ich fand, ich könne sie nicht verlassen, nicht um all dessen willen, was England mir zum Ausgleich bieten würde. Zu meiner Überraschung begann ich mich für Landwirtschaft im allgemeinen zu interessieren, und ebenso überrascht waren meine Nachbarn über meinen Eifer, melken zu lernen, Kartoffeln zu stecken und zu hacken, Heu zu wenden, ja sogar zu mähen und Torf zu stechen.

Der Wechsel vom städtischen Leben zu dem auf einem kleinen Bauernhof war nicht allzu schwierig, hatte aber seine humoristischen Seiten. Trotz Morags sachkundigen Instruktionen waren meine ersten Versuche äußerst dilettantisch: Meine Heustöcke hatten die Neigung umzufallen, obwohl ich sie so sorgfältig aufgerichtet hatte, meine Maisbüschel machten Knickse, die Kartoffeln spießten sich auf die Zinken meiner Gabel, meine Mäherei war so desorientiert, daß es fast gefährlich wurde. (»Sie werden noch auf *einem*

Bein hopsen müssen, wenn Sie weiter so rumfuchteln«, warnte Morag immer wieder.) Infolge meiner Ausdauer brachte ich es jedoch zu einem gewissen Geschick, und später wurden meine freiwilligen Hilfsangebote von den Dorfbewohnern mit fast so etwas wie Bereitwilligkeit angenommen – statt mit verstohlener Heiterkeit.

Ich hatte keine Ahnung von den Landbewohnern und ihren Gewohnheiten, aber die Bruacher hatten noch weniger Ahnung von den Engländern. Bruach lag vollkommen abseits, und mit Ausnahme von vereinzelten Touristen, die in den Sommermonaten kamen und gingen, waren es nur die unermüdlichen Erforscher kleinbäuerlicher Lebensbedingungen, die manchmal die immer schlechter werdenden Wege befuhren und die Stille der Isolation durchbrachen.

Generell schien man der Meinung zu sein, »der Engländer ist ein Narr, aber sein Geld ist gut«. Ich habe den Inselbewohnern während meines ganzen Aufenthalts auf den Hebriden wohl kaum Grund gegeben, diese ihre Meinung zu ändern. Ich muß gestehen, für den Egozentriker ist es ein Schock, zu erkennen, wieviel wertloser man als Engländer ist, obwohl man sich schließlich daran gewöhnt. So überraschte es mich kaum noch, als Morag, die mir erzählte, eine Frau habe zweimal geheiratet, auf meine Bemerkung, ich hätte gehört, sie habe dreimal geheiratet, erwiderte:

»Aye, *mo ghaoil*, das hat sie wohl, aber der erste war Engländer.«

Das Phänomen, daß eine Engländerin – und noch dazu eine ohne wissenschaftliches Interesse – sich auf Dauer unter ihnen niederließ, genügte, um die Neugier der Crofter ins Fieberhafte zu steigern. Die Einheimischen verfolgten meine Schritte so eifrig wie die Regenbogenpresse die der königlichen Familie. Belanglose Vorfälle, die mir auf meinen Spaziergängen zustießen, waren Morag schon bekannt, ehe ich wieder heimkam, und ihre Begrüßung enthielt unweigerlich eine Bemerkung über diese meine Abenteuer, etwa: »Wie ich höre, haben Sie den Soundso am Dingsda getroffen?« oder »Man hat mir gesagt, daß Sie fast von der Flut erwischt worden sind und waten mußten.«

Daß man so hinter all meinem Tun herspionierte, war natürlich etwas ärgerlich, aber ich redete mir ein, das Interesse sei nur vorübergehend und ich würde bald meine Zurückgezogenheit genießen können, ohne mich als Brennpunkt der allgemeinen Neugier fühlen zu müssen. Wie gesagt: Ich wußte so gut wie nichts über Land und Leute.

Einige Geschichten über meine Initiation in das Inselleben werden heute noch in Bruach erzählt, und das wird, davon bin ich überzeugt, noch jahrelang weitergehen. Zum Beispiel die Geschichte, wie ich mich anbot, meiner Wirtin eine Bruthenne zu holen. Den ganzen Weg hatte ich zu kämpfen: In der einen Hand hatte ich ein Bein des über meinem Kopf flatternden, lautstark protestierenden Viehs, mit der anderen schützte ich meine Augen gegen was auch immer. Morag kam mir, um Fassung ringend, schon entgegen.

»Welcher Idiot hat Ihnen denn die gegeben?« fragte sie.

Ich erklärte etwas gekränkt, die Hausfrau und der uralte Großvater hätten diese Henne selbst ausgesucht, weil sie zufällig die einzige war, die auf dem Nest saß.

»Hören Sie, eine brütige Henne sitzt sanft wie 'n Lamm ruhig auf dem Arm«, sagte sie, »aber das niederträchtige Vieh, das Sie da haben, wird sich auf keine Eier setzen, außer man beschwert es mit einem Heustock.«

Ich war tief enttäuscht, daß mein Gang umsonst gewesen war. »Und was soll ich jetzt mit der Henne machen?« fragte ich, denn das Tier strampelte und gackerte unermüdlich weiter.

»Lassen Sie ihr Bein los«, riet Morag und ergänzte optimistisch: »Die findet dann bestimmt allein heim.« Ich ließ das Bein los, und die Henne, noch immer gackernd, flog schwerfällig dem Meere zu.

Einige Tage später kam ich am Garten eines Nachbarn vorbei, wo mir ein mürrisches, verdrecktes Huhn auffiel, das von seinen Gefährten gemieden wurde. Es kam mir unangenehm bekannt vor. Ich war sicher, daß Morags Optimismus in diesem Fall ungerechtfertigt gewesen war und daß es an mir sei, etwas zu unternehmen. Ich glitt auf die mir inzwischen schon ganz geläufige Art und Weise über die Mauer und näherte mich behutsam.

»Gluck, gluck, gluck«, lockte ich.

Die Henne schien mich zu erkennen, verfiel in ein wildes Gackern, das bei sämtlichen Hühnern eine Kakophonie des Entsetzens auslöste, flog auf, verstreute etliche Federn und verschwand hinter einem fernen Kuhstall. Ich sah sie nie wieder. Ich frage mich, ob ihr Eigentümer sie je wiedersah.

Man erzählt auch noch die Geschichte vom Hausschaf.

Ich hatte mir etwas zum Essen mitgenommen und einen Tag lang das Moor erforscht. Der Abend senkte sich schon herab, als ich mich auf den Heimweg machte, und ich war noch nicht weit gekommen, da hörte ich ein unglückliches »Bäh« und sah, als ich mich umwandte, ein einzelnes Schaf eilig auf mich zulaufen.

»Hallo«, begrüßte ich es, und als es wieder »Bäh« machte und sich in überschwenglicher Dankbarkeit an mir rieb, wußte ich, daß es das mutterlose Lamm war, das Ruari von den Hügeln heimgebracht hatte, damit seine Frau es mit der

Flasche aufzog. Wie nur natürlich, war das Lamm der verwöhnte Liebling des Hauses geworden, hielt das Gras im »Park« kurz und lief in der Küche aus und ein wie ein übermütiges Kind. Als es sich zu einem fetten, stämmigen Hammel ausgewachsen hatte, wurde es einigermaßen zum Problem und mußte aus dem Haus verbannt werden. Unglücklicherweise tat das seiner Zuneigung keinen Abbruch, und es entfernte sich nie weit vom Haus, außer um Ruari oder Bella zu folgen, wenn sie zur Quelle gingen.

Wie es dem Schaf gelungen war, sich so viele Meilen von zu Hause zu verirren, war mir unbegreiflich. Ob es mich tatsächlich erkannte oder sich jedem vorüberkommenden Menschenwesen auf Gnade und Ungnade ergeben hätte, wußte ich nicht, doch offensichtlich hatte es sich verlaufen und war entzückt, mich zu sehen. Ich war sicher, Ruari würde das Tier vermissen und sich fragen, was ihm passiert sei. Zweifellos war er bereits in diesem Augenblick unterwegs und suchte es. Bei diesem Gedanken wickelte ich mir den Schal vom Hals und band ihn dem Hammel um, dann führte ich das Tier heimwärts, fühlte mich als der Gute Hirte und freute mich auf Ruaris Dankbarkeit, das verlorene Schaf zur Herde zurückgebracht zu haben. Das Tier ließ sich willig führen und trottete den ganzen Weg neben mir her, bis ich, als wir uns Ruaris Haus näherten, den Schal von seinem Hals nahm und wartete, was nun geschehen würde. Begeistert vorwärts stürmend sprang der Hammel durch das Gartentor, rannte zur Haustür, begann sie mit den Hörnern zu bearbeiten und fröhlich zu bähen.

Die Tür öffnete sich rasch, und Ruari, offensichtlich beim Ritual des Rasierens unterbrochen, erschien auf der Schwelle. Eben gratulierte ich mir zu meiner guten Tat, da hörte ich Ruari einen Fluch ausstoßen, der mich zusammenfahren ließ, sah ihn mit dem Stiefel gegen das dicke wollige Fell des einstigen Haustiers treten und es roh wegstoßen. Dann begann er das arme Tier und seine Vorfahren bis ins sechzehnte Glied zu verunglimpfen. Als er sich umwandte, erblickte er mich.

»Also wissen Sie«, begann er verstört, »zwanzig Kilometer, wenn nicht mehr, bin ich gestern mit dem Vieh gerannt. Zwanzig Kilometer lang hab ich versucht, es loszuwerden, und jetzt ist es wieder da, nach vierundzwanzig Stunden, vor meiner Haustür!« Wieder entfuhr ihm ein zorniger Fluch. »Hätten Sie geglaubt, Miss Peckwitt, daß so ein Vieh zwanzig Kilometer weit den Heimweg findet?«

Ich erwiderte mit schwacher Stimme, das sei schwer zu glauben, und der immer noch schimpfende Ruari trieb das Unglücksvieh in den Stall.

Mir klangen noch die Ohren, als ich zu Hause ankam, wo Morag mich schon erwartete. Fast ihre ersten Worte waren: »Am besten geben Sie mir den Schal gleich zum Waschen. Der wird fürchterlich nach Schaf stinken.«

Ich lebte noch nicht lange im Dorf, da entdeckte ich den grundlegenden Unterschied zwischen Engländern und den Bewohnern der Hebriden: Erstere »leben, um zu essen«, letztere aber »essen, um zu leben«. Das ist ein Riesenunterschied. Die Crofter aßen unregelmäßig, schlemmten und fasteten abwechselnd, und verglichen mit *ihren* Eßgewohnheiten, waren die der Wilden relativ kultiviert. Im allgemeinen gesunde Menschen konnten deshalb bleich wie Schleimsuppe aussehen, löffelweise Backpulver oder Magenmedizin schlucken, und die »Gebildeten« mußten ihre Unterhaltung so oft mit »'tschuldigung« unterbrechen, daß sie sich anhörten wie eine gesprungene Grammophonplatte. In all meinen Jahren in Bruach habe ich niemals einen Crofter kennengelernt, der regelmäßig aß. »Magenschmerzen« war eine so weitverbreitete Klage, daß es für den Arzt so monoton gewesen sein muß, wie am Fließband in Endlosprozession immer das gleiche Stück zu stanzen.

Die Kost war einfach und erschreckend eintönig. Bis auf die allgegenwärtigen Rüben war Gemüse praktisch unbekannt. Der durchschnittliche

Crofter ist ebensowenig geneigt, Gemüse zu essen, wie es anzubauen. Er ist so sehr Sklave seines Fatalismus, daß er neben einem Feld mit guten Kohlköpfen stehen und seelenruhig behaupten kann: »Kohl gedeiht in dieser Gegend nicht.« Und sein rührend-resignierter Ton wirkt dabei so hypnotisch, daß ein Unerfahrener geneigt ist, eher dieser verblüffenden Aussage zu glauben als dem Augenschein.

Meine Wirtin, die »bis vor kurzem« (es war fünfundzwanzig Jahre her!) »beim Gutsherrn in der Küche gedient hatte«, war beim Zubereiten und Servieren der Speisen ihren Nachbarinnen weit überlegen, ein Umstand, für den ich unendlich dankbar war. Sie war sogar soweit gediehen, neue Kartoffeln mit einem Blatt Minze zu kochen, »weil neue Kartoffeln giftig sind und die Minze das Gift raussaugt«. Doch die Speisenfolge des *Laird* schien kaum mehr Abwechslung geboten zu haben als die seiner Pächter, und ich hatte es schwer, Morag davon zu überzeugen, daß als Nachtisch nicht nur Reispudding und Flammeri in Frage kämen und daß schmackhaftere Möglichkeiten bekannt seien, junge Hähnchen zuzubereiten, als sie in Wasser mit Würfeln alter Rüben zu kochen. Sie war stets darauf bedacht, einem gefällig zu sein, und akzeptierte meine Vorschläge ohne Groll, obwohl sie dazu neigte, es als exzentrisch und städtische Protzerei abzutun, jeden Wochentag ein anderes Gemüse zu kochen.

Bald nach meiner Ankunft in Bruach war Morags kleiner Vorrat an Rüben zu Ende gegangen, und da wir kein Gemüse mehr hatten, schlug sie vor, ich solle »Old Mac« einen Besuch abstatten, der mit vierundachtzig beschlossen hatte, nun werde es Zeit, etwas fürs Alter beiseite zu legen. Mit diesem Ziel habe er, wie es hieß, begonnen, Gemüse für Hotels auf dem Festland anzubauen – eine sehr neumodische Idee.

Eines kalten Januarmorgens machte ich mich zu Old Mac auf. Die Moore waren bepelzt von Rauhreif, und die Heidekrautstengel knisterten unter meinen Füßen. Ein beißender Ostwind sträubte und scheitelte das struppige Fell des Highlandviehs, das hier vereinzelt graste, ein Auge auf das spärliche Gras, das andere auf den Zaun gerichtet, der es von der Gebäudegruppe weiter unten trennte und von wo es das Erscheinen der Besitzer erwartete, die sättigende Heubündel brachten. Bei meinem Vorübergehen hoben sich hoffnungsvoll die Köpfe und kehrten dann enttäuscht wieder zu der Aufgabe zurück, die riesigen Bäuche zu füllen.

Als ich den Hang hinunterstieg, kam ich zum Hof von Old Mac, der unter seinem moosigen Schilfdach selbst für mein unerfahrenes Auge alles andere als vielversprechend aussah. Das Haus selbst duckte sich in den Sand, und aus dem einzigen breiten Kamin, der das graue Rieddach durchbrach, erhob sich eine wabernde Torfrauchfahne. Ich klopfte an die Tür, über der ein Schnauzbart aus zerzaustem Efeu hing, und die Nichte des Alten, ein Mannweib von etwa vierzig, ebenfalls mit dunklem Schnurrbart, öffnete. Ich erklärte ihr, was ich wollte, und sie geleitete mich breit lächelnd zu einem kleinen strohgedeckten Schuppen, in dem ihr Onkel saß, so weißbärtig und so breit wie sein Schornstein, und, wie die Nichte mir erklärte, »Kartoffeln paarte«. Ich dachte erst, ich hätte mich verhört, doch der Alte saß tatsächlich zwischen zwei Haufen Kartoffeln und nahm von jedem ernsthaft und konzentriert je eine, schnitt sie in die gewünschte Form, die bei jemand weniger primitivem obszön gewesen wäre, und band sie mit einer Schnur eng aneinander. Er hoffte, so sagte er, durch diese Methode eine neue Kartoffelsorte zu erzielen, und die würde er »Mac's Victory« nennen.

Wie Ruari war auch der alte Mac ziemlich taub, doch im Gegensatz zu Ruari sprach er mit leiser, vertraulicher Stimme. Als die notwendigen Höflichkeiten erledigt waren und das Mannweib sich entfernt hatte, um den Wasserkessel aufzusetzen, wiederholte ich mein Anliegen. Mac schüttelte den Kopf.

»Rüben?« sagte er. »Hat kein' Sinn, hier Rüben anzubaun.«

»Zu sauer?« fragte ich höflich.

Mac warf einen raschen Blick zur Tür, hinter der die Schritte der Nichte sich entfernten. Er legte warnend den Finger auf die Lippen.

»Ja«, bestätigte er nachdrücklich. »So ist sie seit ihrer Operation immer. Weiß auch nicht, was mit ihr los ist.«

Ich hatte das unbehagliche Gefühl, die Schritte draußen hätten angehalten.

»Ich meine den Boden«, warf ich rasch ein.

»Aye«, bestätigte Mac. »Rüben wachsen hier nicht.« Er seufzte tief auf. »Der Doktor sagt, es sind die Drüsen bei ihr. Weiß auch nicht … seit ihrer Operation …«

»Haben Sie denn schon einmal versucht, Rüben anzubauen?« beharrte ich nachdrücklich und unnötig laut. Zu meiner Erleichterung setzten die Schritte wieder ein und verklangen.

»Aber ja. Ein Jahr hab ich mal Rüben angebaut, die warn so dick wie meine Faust.« Er hob nachdrücklich die schwielige Hand.

Ich nickte.

»Und ein Jahr drauf hab ich wieder welche angebaut, und da warn sie wie –«, er sah sich ungeduldig im Schuppen um, konnte aber kein passendes Vergleichsobjekt entdecken und fuhr fort: »Da warn sie so groß wie meine beiden Fäuste zusammen.« Er warf das Messer in die Kartoffeln und ballte beide Fäuste.

Ich lächelte ermutigend.

»Und im dritten Jahr, in dem ich sie angebaut hab, warn sie so groß wie mein Kopf«, fuhr er fort.

Ein flüchtiger Blick auf seinen Kopf zeigte, daß der nicht besonders klein geraten war.

»So groß wie mein Kopf warn sie«, wiederholte er, »aber als ich sie aufgeschnitten hab, was hab ich da gefunden?«

Er beugte sich ernsthaft vor, und ich belohnte ihn mit einem bedenklichen Kopfschütteln.

»Also innen, da warn sie allesamt faul und voller Maden«, schloß er angewidert.

»Auch wie Ihr Kopf«, murmelte ich zum Spaß. Er musterte mich mit gerunzelter Stirn.

»Was?« fragte er und stemmte sich knurrend von seinen Kartoffeln in die Höhe, um mich zum Teetrinken ins Haus zu führen.

»Ich sagte, wie schade um die Rüben«, log ich.

Wieder legte er den Finger auf die Lippen. »Ja … seit ihrer Operation … ich weiß nicht …«

Wir waren fast an der Tür des Häuschens.

»Kommt doch rein«, rief das Mannweib gastfreundich. Sie fixierte mich mit einem resoluten Lächeln, und ich gab es ebenso resolut zurück.

Ich verabschiedete mich von Old Mac und seiner Nichte, nachdem ich mir die Aufzählung einer ganzen Reihe von Gemüsen angehört hatte. Manche kannte ich, von einigen hatte ich noch nie gehört. Alle waren zwangsläufig auf der Insel ein Fehlschlag infolge der verheerenden Einwirkungen von Sonne, Regen, Wind, Nebel, Schnee, Hagel, Hunden, Kühen, Schafen, Pferden, Karnickeln, Wild, Hühnern, Dürre, Krankheiten und Touristen. Bei der Art, wie der Alte von ihnen sprach, hätte ich die letzten drei zur gleichen Kategorie rechnen dürfen. Es sah so aus, als sei der Anbau von Gemüse ein äußerst riskantes Geschäft und als würde der alte Mac wahrhaft alt sein, ehe er seinen Notgroschen beisammen hatte.

Bei meiner Heimkehr bestellte ich schriftlich auf dem Festland je einen Sack Karotten und weiße Rüben, und mit diesen kamen wir in den Wintermonaten einigermaßen aus. Als es Frühling wurde, hatte ich beide Gemüsesorten herzlich satt und ließ einen Notruf an Mary abgehen, woraufhin ein hochwillkommenes Paket eintraf, das Erbsen, Radieschen, Salat, Kohl, grüne Bohnen und Zwiebeln enthielt. (»Von denen ihrem Geruch wird mir komisch«, bemerkte Morag und zeigte auf letztere.)

Die Zubereitung des Gemüses gelang Morag recht gut, mit Ausnahme der Bohnen und Radieschen, die in der Küche des *Laird* anscheinend unbekannt gewesen waren. Die Bohnen schälte sie mühsam, warf die Schoten den Hühnern hin und kochte nur die spärlich braunen Samen, setzte sie mir im Eierbecher statt der gewohnten Gemüseschüssel vor und rief verächtlich: »Diese blöden kleinen Erbsen sind ja das Schwarze unterm Nagel.« Die Radieschen beraubte sie mühsam ihrer farbigen Außenhaut und servierte sie als fahle Salatzutat. Als ich ihr erklärte, man brauche sie nur zu waschen, ließ sie sich zu der Kritik hinreißen: »Du meine Zeit, das säh vielleicht ulkig aus!«

Sicherlich infolge der belebenden Luft von Bruach wurde mein Appetit bald gewaltig. In Fragen des Essens hatte ich nie Vorurteile gehabt, und so konnte ich das Neue und Schlichte der traditionellen Inseldelikatessen genießen. Haferbrei, den ich in der Stadt als zu mächtig abgelehnt hatte, erschien jetzt regelmäßig auf dem Frühstückstisch – und verschwand ebenso regelmäßig! Rotalgensuppe, Carragheenpudding (beides aus dem Meer) mutete ich mir zu und auch Dinge wie gekochten Kormoran (von den Einheimischen *skart* genannt) und viele andere Seevögel, obwohl ich zugeben muß, daß sie in manchen Fällen ihre Herkunft aus der See nicht verleugnen konnten. Salzhering, das Hauptnahrungsmittel der Crofter trieb mich nach dem ersten vorsichtigen Mundvoll an den Wassereimer, wo ich mehr Wasser in kürzester Zeit zu mir nahm als je zuvor in meinem Leben. Die Vorliebe für Salzhering ist, wage ich zu behaupten, schwer zu erlernen. Ich meine sogar, man muß erst einmal gälisch sprechen lernen, um ihn zu genießen, oder umgekehrt, um gälisch zu sprechen, muß man erst eine Menge Salzhering gegessen haben. Was als Kehlenraspel geeigneter ist, kann ich nicht sagen, glaube aber, daß man meine Stimme vor dem Genuß von Salzheringen wohl als Sopran eingestuft hätte, nach dem Genuß von Salzheringen klang sie für meine Ohren eher wie ein »Basso profundo«.

Strandschnecken, wie Morag sie in den Wintermonaten für den Londoner Markt sammelte, brachte ich nur in gekochtem Zustand hinunter. Es war mir eine zu widerwärtige Vorstellung, daß sie sich mir roh durch die Kehle schlängelten. Krabben wurden zappelnd und äußerst lebendig für zwanzig Minuten in heiße Torfasche gelegt, dann herausgenommen und mit den Fingern zerpflückt – war ein Instrument nötig, genügte der Schürhaken. Bald entwickelte ich eine besondere Vorliebe für Krabben und handhabte nach einiger Übung den Schürhaken recht geschickt.

Crowdie, eine Art weicher Käse aus Sauermilch, war gut zubereitet sehr schmackhaft, obwohl ich ihn mit Marmelade und Sahne als Nachtisch weniger mochte, und an Zucker statt Salz zu weichen Eiern konnte ich mich auch nicht gewöhnen, doch so schmeckten sie den Bruachern.

Sauermilch wurde viel getrunken, aber ich hatte die Abneigung der Städterin gegen Milch, die auch nur im geringsten »umgestanden« ist.

»Ich versteh euch Städter nicht«, sagte Ruari eines Tages, als ich zusah, wie er einen Krug geronnene Milch an die Lippen setzte und gierig einsog, »ihr würdet nie 'n Apfel oder 'ne Pflaume essen, eh sie reif ist, was? Warum trinkt ihr dann die Milch, eh sie reif ist?«

Ich mußte zugeben, so hatte ich das noch nie gesehen.

»Als ich im letzten Krieg eine Zeit in England war«, fuhr Ruari fort, »hab ich kein' Tropfen reife Milch gesehn, der nicht an die Schweine verfüttert worden wär. Alle wollten immer nur das unreife, frische Zeug direkt von der Kuh. Ach, das ist doch nix Gescheits, außer in den Tee, und schmeckt genauso nach nix wie Wasser.«

In den Sommermonaten, wenn es viel fette Milch gab, machte Morag selbst Butter, und was für Butter! In der Stadt hätte man sich beklagt, sie sei ranzig, doch obwohl ihre »Reife« mich im Hals kratzte und ich bei jedem Mundvoll zwei-, dreimal schlucken mußte, habe ich sie schließlich schätzen gelernt wie noch nie eine Butter vorher. Morags Butterfaß war eine Bonbondose mit einem Loch im Deckel. Durch dieses Loch war ein etwa einen Meter langer Stab gesteckt, an dessen unterem Ende eine runde Holzscheibe mit drei, vier Löchern angebracht war. Um zu buttern, pflegte Morag sich auf die Stuhlkante zu setzen, die Dose halb voll Rahm fest zwischen die Knie geklemmt, dann ergriff sie den Stößel und fuhr heftig damit auf und ab, bis Butter entstand. Sie erinnerte dann an einen Jockey, der, verbissen auf den Hals seines Reittiers gebeugt, die Augen starr auf das Ziel richtet. Diese Vorstellung wurde noch verstärkt durch die Sahnespritzer aus dem Butterfaß, die ihr Gesicht und Haar sprenkelten wie die Schaumflocken bei einem scharf gerittenen Pferd. Der Vorgang dauerte oft Stunden, und wenn Nachbarn zu Besuch kamen, wechselten sie sich zuvorkommend mit ihr ab, solange Morag Tee kochte. Wurde sie müde, ging sie zu Bett und nahm am nächsten, manchmal auch am übernächsten Tag das Buttern wieder auf, und manchmal wurde das Plopp-Plopp des Stößels der Hintergrund für meine Träume. Es war eine überaus schlampige Art zu buttern, aber Butter bekamen wir doch fast immer, und es dauerte gewöhnlich länger, sie zuzubereiten, als sie zu essen.

Pilze wuchsen reichlich während der Sommerzeit auf den Mooren, und als die Dorfbewohner hörten, ich äße sie gern, bestanden sie darauf, mir alle zu bringen, die sie fanden. Tag für Tag trafen Pilze ein, in Milcheimern, in Marmeladegläsern, in schmutzigen Taschentüchern und noch schmutzigeren Mützen. Ich aß sie gebraten zum Frühstück, ich aß sie in der Suppe, ich erfand Appetithäppchen, ich versuchte sie zu trocknen und konnte dennoch nicht alle Pilze verwenden, die mir so großzügig gespendet wurden. Ich war gerührt über die Aufmerksamkeit meiner neuen Freunde, und die Ernüchterung kam erst mit der Entdeckung, daß sie unerschütterlich glaubten, alle Pilze seien schwer giftig.

Und dann gab es da die Klöße.

Es scheint Tradition zu sein, daß ein schottischer Kloß nach dem Kochen seine mindestens zehn Pfund wiegen muß, ungeachtet der Größe des Haushalts. Er ist fruchtig, saftig und würzig und ein erhebender Anblick, wenn er aus dem Tiegel gehoben wird, in dem er mehrere Stunden lang gebrodelt hat, und auf der größten Fleischplatte angerichtet wird. Als Kloßserviette benutzte Morag immer eine ihrer alten, wollenen Unterjacken, mit Mehl bestreut, weil er dann von außen ein so hübsches Spitzenmuster bekam. Zehn Pfund deftiger Rosinenkloß ist für zwei Frauen ohne Hilfe eine ungeheure Portion. Jedesmal wenn ich sah, daß wieder einer vorbereitet wurde, wußte ich, daß ich auf anhaltende Verdauungsbeschwerden gefaßt sein mußte. Kein Krümel wurde je verschwendet. Am ersten Tag aßen wir den Kloß in dampfenden Stücken direkt aus dem Tiegel, und er schmeckte köstlich. Am nächsten Tag wurde er kalt mit einem scharfen Messer in Scheiben geschnitten, und wir aßen ihn entweder als Kuchen oder in der Pfanne aufgebraten als Nachtisch. Gut war er immer noch. Gegen Ende, wenn das Muster von Moragss Unterjacke bereits eine entschiedene Angora-Nuance angenommen hatte, zerschlugen wir die letzten splitternden Stücke, weichten sie in Vanillesauce ein und schichteten sie in eine Form. Das war dann das Ende des Kloßes. Ich pflegte teils bedauernd, teils erleichtert aufzuseufzen und meine Magnesiumtabletten beiseite zu legen – bis zum nächsten Mal.

Fische gab es natürlich genügend, doch obwohl ich noch in England Mary gegenüber leichtfertig verkündet hatte, ich würde mir meine Fische bald selbst fangen, hatte ich nie wirklich damit gerechnet. Angeln als Sport reizte mich in keiner Weise. Ich hatte noch nie auch nur eine Angelrute in der Hand gehabt. Aber Not kennt kein Gebot, und zu meinem Entsetzen war eines Tages dem Metzger »das Fleisch umgestanden«, und Morag, die Magenschmerzen hatte, schlug vor, ich möge mir Ruaris Angelrute borgen, mein Glück versuchen und ein, zwei Fische zum Abendessen fangen. Sie schien so überzeugt, daß ich dieser Aufgabe gerecht würde, daß ich mich nach kurzem Zögern dazu durchrang. Angeln konnte ja ein ebenso angenehmer und nutzbringender nachmittäglicher Zeitvertreib sein wie jeder andere.

Ich ging also zum schwerhörigen Ruari, mit dem ich mittlerweile gut Freund geworden war – wenn so etwas wie Freundschaft bestehen kann zwischen zwei Individuen, die einander so wenig gleichen wie ein Hochofen einer Kerze. Ruaris mächtige Stimme mochte ja gelegentlich von Vorteil sein, doch nach wenigen Minuten Unterhaltung mit ihm war ich fix und fertig. Es hieß – und ich glaube es gern –, Ruari brauche nur nach Stock und Hund zu rufen, und die Schafe auf der anderen Seite des Hügels ergriffen die Flucht. Es hieß ferner, das Vieh auf der benachbarten Insel höre auf zu grasen und sehe sich ängstlich um, wenn Ruari seine Tiere zusammenrief. Sein Hund, der seit frühen Welpentagen Befehle zugebrüllt bekam, gehorchte keinem Kommando, das mit normaler Stimme gegeben wurde, obwohl er offensichtlich gut hörte. Ruaris Stimme war nach meiner Erfahrung etwas Einzigartiges und seine Gewohnheit, Vertrauliches »beiseite« zu flüstern, eine Quelle der Peinlichkeit für jedermann in Hörweite. An Sonntagen wurde er von Frau und Schwester beschworen, »nur ja den Mund zu halten«, um den Sabbat nicht zu entheiligen, und für mich bestand kein Zweifel, daß Morag, hätte sie ihren Willen durchgesetzt, den Bruder unter den Torfkorb verbannt hätte, zusammen mit dem jungen Hahn. Doch Ruari war ein mächtiger Mann und sehr energisch. Seine blauen Augen, überwölbt von herausfordernden Büscheln weißer Brauen, konnten sehr grimmig blicken, und wenn man ihn aus seiner im allgemeinen unerschütterlichen Gutmütigkeit riß, wurde sein rotes Gesicht unter den weißen Daunenstoppeln so dunkel wie eine überreife Pflaume. Ihn würde gewiß nie eine Frau beherrschen.

An diesem Nachmittag fand ich Ruari auf einem Küchenstuhl vor dem Haus, den Kopf gegen den beträchtlichen Bauch des Mannes gestützt, der gleichzeitig Krämer und Bader war, ein achtzigjähriger Putto, der mit weit gespreizten Beinen vor dem Stuhl stand und drohend eine Schere über Ruaris dünnem weißem Haar schwang. An der Hausmauer hockten weitere geduldige, aber kritische »Kunden« aller Altersklassen und Größen, die sich in ihrer Indolenz und Strubbeligkeit alle ähnlich sahen.

Ich wurde höflich und sehr ausführlich begrüßt, und als das Thema Wetter erschöpft und eine höfliche Pause verstrichen war, bemächtigte ich mich Ruaris einen Ohrs und äußerte meine Bitte. Die Wartenden konnten nur mit Mühe ein Lachen unterdrücken. Frauen sind auf den Inseln so lange Nullen gewesen, daß die Vorstellung, eine Frau, und eine Stadtdame noch dazu, könne fischen gehen, ihnen grotesk vorkam. Ruaris wortreiche Einwilligung war nur leicht gedämpft durch den dicken Bauch des Baders, der sichtlich schauderte, so daß er mit dem Ausdruck eines Mannes, der einen Schlag unter die Gürtellinie empfangen hat, einen Schritt zurücktrat.

Ruaris Frau, Bella, die meine Stimme gehört hatte, erschien in der Haustür und winkte mir. Bella war freundlich, rundlich und hatte den schüchtern-törichten Blick der Frau von siebzig, die bis zu ihrem fünfundsechzigsten Jahr Jungfrau geblieben ist, denn sie und Ruari hatten erst spät im Leben geheiratet. Sie führte mich zum Kälberschuppen, in dem Ruaris Angelruten aufbewahrt wurden, damit ich mir dort eine aussuchte. Die Schuppentür stand weit offen. Drinnen saß ein wuschelköpfiger Junge auf einem Holzklotz und las in einem Comic-Heft, das er ungeschickt in nur einer Hand hielt, mit der anderen umklammerte er einen verbeulten Eimer. Ich identifizierte den Jungen hauptsächlich an seiner platten Nase als zum Clan der »andren Hälfte vom Boot« gehörig.

»Johnny wartet drauf, daß das Kalb Wasser läßt«, erklärte Bella mit verschämtem Lächeln und ergänzte, als ich immer noch fragend schaute: »Er ist krank, er hat das rote Wasser.« Mir war nicht klar, welcher der beiden Schuppeninsassen das »rote Wasser« hatte, bis Bella mir auseinandersetzte, Rotwasserfieber sei bei jungen Kälbern sehr häufig und es gebe nur ein Heilmittel, »man läßt's das eigene Wasser saufen«. Dies also war geplant, und der kleine Johnny war dabei, sich Sixpence zu verdienen, indem er mit dem Eimer in der Hand darauf wartete, daß das Kalb seine Pflicht tat. Die Hoffnung des Jungen auf seine Sixpence schien, als wir auftauchten, schon sichtbar geschwunden, denn er war so in sein Comic-Heft vertieft, daß das Kalb ihn bereits zweimal ausgetrickst hatte. Als wir aber eintraten, erwachte das Tier aus seiner Apathie, und fast noch ehe Bella mit dem Erklären fertig war, stellte es sich auf die Beine, es ertönte ein Ruf, Johnny sprang hinzu, und der Rest der kostbaren Medizin gelangte in den Eimer.

»Na also«, freute sich Bella. »Sie haben ihm Glück gebracht. Sobald Ruari mit seinen Haaren fertig ist, geben wir's ihm ein.« Sie nahm den Eimer und stellte ihn an einen sicheren Ort.

Unter Johnnys sorgsamer Anleitung suchte ich mir eine Angelrute aus. Sie war aus Haselholz und glich einem jungen Bäumchen, an dessen Ende ein Stück Darm und ein Haken angebracht waren. Ich trug sie hinaus in die Sonne und musterte sie skeptisch.

»Haben Sie Köder?« rief der Barbier fröhlich.

Ich gestand, ich hätte keine und auch keine Ahnung, wie ich sie verwenden sollte, wenn ich welche bekäme.

»Ich komm mit und fang Ihnen Köder«, erbot sich Johnny, der meine Hilfe beim Verdienen der Sixpence offenbar nicht vergessen hatte.

»Danke sehr«, sagte ich, »aber wartest du nicht aufs Haareschneiden?«

»Ach, die sind noch 'ne ganze Weile nicht fertig«, meinte er und ging neben mir her.

Ich rief Ruari und Bella einen Abschiedsgruß zu und hob mir, nicht blind gegen das verstohlene Grinsen der Zuschauer, die Rute vorsichtig auf die Schulter. So machten wir uns auf den Weg.

»Einen Hai bringt die bestimmt nicht heim!« Ruaris geflüsterte Anmerkung hallte den ganzen Weg entlang, und Johnny warf einen besorgten Blick auf mein Gesicht. Ich ging ungerührt weiter, und mein Begleiter patschte schweigend und barfuß einen halben Meter von mir entfernt dahin – eine weise Distanz einhaltend, denn ich hatte es eilig, und die Angel peitschte wie wild hin und her.

Wir wanderten zum felsigen Teil des Ufers, und hier zeigte mir mein junger Freund einen lebensgefährlich überhängenden Felsklotz und bestand trotz meiner Proteste darauf, dies sei die einzige Stelle zum Angeln an der ganzen Küste. Mir dämmerte, daß Johnny – besorgt um seinen Ruf – wünschte, daß ich auch wirklich an diesem Tag etwas fing. Ich folgte zögernd und kletterte, schlidderte und stolperte zitternd bis zur Kante des Felsens, froh, daß mich mein Aufenthalt in Bruach für solche Gymnastik trainiert hatte. Hätte ich abgelehnt, mein jugendlicher Freund hätte zweifellos die Angel beschlagnahmt und mich zur Rolle des Ködersuchers degradiert.

Inzwischen untersuchte der Junge eifrig die tiefen Tümpel zwischen den Felsen, wobei er unaufhörlich grunzte und keuchte wie ein neunmal so alter Mann.

»Was ist denn?« rief ich.

Er grunzte wieder. »Aah!« – es klang zufriedener als vorher – und hielt eine lebende, zappelnde Krabbe in die Höhe. Mir wurde leicht übel, als er ihr die Beine abriß und sie ins Meer warf, aber diese Übelkeit war gar nichts gegen das, was ich empfand, als er den Mund an den weichen Unterleib des Tieres drückte und seine Zähne so tief hineinschlug, daß der Panzer ihm beinahe ein Stück seiner unterentwickelten Nase abschnitt.

»Mensch, du stirbst!« keuchte ich.

»Dann wär ich schon oft gestorben«, erwiderte er ernsthaft.

Ich hätte ihm beinahe geglaubt.

Einige Sekunden kaute Johnny mit Genuß, spuckte dann die wesenlose Masse aus, teilte sie in gleiche Teile und legte sie sorgfältig auf den flachen Stein. Ich dachte gerade darüber nach, wie ich eigentlich auf die Idee gekommen sei, Angeln könne ein angenehmer Zeitvertreib sein, da riß der Junge etwas Schmutziggraues aus der Hosentasche und zerkrümelte es in den Händen.

»Was ist das denn?«

»Schafwolle«, erwiderte er kurz, befahl mir, zuzuschauen, damit ich es selber lernte, nahm meine Angel, hängte eines der ekelhaften Päckchen gekauter Krabbe an den Haken und umhüllte es sorgfältig mit Schafwolle.

»Du meine Güte«, rief ich und lächelte dabei. »Brauchen die Fische Nahrung und Kleidung?«

Er nahm meinen Scherz mit der Verachtung auf, die er verdiente, und reichte mir die Angelrute.

»Und jetzt?« fragte ich.

»Halten Sie sie so weit hinaus, wie Sie können«, schärfte er mir ein.

Vorsichtig trat ich an den Rand des Felsens und machte mich bereit, dem Rat meines Lehrers zu folgen. Vergeblich suchte ich mich der Anglerfotos zu erinnern, die mich vielleicht darauf bringen würden, wie man warf, aber perverserweise fielen mir nur eine Reihe illustrierter Ratschläge für das Golfspiel ein. Ich fand insofern einen Kompromiß, daß ich die Rute hielt wie ein Bajonett beim Angriff.

Ich hatte immer gedacht, Angler verbrächten ihre Zeit so, wie Constable sie malte: bequem am Rande stiller, baumbeschatteter Flüsse sitzend, träge nach gelegentlichen lästigen Fliegen schlagend und sorgsam ab und zu Fische vom Haken nehmend. Ich war daher gänzlich unvorbereitet auf die rauhe, mühsame Tätigkeit, auf die ich mich eingelassen hatte. Meine Rute war so lang und so schwer, daß es mir wahrscheinlicher schien, daß ich meinen Fisch damit speerte, wenn er auf dem Meeresboden lag, als daß ich ihn nahe der Wasseroberfläche an den Haken bekam. Meine Füße drohten jeden Moment unter mir wegzurutschen, und in diesem Fall würden die glitschigen, seetangbedeckten Felsen mich ins Wasser katapultieren wie ein Wurfgeschoß.

»Jetzt auswerfen«, beharrte Johnny ungeduldig.

»Ich hab zuviel Angst, ich gehe gleich hinterher«, wandte ich ein.

»Ach, das ist nur, weil Sie Schuhe anhaben«, sagte er mit einem verächtlichen Blick auf mein derbes Schuhwerk.

Ergeben legte ich die Rute beiseite und zog die Schuhe aus. Gott sei Dank trug ich keine Strümpfe. »Die Fische in dieser Gegend sind aber sehr anspruchsvoll«, bemerkte ich gereizt.

»Bloß nicht die Fische bei Namen nennen«, jammerte Johnny gequält, »wenn Sie von ihnen reden, fangen Sie nie einen.«

Innerlich ächzend nahm ich die schwere Angel wieder auf, und als ich einen Blick aufs Wasser tat, erblickte ich darin einen flinken, schillernden Schatten.

»Da! Ein Fisch!« schrie ich. »Ein Fisch. Schau!« Aufgeregt wandte ich mich an meinen Begleiter. Seine Miene war völlig verzweifelt.

»Jetzt haben wir's«, sagte er traurig. »Sie haben auf den Fisch gezeigt. Wenn man auf einen Fisch zeigt, bringt es so ein Pech, daß wir ebensogut heimgehn können.«

»Tut mir leid«, entschuldigte ich mich. »Du mußt mir verzeihen. Ich habe ja nicht gewußt, daß Fische so empfindlich sind.«

Er kehrte mir den Rücken und ging eine weitere Krabbe suchen. »Auf'm Trocknen werden Sie nie einen Fisch an die Angel kriegen«, warf er mir über die Schulter zu.

Beherzt neigte ich die Angelrute.

»Ach, das nützt überhaupt nichts. Die Fische sind im Meer und nicht in der Luft.«

Johnnys fortwährende Verweise fingen an, mir auf die Nerven zu gehen. »Jetzt ist sie im Wasser«, gab ich zurück. »Komm und schau selbst.«

Er kam und räumte ein, daß der Angelhaken im Wasser war – wenn auch knapp.

»Also dann mach du es«, sagte ich. Er ließ sich erweichen, nahm mir die Rute aus den Händen, schwang sie und warf die Schnur hinaus aufs Wasser. Dann erlaubte er mir, sie wieder zu halten. Nichts geschah, außer daß sie schwerer und umständlicher zu regieren war, doch zum Ausgleich dafür konnte ich jetzt die Aussicht auf das Dorf bewundern, die ich vorher nicht wahrgenommen hatte. Die Hügel zur Rechten waren schwarz und düster, die Gipfel umhüllt von tiefhängenden Wolken, die Moore staubgrau, und im Gegensatz dazu sahen die kleinen Gehöfte saftig grün aus. In der Ferne erkannte ich das Dach von Morags Haus und die Giebelwand von etwas, das wohl Ruaris Scheune sein mußte. Hinter mir, dicht am Ufer, befand sich eine ganze Häuserreihe mit jeweils nur wenigen Metern Abstand zwischen sich. »Das ist Beach Terrace«, dachte ich bei mir, und in diesem Augenblick kam jemand aus einem der Häuser und winkte. Ich winkte zurück, ein törichtes Unterfangen, durch das ich beinahe die Fische in ihrem eigenen Element kennengelernt hätte. Hinter mir kicherte es, und ich konzentrierte mich wieder auf meine Angel, die inzwischen von einem Schößling zu einem ausgewachsenen Baumstamm geworden zu sein schien. Ruaris spaßhaftes »Beiseite« fiel mir ein, und daß es sich vielleicht als prophetisch erweisen könnte. Das Werkzeug dazu hatte ich jedenfalls.

»Und woran merke ich, daß ein Fisch dran ist«, rief ich. Johnny, der soeben eine weitere Krabbe gefangen hatte und mit der Zubereitung beschäftigt war, spie sie sich in die Hand. »Das merken Sie dann schon.«

Ich merke grundsätzlich nicht, was andere merken. »Aber es könnte doch irgendwelcher Seetang am Haken sein?« gab ich zu bedenken.

»Seetang zerrt und zappelt nicht.«

Da ich auf einem ganzen Teppich aus diesem Material stand, war ich unendlich dankbar, daß seine Aussage zutraf.

Als seien Johnnys Worte ein Signal gewesen, fühlte ich fast sofort ein jähes Zupfen an der Angel. Selbst ein Neuling konnte nicht mehr zweifeln. Ich vergaß die Überempfindlichkeit der Fische und schrie: »Ein Fisch! Ein Fisch! Ich habe einen!«

»Reinholen jetzt, reinholen«, befahl Johnny, auf mich zulaufend. »Hoch die Rute, hoch!«

In den nächsten Augenblicken herrschte eine solche Geschäftigkeit, daß ich nicht recht merkte, was eigentlich geschah. Ich riß mit frischer Kraft an der Rute, die in die Luft flog, die Schnur wie einen Drachen hinter sich herziehend, und plumpste auf ein nasses, klebriges Kissen. Dabei war mir bewußt, daß ein silbriges, zappelndes Wurfgeschoß mir über den Kopf weg zu den Uferhäusern flog.

»So schmeißen Sie ihn aber über die Insel und drüben wieder ins Meer«, vermerkte Johnny aufgebracht.

»War es tatsächlich ein Fisch?« fragte ich.

»Aber ja«, versicherte er, »aber wenn ich den

nicht ganz schnell erwisch, wird er Hühnerfutter.« Damit entsprang er in die Richtung, in die der Fisch verschwunden war.

»Schaun Sie, daß Sie wieder 'n Köder an den Haken kriegen«, rief er. Ich besah den Haken, besah den Köder, blickte hinaus auf das Meer und fand, Ungeübtheit sei hier ein wahrer Segen.

Als ich mich wieder aufrichtete, sah ich im Garten von einem der Häuser zwei Gestalten hin und her laufen, als suchten sie etwas. Ich bemerkte, daß eine davon Johnny war, und nach wenigen Minuten kam er tatsächlich zurück und trug auf der flachen Hand einen silberbäuchigen Fisch von rührendem Format.

»Gar nicht schlecht«, lobte er und streichelte den Fisch mit der freien Hand.

Ich fragte, was für eine Sorte Fisch das sei, und er nannte ihn mir auf gälisch.

»Und wie heißt er auf englisch?«

»Das englische Wort weiß ich nicht.«

»Kann man die Sorte essen?« fragte ich.

»Aber ja. Die sind gut. Den sollten Sie sich abends kochen, wenn Sie sonst keine mehr kriegen.«

Ich dachte, das wäre eine ganz gute Idee.

»Wo hast du ihn denn gefunden?«

»Unterm Stachelbeerbusch, gleich neben dem Misthaufen in Kirsty McKinnons Garten«, sagte Johnny.

»Oh«, sagte ich und gab den Gedanken an ein abendliches Fischgericht auf.

Ich bot den Fisch Johnny an. Er lehnte höflich ab und wies darauf hin, sie hätten »massenhaft Fische«, und bis ich zu Hause wäre, hätte ich Appetit auf alle Fische entwickelt, die ich nur fangen könnte. Ich widersprach nicht, und nach einem Blick auf das niedliche Häufchen gekauter Krabben und den leeren Haken, machte er sich daran, ohne weitere Kommentare frischen Köder aufzuspießen.

So fischten wir eine Weile partnerschaftlich weiter, ich schwang die schwere Angel, und Johnny arbeitete mir aus dem Hintergrunde wacker zu. Als ich eben meinen dritten Fisch herausholte, stellten wir fest, daß einer meiner Schuhe fehlte. Wir suchten gemeinsam, aber vergeblich, und es wurde klar, daß in der Aufregung des Einholens einer meiner Schuhe ins Wasser gefallen war.

»Mist!« sagte ich. »Wenn ich barfuß heimgehen muß, habe ich keine Zeit mehr, weiterzuangeln.«

»Kirsty leiht Ihnen ein Paar Schuh«, tröstete Johnny.

Eingedenk der Größe, besonders aber der Form von Kirstys Füßen lehnte ich den Vorschlag ab, weil ich dachte, die meinigen würden weniger leiden, wenn sie unbeschuht gingen, als wenn sie der Tortur ausgesetzt würden, die Zehen fast rechtwinklig nach oben zu krümmen.

Langsam plagten Johnny und ich uns heimwärts. Er trug die Fische und die Angel und ich – ziemlich optimistisch – den mir verbliebenen Schuh. Wir brauchten fast zwei Stunden, um die Entfernung zurückzulegen, für die wir vorher eine halbe Stunde gebraucht hatten, und manchmal meinte ich, sogar Kirstys Himmelfahrtstreter wären besser gewesen als die Schnitte und Schrammen, die ich mir auf den von Napfschnecken überkrusteten Felsen und durch zu innigen Kontakt mit dem muscheldurchsetzten Strandkies holte.

»Was für Fisch mögen Sie am liebsten?« erkundigte sich Johnny unvermittelt.

»Scholle, Seezunge, alle Sorten«, gab ich Auskunft.

Er überlegte kurz und rückte dann heraus: »Ich könnt Ihnen nächste Wochen zeigen, wie man Flundern fängt. Die sind gut. Plattfische sind das, und man braucht nur ins Wasser waten, wenn die Flut kommt, und mit den Zehen im Sand wakkeln.«

»Und woran merkt man, daß es eine Flunder ist?«

»Ach, das kriegt man bald raus. Sie ist ganz glatt und glitschig, und man bückt sich nur und reißt sie hoch.«

»Wie tief ist das Wasser denn?«

»Nicht tiefer als bis da.« Er zeigte auf eine Linie ziemlich weit oben an seinem Schenkel.

»Ich glaube nicht, daß ich mir aus Flunderfangen viel mache, aber ich zahle dir Sixpence für jede, die du mir bringst«, schlug ich vor, und am Funkeln seiner Augen merkte ich, daß ich das Richtige getroffen hatte.

Nach einer Abwesenheit von zirka vier Stunden langten wir wieder bei Ruaris Haus an, und ich stellte zu meiner Erleichterung fest, daß Johnny noch reichlich Zeit hatte, sich die Haare schneiden zu lassen. Der Haufen Männer, die nicht mehr strubbelkopfig und trage, sondern frischgeschoren und aufgeweckt wirkten, lungerte noch immer dort herum, und zu ihnen hatte sich jetzt »die andre Hälfte vom Boot« gesellt.

»Wo ist Ihr Schuh?« erkundigte sich der Barbier nach einem flüchtigen Blick auf meine blutenden Füße und den einen Schuh, der an meiner Hand baumelte.

»Den hat sie als Köder genommen«, kicherte Lachy – und ignorierte meinen vernichtenden Blick.

Man gratulierte mir herzlich zu meinem Fang und bedauerte fast noch mehr den Verlust meines Schuhs.

»Beim nächsten Mal wissen Sie's dann besser und fangen vielleicht auch mehr.«

»Wenn es ein nächstes Mal gibt«, sagte ich zweifelnd, doch das deuteten sie nicht richtig. (Es gab tatsächlich kein nächstes Mal.)

»Morgen kommt die Flut bestimmt wieder passend, und übermorgen auch, wenn das Wetter hält«, sagte einer, als alle sich zum Gehen wandten.

»Klar wird gutes Wetter.« Einer der Männer spuckte mit gewichtiger Miene aus. Die Bruacher legen mehr Nachdruck ins Spucken als in ihre Reden. Sie spucken ausdrucksvoll und mit meisterhafter Geschicklichkeit.

»Nein, wird es nicht«, widersprach ihm einer. »Gelegentliche Schauer, verbreitet Nebelfelder, hat es im Radio geheißen.«

»Was die schon übers Wetter wissen«, widersprach einer verächtlich. »Haben gar keinen Einfluß drauf. Überhaupt keinen Einfluß.«

Ich ließ sie streiten und hinkte heim, wo Morag mich auf der Schwelle empfing.

»Ah, *mo ghaoil*«, grüßte sie mich besorgt. »Wozu tanzen Sie denn jetzt am Abend barfuß rum?«

Ich versicherte ihr, mir wäre nie weniger nach Tanzen zumute gewesen, ob barfuß oder nicht, und hielt ihr den Einzelschuh zur Besichtigung hin. »Ich weiß auch nicht, warum ich mich abgeplagt habe, ihn heimzutragen«, sagte ich.

»Ach, wer weiß, welche Schätze das Wasser eines Tages wiedergibt«, bemerkte sie und wiegte geheimnisvoll den Kopf. »Das ist recht, daß Sie ’n mitgenommen haben, weil nämlich die See hier was nimmt und dort was wiederbringt.«

Seltsamerweise wurde mein Schuh eines Tages tatsächlich am Ufer angespült, ungefähr anderthalb Kilometer von dort entfernt, wo ich ihn verloren hatte.

Die gefangenen Fische schenkte ich Morag. Sie waren ziemlich schlapp und lauwarm, zweifellos weil Johnny in seinem Stolz über den Erfolg seines Lehrlings jede Gelegenheit benutzt hatte, sie unter zärtlichen Liebkosungen herzuzeigen, wenn er mir und jedem, den wir trafen, ihre Vorzüge langatmig schilderte.

Fische schienen in Bruach als Leckerbissen zu gelten, und meine Wirtin drückte bei ihrem Anblick ihre Freude aus. »Im Gälischen«, erklärte sie mir, »gibt es einen Spruch, daß dieser Fisch so gut ist, daß nicht mal die Tochter ihn der eigenen Mutter überlassen würde.«

Ich beschloß, ihr mindestens ein Abenteuer meiner Angelpartie zu verschweigen.

»Und was machen Ihre Schmerzen?« fragte ich.

»Mir ist großartig«, erwiderte sie, »aber Sie, Sie müssen Ihre Füße baden, *mo ghaoil,* sonst könnte einer der Schnitte sich dösinfekzieren.«

Am nächsten Morgen beim Frühstück sah ich mich dem vorwurfsvoll glotzenden Auge meines Fischanteils gegenüber. Ich glotzte zurück, denn ich sah weniger das Tier als den Mundvoll gekauten Köder, die suchenden Gestalten unweit des Misthaufens und Johnnys heiße, schmutzige Hände, die den Fang auf dem ganzen Heimweg umklammert hielten.

Ich sagte, ich wolle lieber ein weiches Ei.

Eine Beerdigung

Im ganzen ersten Jahr meines Aufenthaltes in Bruach ereigneten sich keine Geburt, keine Hochzeit und kein Todesfall. Nichts störte oder belebte den gemächlichen Gang unserer Tage. Als der zweite Herbst heraufzog, gab es gleich alle drei Ereignisse, wenn auch nicht in der althergebrachten Reihenfolge.

Die Geburt erregte bis auf die Prozession von Besucherinnen, die das Baby bewundern oder aber kritisieren gingen, kaum Interesse. Die Hochzeit war eine belanglose Angelegenheit, da die Zeremonie auf einem Standesamt in Glasgow stattgefunden hatte, und bis auf die Klage des Briefträgers, er sei ausersehen, fast einen ganzen Postsack voll verdammter Kuchenkrümel auszutragen, ging sie praktisch unbemerkt vorüber. Der Todesfall war mit Abstand das eindrucksvollste Vorkommnis des Jahres, weil nämlich durch ständiges Durcheinanderheiraten jeder mit jedem verwandt war. Infolgedessen verlangte die Beerdigung die Anwesenheit der Gemeinschaft *en masse* und wurde praktisch zu einem allgemeinen Feiertag. Nun ist der Gäle in Feiertagsstimmung nicht zu bremsen, und da er, ob nun zur

Beerdigung oder zu einem anderen Fest, die gleichen Sonntagskleider anlegt, ist es vielleicht nicht überraschend, wenn er gern beides kombiniert.

Die Neuigkeit vom Tode des alten Fischers Ian Mor traf an einem verhangenen Oktobermorgen ein, als Morag mir das Frühstück brachte. Ian Mor hatte mit seinen zwei Schwestern in einem der Häuser gewohnt, denen ich den Spitznamen »Beach Terrace« gegeben hatte, und da er stets ein kräftiger, gesund aussehender Mann gewesen war, bedeutete sein Hinscheiden einen ziemlichen Schock für alle Dorfbewohner. Das heißt, alle außer mir. Ich war nicht besonders überrascht über den Tod eines Mannes, der das biblische Alter um mindestens neun Jahre überschritten hatte. Schon eher verwunderte es mich, wie die Dorfbewohner angesichts ihrer Mißachtung für das eigene körperliche Wohlergehen es überhaupt fertigbrachten, so lange zu leben.

»Und er war ein solcher Prachtkerl«, klagte Morag weinend. »Ein guter Christ und ein guter Fischer.« Sie wischte sich die überströmenden Augen mit dem Ärmel ihrer Wolljacke.

Es sei der Brauch, teilte sie mir mit, daß jedermann der Leiche die letzte Ehre zu erweisen habe, und obwohl ich wenig Lust dazu verspürte, überredete sie mich schließlich, sie zu einem Kondolenzbesuch bei den hinterbliebenen Schwestern zu begleiten. Im Zwielicht des

Abends vor der Beerdigung machten wir uns auf den Weg zum Haus an der »Beach Terrace«. Die trübselige Stimmung wurde noch betont durch die Tatsache, daß es regnete, jenen stetigen, anhaltenden Regen, der dem Gras, den Bäumen, ja selbst dem Meer etwas Müdes, Niedergeschlagenes verleiht. Morag hatte ihre größte Ölhaut übergezogen und trug darunter einen höchst ehrwürdigen Mantel, der sie erfolgreich an ihrer üblichen Beweglichkeit hinderte. Eine Weile patschten wir schwer und schweigend über glucksende Felder und morastige Fußpfade, bis ich, von soviel Düsternis irritiert, sie nach der Jugend des Verstorbenen auszufragen begann. Das Experiment war von Erfolg gekrönt.

»Er hatte auch mich einmal sehr gern«, gestand sie mit einem Anflug von Verschämtheit. »Er hat sogar ein Lied auf mich gemacht.« (In Bruach war »ein Lied für seine Liebste zu machen« weit wichtiger, als ihr einen Verlobungsring zu schenken). Die Liebesglut hatte sich jedoch rasch abgekühlt, als Ian erfuhr, daß Morags Vater bei der Mitgift für seine Tochter nicht besonders großzügig sein würde. Zum endgültigen Bruch war es dann gekommen, als Ian eines Abends erschienen war, »um ihr ein bißchen den Hof zu machen« und Morag ihn, statt neben ihm auf der Bank zu sitzen, Dünger aufs Kartoffelfeld hatte tragen lassen.

»Der war so ärgerlich, weil ich ihm zuviel Mist in den Korb gepackt hatte, daß er nie wiedergekommen ist, und damit war es dann aus.« Der resignierte Seufzer am Schluß dieses Berichts drückte die Überzeugung meiner Wirtin aus, alle Liebhaber seien nun einmal wankelmütig.

»Was den dann befallen hat, weiß ich nicht«, fuhr sie betrübt fort, »aber er ist religiös geworden. Später hab ich mich immer damit getröstet, daß ich es mit zuviel Mist bei ihm verdorben hab, aber er bei mir fast mit zuviel Religion.«

Das Thema Ian Mor wurde rasch fallengelassen, weil sich uns aus der entgegengesetzten Richtung eine Gestalt näherte, zweifellos mit dem gleichen Ziel wie wir.

»Wer um Himmels willen kann denn das sein, bei solchem Wetter ohne Gummimantel?« fragte ich.

Morag gab etwas von sich, das wie ein Prusten klang.

»Das ist sicher dieser Narr, der Dugan Ruag. Das ist der einzige, dem ein Regen wie der heute nichts ausmacht«, antwortete sie.

Dugan Ruag, die Hände in den Taschen seiner Tweedjacke, verhielt den Schritt bei unserem Näherkommen, und ich erkannte mühelos den Präzentor.

»He, Dugan«, begrüßte Morag ihn. »Ein Wunder, daß du nicht auch schon unter der Erde liegst, Mann, an so einem Tag und ohne Mantel!« Die Drohung zusammen mit der Anspielung auf das bevorstehende Begräbnis ließ den Mann verächtlich ausspucken.

»Och, ich war fast seit meiner Geburt immer naß, und es hat mir nie geschadet«, erwiderte er.

»Ich hab ihn wirklich nur einmal in seinem Leben im Mantel gesehn«, bestätigte Morag.

»Haste? Dann muß aber 'n Elendwind gegangen sein. Mensch, für Wind würd ich einen anziehn, aber doch nicht für 'n Regen.« Wieder spuckte er aus und warf einen vertrauensvollen Blick auf den bleiernen Himmel. »Der Regen allein, der tut mir nichts.«

»Bin nicht so sicher«, rief Morag ihm über die Schulter zu, als er mit an den Leib gedrückten Ellbogen, das Kinn auf der Brust, seinen Weg fortsetzte. Zu mir sagte sie: »In all den Jahren, die ich den Burschen schon kenne, und das müssen über sechzig sein, haben ihn nur wenige im Mantel gesehn, und doch hat er nie im Leben einen Doktor gebraucht.«

Ich überlegte schon, ob vielleicht der Torfrauch auf die menschliche Haut die gleiche Wirkung hat wie das Gerben bei Rindsleder, denn zweifellos waren viele Bruacher so gut wie unempfindlich gegen Regen.

Wir erreichten das Haus des verstorbenen Ian Mor und stießen die Tür zur Küche auf, wo wir von den beiden Schwestern verhalten begrüßt wurden. Sofort begannen sie einen *strupak* herzurichten. Während der Tee zog, folgte Morag der Jüngeren nach oben, um den Toten anzusehen. Mich forderte man auf, sie zu begleiten, aber ich schüttelte den Kopf und beschloß, bei der Älteren in der Küche zu bleiben. Ihr sprach ich nun mein Beileid aus.

»Ja, es war wirklich boshaft von ihm, uns einfach so wegzusterben«, erwiderte sie mit einer gewissen Schärfe.

Ich erinnerte die alte Dame daran, daß ihr Bruder ein gesegnetes Alter erreicht habe.

»Was heißt hier gesegnetes Alter«, wies sie mich leicht gereizt zurecht. »Er hätt noch zehn Jahr und mehr für uns sorgen können. Das tun doch viele.«

»Als ich ihn das letzte Mal sah, machte er einen so gesunden Eindruck«, meinte ich.

»Aye, aye«, pflichtete sie mir bei, »wer hätt auch gedacht, daß eine Kleinigkeit wie diese Rippenfellentzündung ihn umbringen könnt, ihn, der so stark war wie ein Ochs.«

»Ja, stark sah er wirklich aus«, bestätigte ich.

»Das ist wohl wahr, aber ach, dieser Doktor!« Sie illustrierte ihre Verachtung für den Arzt durch einen heftigen Schlag mit dem Schürhaken ins Feuer. »Wenn ich doch nur den Tierarzt hätt zu ihm holen dürfen statt dem Doktor«, fuhr sie zu meiner Verblüffung fort, »ich glaub ehrlich, er wär eben jetzt noch am Leben und beim Fischen, statt oben sinnlos auf'm Bett zu liegen.«

»Meinen Sie?« fragte ich, weil mir in meiner Betroffenheit nichts anderes einfiel.

»Jawohl«, erwiderte sie und nickte nachdrücklich. »Schaun Sie, wie unsre alte Kuh Rippenfellentzündung hatte, da hat doch der Tierarzt sie im Handumdrehn geheilt. Und sie hat seitdem noch regelmäßig jedes Jahr ein Kalb.« Sie sah mich drohend an und fuhr fort: »Wenn er das bei unsrer Kuh gekonnt hat, hätt er's auch bei unsrem Bruder gekonnt, da hab ich keinen Zweifel.«

Schüchtern gab ich zu bedenken, daß die beiden Fälle möglicherweise nicht identisch seien.

»Das hat der Tierarzt auch gesagt, als ich ihm das Telegramm geschickt hab«, antwortete sie.

»Selbstverständlich ist es etwas anderes ...«, begann ich, doch sie brachte mich mit dem gebieterischen Schwenken eines Spüllumpens zum Schweigen.

»Gleiche Krankheit, gleiche Kur«, meinte sie kurz und treffend. Dann scheuerte sie energisch ein paar Minuten lang den Tisch, ehe sie mit bissigem Spott hinzufügte: »Und ich sag Ihnen, der Arzt könnte nicht mal ein Hühnerauge auf dem Zeh kurieren, ohne einem den Fuß abzuschneiden, und wenn er einem den abschneidet und ihn begräbt, würde wahrscheinlich ein giftiges Kraut draus wachsen.«

Vor weiteren vertraulichen Mitteilungen rettete mich die Rückkehr von Morag und der anderen Schwester, dicht gefolgt von Johnny dem Busfahrer und Lachy vom Boot. Gleich darauf führten die beiden Schwestern die Männer nach oben, und Morag und ich blieben in der Küche. Aus dem Zimmer oberhalb hörte man schwere Tritte.

»Johnny und Lachy sind gekommen, um Ian aufs Sofa im Wohnzimmer zu tragen«, erklärte meine Wirtin.

»Macht das nicht der Leichenbestatter am Tag der Beerdigung?« fragte ich.

»Vielleicht«, erwiderte Morag, und ihre Stimme senkte sich zu einem Flüstern, »aber verstehn Sie, der Sarg geht nicht die enge Treppe rauf, und dem Bestatter ist alles egal. Der packt den Leichnam an den Füßen und zerrt ihn bums-bums-bums die Treppe runter, wie's am leichtesten geht.« Sie illustrierte ihre Worte auf das eindrücklichste mit Faustschlägen auf den Tisch.

»Aber nein«, protestierte ich.

»Aber ja, das macht der, und das mögen die Leute nicht, wissen Sie.«

»Kann ich mir denken.«

»Mögen das nicht«, wiederholte sie. »Sie sagen, sie kriegen das Geräusch wochenlang nicht mehr aus den Ohren. Deswegen versuchen die Männer immer, sie runterzubringen, eh der Kerl Hand an sie legen kann.«

In diesem Moment öffnete sich die Küchentür, und die beiden Schwestern traten ein. Sie schlossen die Tür fest hinter sich. Die Geräusche im Schlafzimmer oben wurden heftiger. Es folgten langsame, zögernde Tritte auf der Treppe und das Schlurfen von Kleidung an den Holzwänden. Ich gab mir größte Mühe, nicht hinzuhören.

»Das Wetter scheint besser werden zu wollen«, sagte ich verzweifelt.

Meine Gefährtinnen nickten nur. Ihre ganze Aufmerksamkeit war auf die Vorgänge draußen gerichtet.

»Obacht! Jetzt langsam.« Das war Lachys Stimme, leise und respektvoll.

»An deinem Ende bißchen anheben.« Das war Johnny, entschlossen und sachlich. »Jetzt, bißchen mehr rüber.«

Plötzlich hörte man ein ersticktes Gurgeln, gefolgt von einem heftigen Hustenanfall, so daß wir vier in der Küche fragend auf die Tür und dann uns gegenseitig ansahen.

Jetzt füllte Johnnys Stimme klagend den Korridor: »Lachy, du verdammter Idiot, halt mal dein Ende ein bißchen tiefer, ich hab seine Großzehe fast bis zur Hälfte in den Hals gekriegt.«

Von der Treppe her kam Lachys Stimme laut und vorwurfsvoll: »Laßt ihn um Gottes willen mal 'n Moment runter.«

Es entstand eine bedeutsame Pause, dann begannen die ominösen Geräusche erneut. Diesmal gab es, bis auf einen verdächtigen dumpfen Plumps, offenbar keine Zwischenfälle, und wenige Minuten später kamen Lachy und Johnny in die Küche gestürmt. Beide sogen heftig an den Zigaretten, die sie im Mund hatten. Johnny ging schnurstracks zum Wassereimer, nahm einen Schöpflöffel und trank durstig.

»Habt ihr ihn richtig runtergeschafft?« fragte eine der Schwestern unnötigerweise.

»Haben wir«, platzte Johnny heraus, keuchte und schüttelte den Kopf wie ein Schwimmer nach dem Sprung ins kalte Wasser. »Bei Gott, ich sag euch, so viele Tote ich schon getragen hab, das ist das erste Mal, daß ich einen hab schmecken müssen.« Er knallte den Schöpflöffel auf den Tisch. »Bah, was für ein Geschmack.«

»Pschscht«, machte die eine der Schwestern, indessen die andere immer wieder nur »O Gott, o Gott!« sagte, ob als Verwünschung oder als Beschwörung, konnte ich nicht feststellen.

Johnny und Lachy wurden, als der ihnen zugedachte Tee getrunken war, mit einer Flasche Whisky bedacht und verließen uns, um das Grab zu schaufeln. Sie beruhigten die Schwestern, von denen die eine sich Sorgen machte, »daß sie Ian so weit trügen und dann kein Loch vorfänden, um ihn reinzulegen«, und meinten, daß sie, angespornt durch die Flasche Whisky, bestimmt tüchtig arbeiten würden.

»Ich nehm sowieso den Bus«, sagte Johnny, »da kommen dann viele mit, wegen der Gratisfahrt.«

Allmählich trafen noch mehr Leute ein, und Morag und ich verabschiedeten uns.

»Komisch, daß der alte Farquhar noch nicht da war, seit Ian tot ist«, sagte die Schwester, die uns zur Tür begleitete. »Ich glaub, der hat's noch nicht gehört.«

Damit gab sie uns zu verstehen, wir sollten es übernehmen, Farquhar Ians Ableben mitzuteilen. Da der Regen aufgehört hatte und an einem hellen Sternenhimmel der Vollmond aufging, waren wir gern dazu bereit.

Der alte Farquhar war der zerlumpteste Kerl des ganzen Dorfs und führte in einem abgelegenen kleinen Tal, etliche Meilen von jeder menschlichen Behausung entfernt, ein Einsiedlerdasein. Ich hatte ihn selten gesehen und war dabei immer leicht verlegen in die entgegengesetzte Richtung enteilt, denn es hieß von ihm nicht nur, er sei eine Art Barde, sondern er habe auch noch das »zweite Gesicht«. Gesprochen hatte ich ihn nie, und da er sichtlich ein interessantes Original war, hatte ich nichts dagegen, ihn bei dieser Gelegenheit kennenzulernen.

Um zu Farquhars Haus zu gelangen, mußten wir am Friedhof vorüber. Der leere Autobus stand davor, und es konnte uns nicht verborgen bleiben, daß jenseits der Bäume eine sehr ausgelassene Gesellschaft von Totengräbern an der Arbeit war.

»Erst graben, dann saufen!« rief Morag, die hohle Hand am Munde, doch es kam keine Antwort, und der fröhliche Lärm ging unvermindert weiter.

Farquhars Häuschen schien, als wir dort ankamen, kaum mehr als eine verfallene Scheune, und anfangs konnte ich trotz Morags wiederholter Versicherungen kaum glauben, daß wirklich ein menschliches Wesen darin wohnte. Es war aus Stein und hatte ein Strohdach, doch das war altersschwarz, und ein Teil des Hauses schien überhaupt eingestürzt zu sein. Die Stelle in der Wand, die früher einmal ein Fenster gewesen sein mochte, war jetzt teilweise durch ein Faß verbarrikadiert, und aus den Ritzen ringsherum drangen Schwaden von Torfrauch.

Morag rief laut und öffnete dann die Tür. Zögernd folgte ich ihr in einen Raum, in dem ein alter Mann am Tisch saß und mit einem großen Klappmesser Scheiben von einem Laib Brot schnitt. Bei unserem Eintreten blickte er auf, schwenkte grüßend das Messer und lud uns ein, uns zu setzen. Meine Begleiterin ließ sich auf einem Brett zwischen zwei weiteren Fässern nieder und machte mich mit Farquhar bekannt, einer männlichen Vogelscheuche, der die Kleider zerfetzt um den hageren, knochigen Körper hingen. Als er mir die Hand schüttelte, musterten mich seine blauen Augen eingehend. Sie lagen tief in seinem mageren, dunklen Gesicht, dessen Haut so rissig und braun war wie die Rinde alter Eichen.

Morag und er begannen sofort Erinnerungen an den verstorbenen Ian Mor auszutauschen, und da sie ins Gälische verfielen, hatte ich Muße, meine Umgebung genauer in Augenschein zu nehmen. Der Raum war primitiv, aber erstaunlich warm durch die Hitze eines riesigen Torffeuers, das im offenen Kamin brannte. Der Rauch kräuselte sich zur Decke und wurde von einem weiteren, am Dachbalken hängenden Faß aufgefangen und durch ein Loch im Strohdach gelenkt. Er entwich keineswegs ganz auf diesem Wege, dicke Schwaden zogen noch im Raum herum, doch Torfrauch muß schon sehr dicht sein, ehe er unangenehm wird. Außer dem Tisch und dem Brett, auf dem wir saßen, bestand die einzige Möblierung in dem Faß, auf dem Farquhar selbst gesessen hatte, als wir kamen. Der Boden war ein Puzzle aus Treibholz aller Formen und Größen und aller Stadien der Verrottung. Von einem Bett war nirgends etwas zu sehen, und ich überlegte, ob es wohl noch einen weiteren Raum gäbe, in dem Farquhar schlief, oder ob er auf dem Brett nächtigte, auf dem wir gerade saßen. Die einzige Beleuchtung war eine Kerze, die gestützt vom eigenen geschmolzenen Wachs mitten auf dem Tisch stand. Neben dem Brotlaib lagen ein Glas Marmelade, ein Papier mit Butter, ein paar Haferkuchen und eine Untertasse voll *crowdie.* Offenbar hatten wir Farquhar beim Abendessen gestört, doch er war keineswegs verstimmt, wies begeistert auf die Haferkuchen und die Marmelade und erzählte uns, als sei dies eine Empfehlung, erstere habe er selbst gemacht. Schon wischte er mit einem schwieligen Finger zwei Henkeltassen aus, »um den Staub zu vertreiben«, da reagierte Morag endlich auf meine heftigen Winke, und es gelang ihr, ihn davon zu überzeugen, daß wir unmöglich noch eine Tasse Tee oder einen Bissen zu uns nehmen könnten. Er war bitter enttäuscht über unsere Weigerung und fühlte sich sichtlich gekränkt, doch ich fand, ich hätte für einen Abend nun genug durchgemacht. Nicht um alles in der Welt hätte ich in diesem Hause etwas zu mir nehmen können.

Farquhar schnitt munter plaudernd weitere Scheiben vom Brot und bestrich sie, bis er den ganzen Laib aufgeschnitten hatte. Es schien mir eine riesige Portion für einen alten Mann, doch ehe er sich wieder an seine unterbrochene Mahlzeit setzte, legte er je eines der Brote auf die von ihm am weitesten entfernten Ecken des Tisches. Ich hatte mich mittlerweile an etliche Verschrobenheiten bei den Croftern gewöhnt, doch nachdem Morag mir ausdrücklich versichert hatte, Farquhar habe immer allein gelebt, seit er dazu in der Lage war, mußte ich den Gedanken unterdrücken, er decke für einen Haufen denkwürdiger Familiengespenster. Ich suchte noch immer eifrig nach einer vernünftigen Erklärung für sein Tun, da sah ich eine verstohlene Bewegung, und als ich mich ihr zuwandte, erblickte ich zwei Knopfäuglein, und ihnen folgte Kopf und Körper einer großen Ratte, die an der Tischecke auftauchte. Mit einem unterdrückten Aufschrei sprang ich auf die Sitzbank.

»Eine Ratte!« stammelte ich hysterisch. »Eine Ratte! Sie hat Ihr Brot genommen!«

Morag zupfte mich am Rock. Farquhar hörte auf zu kauen und starrte mich an, nur die Ratte blieb ganz ungerührt.

»Na klar«, sagte Farquhar nachsichtig. »War ja für sie, hab's doch für sie hingelegt.«

»Sie haben es für die Ratte hingelegt?« stotterte ich verdutzt. »Ja, ist es denn vergiftet?«

»Bestimmt nicht«, erwiderte Farquhar, »ich leg

ihr immer was hin, wenn ich selber eß, das weiß sie.«

»Warum denn?« fragte ich schwach.

»Wenn ich's nicht tu, kommt sie rauf und klaut mir mein Abendessen«, antwortete der Alte philosophisch.

Ich packte Morag am Arm, als eine zweite Ratte an der gegenüberliegenden Tischecke auftauchte und die noch übrige Brotscheibe wegholte.

»Das da ist das Weibchen«, erklärte Farquhar, aber ich war zu verstört, um das geringste Interesse an den Familienbindungen von Nagern zu heucheln.

»Haben Sie nur diese zwei als Haustiere?« fragte ich und setzte mich vorsichtig wieder auf meinen Platz.

»Ach nein«, antwortete Morag an seiner Stelle, »alle Ratten vom ganzen Dorf sind in Farquhars Haus willkommen.« Sie wandte sich an den Alten. »Hoffentlich sind die andern auch so gut abgerichtet wie die beiden.«

Farquhar schüttelte bekümmert den Kopf.

Ich machte Morag heftige Zeichen, ich wolle heim, aber die Höflichkeit verbot einen raschen Abschied, und so dauerte es einige qualvolle Minuten, ehe ich mit – wie Morag später fand – »würdeloser Hast« auf die Tür zusteuerte.

»Sie dürfen jederzeit wiederkommen, Miss Peckwitt«, rief der Alte mir nach, »und vor den

Ratten brauchen Sie keine Angst zu haben.« Er lachte leise in sich hinein. »Ratten sind ganz in Ordnung. Worauf man bei 'ner Ratte gefaßt sein muß, hab ich immer gewußt, und das ist mehr, als ich von einem der Dorfbewohner sagen kann.«

»Na, wie fanden Sie es denn?« erkundigte sich Morag in sicherer Entfernung vom Hause.

Ich gab keine Antwort.

Morag lachte. »Er ist trotzdem ein recht Gescheiter, der alte Farquhar«, meinte sie.

»Den Eindruck habe ich nicht«, gab ich zurück.

Es war jetzt nach Mitternacht, der Himmel hatte vollkommen aufgeklart, und ein strahlender Vollmond segelte friedlich über eine blaue See. Die fernen Hügel waren von Silber gekrönt, und weit rechts von uns tauchte die Insel Rhuna auf wie eine Handvoll zerknitterter schwarzer Samt, den jemand achtlos hatte aufs Wasser fallen lassen. Wir gingen rasch, denn die Nacht war kalt. Ein Karnickel schoß über unseren Weg, und ich sprang wie von einem Schuß getroffen.

»Ist ja keine Ratte«, tröstete mich Morag. Es war mir klar, daß Miss Peckwitt und die Ratten bald eine gute Geschichte für das *ceilidh* abgeben würden.

Als wir uns dem Friedhof näherten, sahen wir den Bus immer noch davorstehen.

»Gut«, sagte meine Wirtin, »da werden wir vielleicht heimgefahren.«

Murmelnde Stimmen drangen zu uns, und wir bogen in einen schlecht gepflegten Kirchhof ein, wobei wir uns mühsam einen Weg zwischen Gestrüpp und abgefallenen Ästen suchen mußten.

Plötzlich hielt Morag mich zurück.

»Horchen Sie mal«, befahl sie.

Ich lauschte zitternd, mir war unbehaglich zwischen den schatttenhaften grauen Grabsteinen und dem zischelnden Raunen der Bäume. Die Stimmen wurden deutlicher.

»Mann, jetzt hättest du ihn fast erwischt.«

Erleichtert erkannte ich Lachys Stimme – an diesem Abend zum zweiten Mal.

»Versuch's noch mal.« Das war unverwechselbar Johnny. »Vielleicht haut es diesmal hin.«

Man hörte etwas wie einen Kiesel fallen, gefolgt von einem entrüsteten Ausruf, dann kam wieder Lachys Stimme: »Du bist dran, Angus.«

Morag hielt mich fest am Arm.

»Was um Himmels willen machen die denn?« flüsterte ich aufgebracht.

Vorsichtig schoben wir uns zwischen schiefstehenden Grabsteinen hindurch und wichen unzähligen Karnickellöchern aus. Ein starker Geruch nach Whisky, der den üblichen dumpfigmuffigen Friedhofsgeruch vollkommen übertönte, wies uns den Weg zu einem Schauspiel, das so makaber war wie eine Friedhofsszene aus ›Hamlet‹. Lachy, Johnny und Angus hockten da und starrten wie hypnotisiert auf ein etwa drei Meter entfernt stehendes Holzkreuz. Auch ich starrte auf das Kreuz, denn achtlos obendrauf gespießt stak ein breit grinsender Totenschädel.

»Schmeiß«, durchbrach Johnnys Stimme befehlend die zeitweilige Stille.

Angus holte weit aus, ein Kiesel traf den Schädel, und Lachy, der vortrat, um das Ziel zu inspizieren, rief bewundernd: »Prima, Mann! Jetzt hat er nur noch fünf Zähne.«

»Jawohl, prima«, meinte Johnny, »den schaffen wir noch heut nacht.«

Eine Gruppe von drei Totengräbern, die im Mondlicht Zielwürfe nach einem Schädel üben, war schon an sich ein verblüffendes Erlebnis, der wahre Horror der Situation aber stand mir noch bevor. Morag trat aufgebracht näher.

»Aber Johnny, Lachy, Angus!« sagte sie mit vernichtender Strenge. »Ich schäme mich für euch. Erwachsene Männer wie ihr und habt nichts Beßres zu tun, als mit ’ner Leiche zu spielen, und dabei sollt ihr einem armen Menschen sein Grab graben.«

Die drei Männer schauten etwas verlegen drein – aber nur kurz.

»Mit Graben sind wir fertig«, entgegnete Lachy keck.

»Laßt mal sehn«, forderte Morag.

Wir folgten ihnen zu einem wenige Meter entfernten Gebüsch und blickten in eine Grube, nicht tiefer als einen Meter. Daneben lag ein Stück Rasen, das um einen Baumstamm gewickelt war nach Art von Blätterteighörnchen.

»Wenn ihr ihn nicht tiefer reinlegt, haben ihn doch schon am nächsten Morgen die Hunde ausgebuddelt«, rügte Morag und breitete verzweifelt die Arme aus.

»Der kann da ruhig rein«, sagte Johnny barsch.

»Kann er nicht«, verbesserte Morag. »Warum habt ihr ihn nicht da drüben hin, wo mehr Erde ist?«

»Weil's da so sumpfig ist, daß ihn der erste Regen rausspült«, erwiderte der unerschrockene Lachy.

»Wir haben nur eine Flasche Whisky gekriegt, und da graben wir auch nur ein Grab«, warf Angus ein.

Morag seufzte bedrückt.

»Und überhaupt«, fuhr Lachy fort, »auch wenn's flach ist, haben wir doch ein Skelett ausgegraben, es muß also tief genug sein.«

»Wer kann denn das sein?« fragte Morag mit plötzlich erwachtem Interesse.

»Der Bursche, wißt ihr noch, der vor ungefähr zwanzig Jahren in England ertrunken ist, mit dem seiner Leiche haben sie irgendwas angestellt, und dann haben sie ihn hergeschickt.«

»Weiß ich noch«, bestätigte Morag. »Das war doch Euan Beag.«

»Aye, der war's.«

»Ah ja.« Morag schnaufte beeindruckend. »Und wie hat er sich gehalten?« fragte sie, wobei ihre Neugier größer war als ihr Unwillen.

»Der war so gut wie neu«, antwortete Johnny, und die anderen beiden bestätigten seine Worte.

»Und da habt ihr ihn wieder begraben müssen?« fuhr Morag fort.

»Nein, haben wir noch nicht.«

»Nicht? Was habt ihr denn dann mit ihm gemacht?«

»Ach, der liegt da drüben«, erwiderte Lachy und zeigte in die Richtung: »Da im Gebüsch, vor dem Miss Peckwitt steht.«

Miss Peckwitt trat sehr rasch von dem Gebüsch fort.

»Er hat sich all die Jahre so gut gehalten, da hält er sich auch noch 'ne Weile länger, also graben wir erst mal Ian Mor ein und legen Euan Beag obendrauf. Das ist die beste Methode, um die Hunde abzuhalten.«

Die Logik von Lachys Argumentation schien Morag einzuleuchten, aber sie war doch leicht beunruhigt, ob ihn nicht vielleicht jemand im Gebüsch finden könnte.

»Nun reg dich nicht auf«, schalt Angus, »wir haben ihn mit Farnkraut und Zweigen gut zugedeckt, wenn den jemand finden soll, muß er schon drauftreten.«

Ich hielt mich dicht an meine Gefährtin.

»Und wer ist das da?« Morag blieb stehen und zeigte auf einen Hügel, der durch seine Sauberkeit und Ordnung auffiel.

»Das da? Das ist Donachan«, gab Lachy Auskunft.

Als wir an den Ort des Wurfspiels zurückkehrten, trat Morag geradewegs zu dem Totenschädel, hob ihn herunter und untersuchte ihn kritisch.

»Woher habt ihr den?« erkundigte sie sich.

»Aus'm selben Grab«, sagte Lachy lässig. »Es waren im ganzen drei. Der da lag zuoberst.«

Mit neuerlicher Entrüstung wandte sich Morag an den Busfahrer. »Aber Johnny! Das ist dein armer Urgroßvater, und wenn er noch lebte, kann ich dir sagen, würdest du dich nicht trauen, mit seinen Zähnen zu kegeln.«

Diese Feststellung wurde mit zerknirschtem Schweigen entgegengenommen, das vielleicht drei Sekunden andauerte.

»Na, ich wünschte, ich hätt seine Zähne geerbt«, sagte Johnny mit ungebührlicher Leichtfertigkeit.

Morag sah den Schädel liebevoll an und drehte ihn in den Händen, wie eine zärtliche Mutter einem Kind eine hübsche Puppe zeigt.

»Nicht die Spur hast du von ihm geerbt«, sagte

sie bissig. »Du bist nicht die Hälfte, nicht mal ein Viertel von dem, was er war.«

Johnny trat voller Unbehagen von einem Fuß auf den anderen.

»Wo ist das übrige von ihm?« verlangte Morag zu wissen. Johnny zeigte auf die Stelle, und Morag reichte ihm den Schädel und befahl, ihn zu den Resten des Urgroßvaters zurückzulegen.

»Erst wenn wir mit unserem Spiel fertig sind«, beharrte Johnny. »Ich hab zwanzig Zigaretten drauf gewettet, und er spürt ja sowieso nichts mehr.«

Morag schnalzte verzweifelt mit der Zunge.

»Ihr solltet einen nicht zwingen, Gräber zu schaufeln, wenn euch nicht gefällt, was wir hier machen«, begann Lachy streitlustig.

»Die Menschen müssen eben sterben, und man muß Gräber für sie ausheben«, warf Morag bedauernd ein.

»Warum verbrennen wir sie nicht einfach?« fragte Angus.

»Willst du damit sagen, daß sie alle kreminiert werden sollten?« Morags Stimme wurde hoch und schrill.

»Aye. Aber ja.«

»Angus Mor Ruari! Möge der liebe Gott dir vergeben, was du da redest«, betete Morag mit ungeheurem Pathos. »Ich hoffe doch, daß niemand so gemein ist, mich zu kreminieren, wenn ich mal sterbe, oder ich erschein ihm als Gespenst, so wahr ich hier steh.«

Bei dieser Drohung richtete sie sich zu voller Länge auf. »Also wißt ihr«, schalt sie und wandte sich zum Gehen, »jemand zu kreminieren ist genauso gemein, wie ihn umbringen.«

Ich folgte ihr aus dem Kirchhof nach einem hastigen Blick zurück über die Schulter, der mir zeigte, daß das Ziel wieder aufgestellt war und die Männer sich bereitmachten, ihre Stellungen zu beziehen. Morag sah es offenbar auch, denn sie blieb stehen und rief warnend: »Johnny, paß auf und laß deinen Urgroßvater nicht rumliegen, sonst kriegen ihn die Möwen.«

Am nächsten Tag, der kalt und windig war, versammelten wir uns im Haus am Ufer, um Ian Mor auf seinem letzten Gang zu begleiten.

»Der Geistliche selbst wird ihn beerdigen«, sagte Morag. »Den Missionar hat's erwischt.«

»Wollen Sie damit sagen, daß er tot ist?« fragte ich.

»Nein, nein, eine Krankheit hat ihn erwischt.«

Als wir eintrafen, hatte man den Sarg schon aus dem Haus getragen und auf zwei Küchenstühlen vor das Haus gestellt. In dem schwarzgekleideten Herrn mit steifem Hut erkannte ich meinen Freund, den Taxifahrer. Er bewegte sich mit feierlichem Anstand zwischen den einzelnen Gruppen der Leidtragenden, schüttelte Hände, murmelte begrüßende Worte und gestattete sich dabei, nach den Mienen einiger zu schließen, verschiedene reichlich humoristische Sprüche.

Der Pfarrer in schwarzem Mantel und Hut, mit auffallendem kanariengelbem Schal und braunen Stiefeln, traf rechtzeitig ein und bestand darauf, jedem stürmisch und ausgiebig die Hand zu schütteln. Als diese Präliminarien erledigt waren, trat er hinter den Sarg, und die Männer, mit Ausnahme derer, die nicht unmittelbar im Blickfeld des Pfarrers waren, drückten die Zigaretten aus und senkten ehrfürchtig die Köpfe, jedoch nur der Leichenbestatter nahm den Hut ab. Die Frauen begannen aus dem Haus zu treten und bildeten in der Haustür einen bunten Knäuel. Sie fingen an, sich mit den Knöcheln ihrer harten, arbeitsrauhen Hände die Augen zu reiben, zu seufzen und zu stöhnen, erst schwach, dann lauter, aber ihr Kummer hatte trotz echter Tränen etwas fast Automatisches. Ihre Mienen blieben wach und aufmerksam, ihre Augen flitzten hierhin und dorthin: Ihnen entging nichts von dem, was geschah. Kurz nachdem die Feier begonnen hatte, kamen noch zwei Nachzügler – junge Mädchen in knallroten und blauen Kleidern – herbeigerannt, ihre Gesichter glühten vom Laufen und von der Aufregung. Ohne Umstände bahnten sie sich einen Weg durch die Männer und drängten sich in die geschlossene Gruppe der Frauen in der

Haustür. Dann wandten sie sich dem Sarg zu, und wie durch Zauberschlag wurden ihre Gesichter zu Masken des Beileids.

Es war manchmal schwer, die Worte des Geistlichen zu verstehen bei all dem Rauschen in den Bäumen, dem Plätschern der Wellen auf dem Kies, dem Jammern der Frauen und dem spöttischen Chor der Möwen, die über uns schwebten und kreisten.

Nach dem Gottesdienst formierten sich die Männer zu einer langen Doppelreihe. Die ersten sechs packten die Sarggriffe, der nächste männliche Verwandte des Entschlafenen führte den Sarg an einer Seidenschnur. So bewegte sich die Prozession gemächlich vorwärts. Der Pfarrer sagte jedermann fröhlich adieu, stieg rasch in seinen Wagen, der nach anfänglichem Geleier ungeduldig vorwärtssprang und die Trauernden in eine Abgaswolke hüllte, ehe er in der Ferne verschwand. Einige der Frauen blieben noch, um die Leidtragenden zu trösten und sich mit einer Tasse Tee zu stärken, andere folgten dem Zug in diskreter Entfernung. Morag schlug vor, wir sollten einen Abkürzungsweg zum Kirchhof nehmen und uns die Anstrengung sparen, dem sich schlängelnden Weg zu folgen. Das taten wir dann auch, doch obwohl wir vom Leichenzug recht weit entfernt waren, war es doch nicht weit genug, um die Tatsache zu übersehen, daß es darin für einen solchen Zug recht vergnügt zuging. Es gab nirgendwo – wie mich Schriftsteller über die Highlands hatten glauben machen – einen Streit oder eine Rauferei, derartiges lag nicht einmal in der Luft. Im Gegenteil, der Grundton des Tages war Fröhlichkeit. Die Männer, auch die Sargträger, pafften unbekümmert ihre Zigaretten, lachten und schwatzten beim Gehen und blieben bei jedem Telegraphenmast stehen, um die Träger auszuwechseln. Einmal, als nur eine Steinmauer zwischen uns und dem Weg stand, hörte ich einen der Trauernden ausrufen: »Lachy Murdy sagt, ihm ist kalt.« Sofort kam die Antwort: »Dann wollen wir die Leiche rausholen und Lachy Murdy reintun, da drin wird ihm bestimmt warm.«

Lautes Gelächter durchlief den Zug, und Lachy Murdy lachte am lautesten.

Am Grabe selbst gab es weder Gebete noch sonst eine sakrale Handlung. Der Leichenbestatter nahm sämtlichen Sargschmuck wieder an sich, und jeder, der eine Schaufel fand, warf Erde auf den Sarg. All das wurde so wenig feierlich abgetan, als vergrübe ein Hund seinen Knochen, und wer nicht mit schaufelte, sah flüchtig nach den Gräbern ringsum. Alte Männer schlurften, die Pfeife im Mund, zwischen den Grabsteinen herum und spuckten ungeniert aus.

Während geschaufelt wurde, hörte ich Lachy Einhalt gebieten und auf das Gebüsch zeigen, neben dem ich gestern nacht gestanden hatte. Ich sah zu Morag hinüber. Ihre Augen waren fest auf Johnny geheftet, den wir ein-, zweimal hatten eine Pause einlegen und verstohlene Blicke um sich werfen sehen. Ich fragte mich, ob er seinen Urgroßvater wohl verlegt habe.

»Bitte, gehen wir jetzt«, beschwor ich meine Wirtin.

Sie betrachtete voller Widerwillen die anderen Frauen, die um das Grab versammelt waren wie gierige Möwen um den Landeplatz eines Fischers.

»Sehen Sie sich das an!« sagte sie. »Ian Mor war Junggeselle, und auf seiner Beerdigung sind mehr Weiber, als ich je gesehn hab. Also wirklich«, fuhr sie anzüglich fort, »die sind seiner Lebtag hinter ihm her gewesen, und jetzt sind sie noch im Grab hinter ihm her.« Daß Morag so bereitwillig auf meinen Vorschlag einging, nun heimzugehen, machte deutlich, daß sie selbst sich nicht dem Vorwurf solcher Dreistigkeit aussetzen wollte.

An diesem Abend waren Lachy und Johnny unter denen, die Morags Haus für ein *ceilidh* aufsuchten. Naheliegenderweise drehte sich das Gespräch hauptsächlich um Beerdigungen.

»Komm, Morag«, sagte Lachy und zog eine Flasche Whisky aus der Tasche. »Gib uns ein paar Gläser, und wir trinken einen.«

»Worauf trinken wir?« fragte jemand.

»Wir trinken drauf, daß hoffentlich alle andern Leute, die von jetzt an hier sterben, vorher ungefähr drei Monate krank sind.«

»Das ist aber schrecklich, was Sie da wünschen«, platzte ich heraus. »Für sich würden Sie das doch sicher nicht wollen.«

»Aber ja doch«, erwiderte Lachy.

»Warum denn?« fragte ich.

»Weil ich genau weiß, wie schwer Leute sind, wenn sie plötzlich sterben«, sagte Lachy freimütig. »Es ist nicht fair gegen die, die einen tragen müssen, wenn der nicht erst ein bißchen Gewicht verloren hat. Nehmen Sie doch mal Ian Mor«, fuhr er fort und erwärmte sich für sein Thema. »Hundert Kilo hat der Mann gewogen und war weniger als eine Woche krank. Ich sag Ihnen, das ist nicht recht. Es hat heut ein paar von uns fast umgebracht, so schwer war der.«

»Stimmt«, fiel Johnny leidenschaftlich ein, und seine Worte wurden von jedem der anwesenden Männer zustimmend wiederholt.

»Bei Ihnen klingt es, als hätte man Sie tatsächlich umgebracht«, sagte ich trocken.

»Wir bräuchten 'ne Bahre mit 'm Pferd davor«, sagte Lachy, meinen Sarkasmus nicht beachtend.

Morag wechselte das Thema. »Miss Peckwitt hat gesagt, sie ist furchtbar schockiert, weil keiner von euch Mannsbildern beim Gottesdienst den

Hut abgenommen hat«, sagte sie, und ihre Lippen verzogen sich schwach.

Mehrere erstaunte Augenpaare richteten sich auf mich.

»Den Hut abnehmen?« wiederholte Lachy stumpfsinnig. »Warum denn? Wir hatten keine heißen Köpfe.«

»Der Leichenbestatter hat ihn aber abgenommen. Ich hab's gemerkt«, warf einer ein.

»Aye«, entgegnete ein anderer, »der wollte nur, daß wir uns genieren und es ihm nachmachen, damit wir uns zu Tode erkälten und er viel zu tun kriegt. Für solche Tricks sind wir hier zu schlau.«

Sie waren wirklich allesamt zu schlau!

Die Viehauktion

»Wenn mich der Herrgott verschont«, verkündete Morag eines diesigen Vorfrühlingsmorgens, »bring ich am Freitag das Stierchen zum Markt. Kommen Sie mit?«

»Ja, gern«, erwiderte ich spontan und löffelte dicke gelbe Sahne auf meinen dampfenden Haferbrei. »Aber wo ist dieser Markt, und wie kommen wir hin?«

Morag goß aus der Kanne zwei Tassen Tee ein, nahm sich die eine und setzte sich auf die Sofakante. »Der Viehprahm nimmt ihn am Donnerstag abend mit«, erklärte sie, »und wir nehmen am Freitag früh den Bus und fahren hinterher.«

Ich war unendlich erleichtert, daß mir noch soviel Menschenwürde geblieben war, daß man mir nicht zumutete, in einer leeren Box auf dem Viehprahm zu reisen.

»Ich dachte immer, Sie hätten nur *ein* Stück Jungvieh und hätten gesagt, es sei weiblich?« sagte ich.

»Hab ich auch gesagt«, klärte Morag mich auf, »und das wird's auch werden, wenn's erst älter ist, verstehn Sie.«

Ich nickte einsichtsvoll und nahm zur Kenntnis, daß nicht die Natur, sondern die gälische Sprache dafür verantwortlich ist, daß ein Tier vorübergehend als Hermaphrodit gilt.

»Sie werden was Festes an die Füße brauchen und einen guten Stock in der Hand«, warnte mich meine Wirtin ernsthaft. »Manche von den Biestern sind so wild, daß sie einen ohne weiteres auf den Hörnern im Ring rumtragen.«

Ich setzte die Tasse ab und sah Morag mit weit aufgerissenen Augen an. Schon der Anblick einer friedlich grasenden Kuh hatte stets genügt, mir Angst einzujagen, die Aussicht auf einen Hörnerritt erfüllte mich mit Entsetzen.

»Dann fahre ich nicht mit«, sagte ich entschlossen. »Ich habe weder die Figur noch das Talent zum Toreador.«

»Ach, Sie können doch immer draußen bleiben, wenn Sie wollen«, redete mir Morag gut zu. Sie ging nur höchst ungern ohne Begleitung irgendwohin.

Ich ließ mich breitschlagen, wenn auch nicht ohne böse Ahnungen, betonte aber nachdrücklich, ich wolle genau das nicht.

»Dann«, fuhr meine Wirtin rasch fort, »rufen Sie doch für mich aus dem neuen Kiox an, daß der Viehprahm kommen soll.«

Morag behauptete, eine Todesangst vor dem Telefon zu haben. Ich ging daher, nachdem ich beim Abräumen des Frühstücksgeschirrs geholfen hatte, den Weg hinauf zum Postamt, neben dem ein neuer Telefonkiosk stand. Es war dies für Bruach eine unerhörte Errungenschaft und hatte natürlich beträchtliches Aufsehen erregt. Fast sofort war er zum beliebten abendlichen Treffpunkt für die Jugend der Nachbarschaft geworden, und schon nach wenigen Tagen, ja sogar Stunden sah man Menschen eifrig hinein- und heraushuschen, den Hörer abheben, Nummern wählen und sich lange und offenbar sehr herzliche Gespräche mit unsichtbaren Bekannten leisten. Dies alles ungeachtet der Tatsache, daß das Telefon zunächst lediglich an die Außenwand des Postamts angeschlossen war.

Das Telefonhäuschen war bei seinem Eintreffen von verwaschenem Rosa gewesen, doch hatte es Lachy, eine Art »Mädchen für alles« im Dorf, bald in aufregendes Knallrot verwandelt. Möglicherweise war es bedauerlich, daß Lachy bei solchen Gelegenheitsarbeiten kein Geld nahm, sondern nur Whisky akzeptierte, und stets darauf bestand, den Lohn schon vor der Arbeit auszutrinken. Daher waren die Resultate seines Tuns häufig erschreckend. Bei dieser Gelegenheit jedoch übertraf er sich selbst. Selbst Bruach war verblüfft gewesen, als am nächsten Morgen ahnungslose Crofter ihre knallroten Türen öffneten und gestreifte Schafe, Kühe mit knallroten Hörnern und Hühner entdeckten, die aussahen, als habe man sie mit Flamingos gekreuzt. Bruach staunte zwar, war aber in keiner Weise betroffen. Der mutwillige Streich wurde mit philosophischem Achselzucken abgetan, manchmal auch mit Lachen, und fast in allen Fällen überließ man es der Witterung, den Schaden zu beheben oder doch zu mildern. Nur zwei der Dorfbewohner ließen deutlich Anzeichen von Zorn erkennen. Der eine war Kirsty, die hagere Jungfer mit dem verkniffenen Mund, die in »Beach Terrace« wohnte. Sie hatte das Pech gehabt, ein Paar Hemdhosen und ein keusches weißes Nachthemd über Nacht auf der Wäscheleine zu lassen – mit schrecklichen Folgen.

»Wie ich die reinholn will, Miss Peckwitt«, sagte sie mit Tränen der Empörung in den Augen, »bin ich im Gras auf die Knie gefalln, weil ich meinte, der Herrgott selber hätt mich dafür gestraft, daß ich so feine Unterwäsche trag.«

Die andere Person war die übergroße, uralte Lehrerin, die am nächsten Morgen den Übeltäter mit Drohungen, Beleidigungen und Blumenkohl aus ihrem sorgsam gepflegten Garten bombardierte – mit Blumenkohl, der über Nacht seine blonden Röschen mit roten vertauscht hatte.

Das Ergebnis der »Gelegenheitsarbeit« war, daß einige Tage später ein Plakat im Fenster des Postamts hing: »Gesucht: Junge unter sechzehn für das Abkratzen der Farbe von den Scheiben des Kiosk.«

Jetzt war schon seit Wochen alles tadellos in Ordnung gebracht und Bruach mit der Außenwelt verbunden. Allen außer den übertrieben Rechtgläubigen war diese Verbindung willkommen, und obwohl letztere das Telefon als Instrument des Teufels bezeichneten, gingen sie in ihrer Verurteilung doch nicht so weit, daß sie nicht gern von Bekannten angerufen worden wären.

Als ich in Sichtweite der Telefonzelle war, kam ein alter Mann, schwer auf zwei Stöcke gestützt, mühsam aus einem der niedrigen Häuschen und humpelte vor mir her den Weg entlang. Als er die knallrote Tür erreichte, gelang es ihm mit einiger Mühe, sie aufzureißen, und mit noch größerer Mühe, sich ins Innere zu zwängen. Ich seufzte. Alte Männer, wie es sie in Bruach gab, waren in der Regel nicht gerade geschickt im Umgang mit modernen Erfindungen wie dem Telefon, und mir war klar, daß es eine Weile dauern würde, ehe ich den Besitzer des Viehprahms kontaktieren konnte. Ich hatte mittlerweile jene besondere Geduld erworben, die man auf den Hebriden braucht, zündete mir eine Zigarette an und setzte mich gemütlich auf den moosfleckigen Stumpf eines alten Gartenpfostens. Ich betrachtete den Nebel, der wie ein grauer Vagabund über die Hügel schlich und tastende Finger hinunter in die verborgenen Täler streckte. Alle paar Minuten warf ich einen Blick hinter mich, um die Entwicklung in der Telefonzelle zu beobachten. Der Alte schien ein besonders unruhiger Gesprächsteilnehmer zu sein. Mein erster Blick zeigte mir, daß er sich konvulsivisch von einer Seite auf die andere krümmte, als wolle er Hula-Hula tanzen. Das nächste Mal schien er das Telefon fest an sich zu pressen, als wolle er daran schaukeln oder es aus der Wand reißen. Mir war zwar bekannt, daß Männer dazu neigen, sich beim Telefonieren in Positur zu werfen, doch für so etwas schien mir der Alte doch nicht urban genug. Andererseits konnten selbst die quälendsten rheumatischen Schmerzen nicht der Grund für seine Verrenkungen sein. Ich wartete und wartete, meine Uhr tickte weiter und immer weiter, ich warf den Stummel meiner dritten Zigarette weg, der geisterhafte Nebel kam unerbittlich näher gekrochen, doch das Theater im Telefonhäuschen ging weiter.

Allmählich wurde ich doch neugierig, stand auf und ging näher heran. Der alte Mann grüßte mich freundlich, als er mich erblickte, und ich sah, daß er den Hörer gar nicht abgenommen hatte. Ich erwiderte seinen Gruß mit einladendem Lächeln in der Hoffnung, das würde ihn ermutigen, meine Hilfe für seine Probleme in Anspruch zu nehmen, die vermutlich nur darin bestanden, daß er die Nummer im Telefonbuch nicht finden konnte. Mein Lächeln blieb nicht ohne Wirkung, er stieß geräuschvoll knurrend und seufzend die Türe auf, nahm seine beiden Stöcke an sich, manövrierte sich mühsam hindurch und humpelte ein paar Schritte auf mich zu.

»'tschuldigung, Miss Peckwitt«, begann er verschämt und bescheiden, »könn' Sie mir vielleicht sagen, ob's stimmt, daß ich grüne Farbe auf der Backe und unterm Kinn hab?«

Er drehte mir die linke Gesichtshälfte zu, hob das Kinn und wartete auf meine Kommentare. Ich betrachtete prüfend sein Gesicht und konnte ihm versichern, daß, soweit ich sehen könne, nirgends eine Spur von Grün zu erkennen sei.

»Ach, dann haben die daheim mich nur reinlegen wollen«, sagte er kläglich. »Mich reinlegen, die Halunken, und ich hab so weit gehn müssen, um nachzuschaun.« Wieder brummte er gewaltig. »Und bei meinem Rheuma war's so schwer, bis ich mir unters Kinn hab schaun können.«

»Telefonieren wollen Sie gar nicht?« fragte ich.

»Ich?« fragte er peinlich überrascht. »Ich? Nein, ich könnt das Ding nicht benutzen, und wenn's ums Leben ging.«

Noch einmal beklagte er sich über die Grausamkeit seiner Angehörigen, die ihn zu solchen Strapazen zwangen – »wo ich doch nur 'n bißchen gekleckert hab, als ich die Tür wieder grün streichen wollte« –, dann schleppte er sich nach

Hause, und ich konnte endlich in die Kabine. Erst drinnen stellte ich fest, daß sie nicht nur mit einem Telefonapparat, sondern auch mit einem kleinen Spiegel ausgerüstet war, einem Luxus, über den man im Hause vieler Crofter nicht verfügte. Endlich begriff ich den Grund für die vielen einseitigen Telefonate.

Am Donnerstag abend, der dem Viehmarkt vorausging, goß es wie aus Kannen, doch am Freitag morgen bestand die schwache Aussicht, daß der Tag einigermaßen schön würde. In den Gräben zu beiden Seiten des Weges rauschte es noch munter, als Morag und ich, in Gummimänteln und mit derben Stöcken bewaffnet, zum Haus des Busfahrers eilten. Die Hügel ragten dunkel durch die wabernde Wolkendecke, hinter uns erstreckten sich die lohfarbenen, feuchten Moore, und ein kalter Gegenwind flüsterte dem zitternden Sumpfgras kurze, prägnante Mitteilungen zu.

Der Bus sollte um 7.30 Uhr abfahren, und um 7.25 Uhr hatten meine Begleiterin und ich es uns auf zwei Vordersitzen bequem gemacht und sahen zu, wie die grauen Wolken nach Norden geblasen wurden und hie und da einen Sonnenstrahl durchließen, der auf dem dunklen Wasser als silbrige Pfütze aufleuchtete. Um Viertel vor acht saßen wir, oder besser: saß ich immer noch da, nicht länger entzückt von dem rasch wechselnden

Panorama und dachte sehnsüchtig an die zusätzliche Tasse Tee, für die noch Zeit gewesen wäre, hätte ich nur gewußt, daß der Busfahrer noch so lange im Bett liegen würde. Morag war kundschaften gegangen, erschien aber nun wieder in der Autobustür.

»Der ist noch gar nicht auf, der Halunke«, sagte sie. »Den wecken wir jetzt wohl besser.«

Ich stieg nun auch aus und stellte mich mit Morag auf den Weg.

»Johnny!« schrie Morag, als wolle sie eine kilometerweit entfernte Kuh rufen.

»Johnny! Johnny!« riefen wir im Duett. Im Haus blieb es still. Nichts rührte sich.

»Jetzt sollten wir unsern Ruari dabeihaben«, seufzte Morag.

Mich überkam fast Mitleid mit Johnny. Ich stieg wieder in den Bus und betätigte mehrmals die Hupe. Ihr schrilles Blöken hätte Tote erwecken müssen, doch Johnny schien toter als tot zu sein. Eben überlegten wir weitere Schritte, da ließ ein Zuruf von weiter unten am Weg uns herumfahren, und wir sahen Padruig, den alten Wegmacher, mühsam den Hügel heraufkommen. Er war unterwegs zu seiner Arbeit, die um acht Uhr begann.

»Dieser Mensch kann doch bei so einem Krach nicht schlafen«, begrüßte er uns verdrossen, »ich hab euch ja bis runter zum Haus gehört.«

»Dann ruf doch selber«, befahl Morag, als er neben uns stehenblieb. Solcherart herausgefordert, legte Padruig den Kopf zurück und nahm alle Kraft zusammen.

»JOHNNY!« Seine Stentorstimme ließ uns beschämt verstummen, war aber ebenso ergebnislos wie unsere bisherigen Bemühungen. Er versuchte es noch einmal – mit dem gleichen Resultat.

»Was haltet ihr davon?« fragte er uns verwundert. »Ich hätt ja gute Lust, den Bus selber zu fahren, damit er sich mal so richtig erschreckt«, meinte er drohend.

»Du kannst aber nicht fahren«, spottete Morag.

»Kann ich wohl«, argumentierte Padruig etwas heftig.

»Kannste nicht«, beharrte Morag. »Und einen Bus schon gar nicht.«

»Und wieso nicht?« wollte Padruig wissen.

»Weil«, sagte Morag vernichtend, »du keinen Personenbeförderungsschein hast, und ohne kannst du keinen Bus fahren.«

Padruig riß den Mund auf, um sein Gebrüll zu wiederholen, glotzte Morag aber ein paar Sekunden töricht an, als sei ihm plötzlich ein Verdacht gekommen.

»Johnny!« Diesmal verstärkte Padruig die Wirkung seiner Stimme durch eine Handvoll Kiesel, die er vehement gegen das Schlafzimmerfenster schleuderte. Diese Kombination hatte den gewünschten Effekt. Augenblicklich wurde das Fenster aufgerissen, und ein Strom Gälisch brach hervor. Aus Morags besorgter Miene schloß ich, daß es sich in der Hauptsache um Flüche handelte.

»Mann, mach, daß du rauskommst«, unterbrach Padruig Johnnys Schmährede. »Es ist acht vorbei.«

»Acht?« Johnny schien es nicht glauben zu wollen. »Was für 'ne Zeit soll denn das sein? Gotteszeit, Regierungszeit oder Blödzeit.«

»Blödzeit«, antwortete Padruig gelassen. »Die Post geht sowieso immer nach Blödzeit.«

»Ach du lieber Gott!« stieß Johnny hervor. (Ich sollte vielleicht erklären, daß hier »Gotteszeit« die von Greenwich, »Regierungszeit« die britische Sommerzeit und »Blödzeit« die verächtliche Bezeichnung für die britische Doppelsommerzeit der Zweistundenverschiebung war.)

»Wenn du dein Bett so gern hast, bringst du's am besten gleich mit«, schalt Padruig unbarmherzig und trottete den Weg weiter zur Arbeit.

Johnny ignorierte die Beleidigung und wandte sich an Morag. »Geh in die Küche und stell den Kessel auf«, sagte er gebieterisch, und als sein dunkler Kopf vom Fenster verschwand, eilten Morag und ich zur Hintertür des Hauses, die sich widerstandslos öffnen ließ. Gemeinsam machten wir uns daran, den Primuskocher anzuzünden.

Johnny, in Hemdsärmeln, die Hosenträger hinten über die Hose hängend und die Schuhe nicht zugeschnürt, kam die Treppe heruntergepoltert, schien in keiner Weise geniert durch sein *déshabillé* und auch nicht dadurch gestört, daß zwei seiner künftigen Fahrgäste ihm das Frühstück machten – eine halbe Stunde nach der vorgesehenen Abfahrtszeit seines Busses. Hastig goß er etwas heißes Wasser aus dem bereits dampfenden Kessel in eine Schüssel und fing an, sich mit verwegener Hast zu rasieren. Währenddessen suchte ich in einem Schrank nach etwas Eßbarem. Ich fand ein paar Haferkuchen und fütterte Johnny damit, während er mit der einen Hand seinen Hosenträger befestigte und sich mit einem Handtuch in der anderen übers Gesicht wischte.

»Sie haben sich geschnitten«, sagte ich, denn über seine Backe zog sich eine Blutspur.

»Verdammt«, murmelte er und drückte ein Taschentuch auf den Schnitt.

»Ein Heftpflaster?« schlug ich hilfsbereit vor.

»Es ist bestimmt keins da«, sagte Johnny ärgerlich. »So was ist hier nie da.«

»Eine Briefmarke vielleicht?« schaltete Morag sich ein. Johnny zeigte auf die Brieftasche in seiner Jacke, und ihr entnahm Morag eine Zwei-Penny-Marke, leckte daran und pappte sie sorgfältig auf den Schnitt.

»So geht's prima«, sagte sie zu ihm.

Ich fand es eine durchaus passende Maßnahme für jemand, der mit Post und Porto zu tun hatte.

Wir warteten nur noch ab, bis Johnny ein paar Schluck kochend heißen Tee hinuntergeschüttet hatte, dann eilten wir hinaus und kletterten wieder in den Bus. Kaum, daß wir saßen, tat dieser einen Sprung vorwärts, weil Johnny den Gang einlegte, ohne dem Motor Zeit zum Warmlaufen zu lassen. Endlich waren wir unterwegs, wenn auch mit einer Verspätung von vierzig Minuten, doch Johnny war – wohl infolge gemachter Erfahrungen – ein Fachmann im Aufholen verlorener Zeit.

Unterwegs hielten wir mehrmals an und nahmen Pakete, Postsäcke und ungeduldige Fahrgäste auf, die so hemmungslos unbekümmert verstaut wurden, daß Morag sich etwas gereizt beklagte: »Man weiß gar nicht, ob einem nicht als nächstes ein Postsack oder jemandes Großvater auf dem Schoß landet.«

Einige Fahrgäste zeigten anfangs Neigung, sich unwirsch über die Verspätung des Autobusses zu beklagen, doch Johnny, der das Gaspedal durchtrat, verwies sie im eigentlichen wie im übertragenen Sinne auf ihre Plätze, und nach wenigen Metern hatten selbst die Zornigsten nicht mehr das Bedürfnis oder auch nur die Fähigkeit, etwas vorzubringen. Der Bus stuckerte, stieß, schaukelte und donnerte die Straße entlang. Mir war, als würde mein Inneres zerstampft, und zum ersten Mal an diesem Morgen hörte ich auf, der verpaßten Tasse Tee nachzutrauern.

Wir erreichten das Postamt mit nur zwei Minuten Verspätung. Hier nun vergaßen die Fahrgäste allen Verdruß und machten gute Miene zum bösen Spiel. Kaum aus dem Bus gepurzelt, eilten sie mit den Postsäcken ins Sortierbüro und blieben in drohender Haltung neben den geplagten Sortierern stehen, um diese zu äußerster Schnelligkeit anzutreiben. Erstaunlicherweise wurde die Aufgabe mit dem Stundenschlag beendet, und obwohl der unheilvoll drohende Blick des Postmeisters Johnny hätte zu Boden schmettern sollen, blieb dieser vollkommen gelassen. Er stand da, die Hände in den Hosentaschen, tonlos pfeifend, mit portobeklebtem Gesicht, als gehöre er hierher.

»Jetzt schnürst du wohl besser deine Schuh zu«, sagte Morag halblaut zu ihm, als wir auf dem Weg hinaus an ihm vorbeikamen.

Johnny schenkte uns ein wohlwollendes Lächeln.

Noch immer etwas außer Atem machten Morag und ich uns auf den Weg in Richtung Viehmarkt, der wie alles Bedeutungsvolle auf der Insel unmittelbar neben einer Kneipe lag. Diese Tatsache war zweifellos auch der Grund, warum man keine Menschenseele erblickte, obwohl viele

Schafe und Rinder an der niedrigen Mauer um die Koppel angebunden waren.

Auf diese Mauer gestützt, prüften wir aufmerksam die Eigenschaften der einzelnen Tiere, Moragს Interesse galt möglichen Unterschieden und damit dem voraussichtlich zu erzielenden Preis für ihren Jungstier. Mein Interesse entsprang purer Feigheit.

Ein klappriges altes Auto hielt vor dem Einlaß zur Koppel. Ihm entstiegen mehrere Männer. Sie hatten das energische Auftreten von Leuten, die einzig und allein aufs Geldverdienen aus sind. Gleichzeitig begannen Trüppchen von Croftern mit roten Gesichtern aus der benachbarten Kneipe zu quellen. Ohne für mich erkennbare Vorbereitungen wurden Preise gerufen, und das Geschäft hatte begonnen.

Ich ließ sie verhandeln und wanderte auf der Suche nach einer besonderen Art wilder Blumen den Weg entlang zu einer vielversprechenden Baumgruppe. Bei näherer Prüfung waren es in der Hauptsache Haselbüsche, obwohl hie und da eine Eberesche mit ihren schöngeformten Wedeln in der launischen Brise wehte. Unter ihnen wuchs üppiges Schöllkraut, und ein verirrter Sonnenstrahl verwandelte das nasse Gras in einen schimmernden Diamantenteppich. Ich verließ die Baumgruppe und überquerte den Weg, um mich auf einen großen Felsbrocken zu setzen, der in

Morags Jugend von den Männern Bruachs auf dem Heimweg von der Viehauktion für den Wettkampf im Gewichtheben benutzt worden war. Es war ein angenehmer Ort zum Meditieren, und ich blieb ein Weilchen dort sitzen und beobachtete den Bach, der unter mir flink und geschwätzig dem Meer zustrebte. Über mir kreisten zwei Bussarde herrlich graziös, und ihre klagenden Schreie mischten sich mit dem wohltönenden Lied der Brachvögel, das auf den einsamen Hügeln gespenstisch hallte.

Plötzlich drang von fern ein lauter Ruf bis zu mir, und als ich mit einigem Unbehagen einen Blick über die Schulter warf, sah ich zu meinem Entsetzen, daß ein rasender Stier oder eine Kuh wie irre den Weg entlang in meine Richtung galoppiert kam. Das Tier wechselte von einer Seite zur anderen und machte mit seinen gewaltigen Hörnern Ausfälle gegen zwei wütend schnappende Hirtenhunde, die rechts und links von ihm rannten. In einiger Entfernung hinter dem Rind, ganz eindeutig auf Verfolgungsjagd, rannte eine erregt gestikulierende Gestalt, deren Ruf mich aufgeschreckt hatte. Als sie mich entdeckte, verstärkte sich ihr Rufen und Gestikulieren.

Einen schlimmen Augenblick lang war ich vor Angst wie gelähmt. Dann elektrisierte mich die Erkenntnis, diese Rufe seien eine Aufforderung, ums liebe Leben zu laufen, und ich wurde aktiv.

Ich übertreibe nicht, wenn ich sage, daß ich trotz der schweren Gummistiefel mit einem Sprung über den Weg und im Wäldchen war und mit einem weiteren Sprung im Wipfel des nächsterreichbaren, zuverlässig aussehenden Haselbaums. Später war mir, als sei ich eher geflogen als geklettert, und ich fühlte mich mehr als einstige Gefährtin Tarzans denn als einstige Lehrerin. Angstschlotternd klammerte ich mich an meinen luftigen Sitz, während das Donnern der Hufe und das ununterbrochene Gebelfer der Hunde sich näherte, vorüberzog und in der Ferne verklang. Zitternd stieg ich vom Baum, da rief mich eine Stimme in fließendem Gälisch an, und ich erblickte den ältlichen Verfolger des Rindes, der wütend und mit rotem Gesicht näher kam. Meine Stiefel berührten schon den Boden, doch die Miene des Alten war so einschüchternd, daß ich erwog, die Klettertour zu wiederholen. Ohne weitere Vorrede überschüttete er mich mit einem Strom Gälisch, und obwohl ich nichts verstand, hatte ich das düstere Gefühl, es seien größtenteils Beschimpfungen.

»Bitte sagen Sie mir, was Sie zu sagen haben, auf englisch«, sagte ich so hochfahrend wie möglich.

Sofort wurde er verlegen und schuldbewußt.

»Ach du mein, ach du mein, Sie könn' nich Gälisch, was? Ach, und ich hab Sie für jemand von hier gehalten. Ach, und dabei könn' Sie nich Gälisch.« Er sah mich mitleidig an.

»Was haben Sie denn gesagt?« fragte ich.

»Ich hab gesagt, wenn Sie bloß stehngebliebn wärn und vor der Kuh mit den Armen gewedelt hättn, hätt sie sich vor Ihnen erschreckt und wär vielleicht umgekehrt.«

Ich überlegte sorgsam, ob das ein Kompliment sein sollte.

»Und jetz«, fuhr er pathetisch fort, »jetz krieg ich sie nich rum, eh sie zu Haus ist, und dabei hab ich das Biest doch heut schon zwanzig Kilometer weit getriebn.«

Ich kondolierte ihm in angemessener Form, mußte aber zugeben, ich hätte Angst gehabt, die Kuh würde mich auf die Hörner nehmen, wenn ich in erreichbarer Nähe geblieben wäre. Meine Entschuldigung schien ihm unbegreiflich, denn er zwinkerte einige Sekunden lang nachdenklich.

»Glaub nich, daß sie das gemacht hätt«, sagte er ernsthaft, »aber angenommen, sie hätt Sie auf die Hörner genommen, dann nich aus Bosheit – bestimmt nich aus Bosheit. Sie ist einklich keine böse Kuh.«

Ich überlegte, ob es ein Unterschied wäre, von einer braven oder einer bösen Kuh auf die Hörner genommen zu werden, da ergriff der Alte wieder das Wort.

»Zu schade, daß Sie kein Gälisch könn'«, sagte

er traurig. »Ich hätt ebensogut auf englisch rufen könn', und hätt jetz nich den ganzn Ärger.«

Wir bedauerten einander lange wegen unseres gemeinsamen Unglücks, ehe er sich dazu durchrang, seinen einsamen Treck nach Hause fortzusetzen.

»Für was warn Sie auf'm Baum?« fragte er abschließend, als ich schon hoffte ihn los zu sein, und so sonderbar es klingt, mir fiel spontan kein plausibler Grund dafür ein, warum eine Frau mittleren Alters im Wipfel eines Baums sitzen sollte, denn das ganze Ausmaß meiner Feigheit wollte ich nicht gestehen. Zum Glück beantwortete der Mann seine Frage selbst. »Nüsse gesucht, was?«

Ich griff nach diesem Strohhalm und nickte bestätigend.

»Aber«, spottete er, »die gibt's doch erst im September oder noch später.«

Ich heuchelte Überraschung, und er gestattete sich ein kurzes, bellendes Auflachen. »Nein, nein«, wiederholte er. »Erst im September. Da sind Sie aber paar Monate zu früh rauf.«

Erfreut über den eigenen Witz, stapfte er den Weg hinunter, im Kielwasser der widerspenstigen Kuh.

Ich fand, es würde Zeit, nach Morag zu suchen, und kehrte zum Viehhof zurück. Dort traf ich meine Wirtin. Sie war in gehobener Stimmung, denn ihr Jungstier war zu einem guten Preis verkauft.

»Haben Sie nicht gesagt, es gäbe heute hier nach der Auktion eine Prüfung für Hirtenhunde?«

»Die hätt sein sollen«, erwiderte Morag, »aber wie es heißt, ist sie abgesagt.«

»Warum das?«

»Ich hab nur gehört, daß die Schafe aus dem Pferch ausgebrochen sind und die Hunde in alle Richtungen gehetzt haben. Es muß eine Unmenge Schafe gewesen sein, die armen Hunde hatten es sehr schwer mit ihnen.«

Im Viehhof war jetzt fast nichts mehr los. Die meisten Tiere hatten den Besitzer gewechselt, und die Trüppchen disputierender Männer – unvermeidlich, wo Gälen brüderlich zusammenstehen – lösten sich bereits auf. Der Metzger war noch da, ein Mann von gewaltigen Proportionen, der ein winziges Kalb am kurzen Strick mit sich führte und mich an eine stattliche Dame erinnerte, die mit ihrem Pekinesen spazierengeht.

Morag hatte es eilig, mich zum Mittagessen ins Hotel zu bringen. Dort aßen wir in der Küche mit der Köchin, einer guten Freundin von ihr. Die Gastlichkeit der Inselbewohner ist sprichwörtlich und umfaßt – so scheint es – nicht nur den Inhalt der eigenen Speisekammer, sondern auch die des Dienstherrn, denn das ausgezeichnete Essen kostete uns nichts.

Als wir zum Nachtisch eine Tasse Tee tranken, erhob sich die Köchin und öffnete die Tür zu einem kleinen Durchgang. Er führte in die Bar, und man konnte hören und auch sehen, wie der Barkeeper den dort Versammelten Drinks servierte. Die Köchin empfand das als ausgezeichnete Unterhaltung. »So gut wie ein Konzert«, versicherte sie und stellte ihren Stuhl möglichst nah an die Tür.

Ein Großteil der männlichen Bewohner von Bruach war anwesend, darüber hinaus viele andere, die ich nicht kannte, und alle waren in bester Stimmung, voller Bier, Whisky und anfangs auch Wohlwollen. Mit zunehmendem Whiskykonsum wurden sie erst streitsüchtig, dann ausfallend. Man hörte eine oder zwei Stimmen, die beschwichtigend zuredeten, zwischendurch schaltete sich auch der Barkeeper mit warnenden Worten ein. Mitten in einem besonders lärmenden Disput wurde die Außentür der Bar heftig aufgerissen, und für einen Moment verstummte alles. Dann brach der Radau von neuem los, weil man den Ankömmling erkannte. Diesmal aber klang es beglückwünschend. Von meinem Platz aus konnte ich nicht sehen, wer da gekommen war, aber die Köchin flüsterte aufgeregt: »Du meine Güte, wenn das nicht Hamish Mor in eigner Person ist!«

»Tatsächlich?« Morag zeigte sich begeistert.

»Tatsächlich«, bestätigte die Köchin.

Ich rückte ein Stückchen weiter und sah den Anlaß zu all dem Jubel: einen großen, gutgebauten Mann, dem feuerrotes Haar unter der Tuchmütze hervorquoll. Wie ein siegreicher Held schritt er gemessen an die Theke, während sich alle ringsum überschwenglich an ihn herandrängten, ihm energisch die Hand schüttelten und ihre Begrüßung mit Weisungen an den Barkeeper mischten, dem Neuankömmling etwas zu trinken zu geben. Nur ein, zwei Gäste schienen ihr Getränk plötzlich ekelerregend zu finden, schlichen zur Tür und verschwanden unauffällig. Unterdessen stürzte Hamish Mor völlig ungeniert ein Glas nach dem anderen so schnell hinunter, wie seine Freunde sie bezahlen konnten. Ich fragte Morag, wieso er so beliebt sei.

»Ach, den kennen Sie nicht«, sagte sie. »Der ist gar nicht aus unsrem Dorf.« Es klang abweisend.

»Die machen ja einen großen Wirbel um ihn«, äußerte ich.

»Aye, das ist wahr, das dürfen sie auch, denn ein beßrer Mann hat nie gelebt«, hauchte die Köchin ehrfürchtig.

»Wird er immer so behandelt?« beharrte ich.

»Nein«, erwiderte Morag zurückhaltend.

»Und warum gerade heute?« fragte ich. »Hat er Geburtstag oder einen Orden bekommen oder was?«

Morag seufzte. »Nein«, sagte sie, »aber gerade heute kommt er aus'm Gefängnis.«

»Gefängnis?« wiederholte ich ungläubig.

»Aye, dem Gefängnis«, bekräftigte sie.

»Weswegen ist er denn verurteilt worden?« fragte ich.

»Körperverletzung«, warf die Köchin kurz ein.

»Körperverletzung? Wen hat er denn angegriffen?«

»Er hat den Barkeeper dort drüben aus'm Fenster geworfen«, erwiderte die Köchin mit einer matten Geste hinüber zur Bar.

»Welchen Barkeeper?«

»Na, den, der jetzt dort ist«, sagte die Köchin leicht ungeduldig.

Ich riskierte einen weiteren Blick durch die Tür. Der Barkeeper sah aus wie einer der leichtfertigen Gesellen, bei dem die Frauen eine Gänsehaut kriegen und den Männern die Fäuste jucken, trotzdem schien mir das Verhalten der Menge zu grausam. Ich beobachtete gespannt, wie er mit unbeweglichem Gesicht seinem Feind ein Glas nach dem anderen servierte, von denen jedes von bewundernden Anhängern bezahlt wurde, die sich gegenseitig wegdrängten, um Hamish Mor auf den Rücken klopfen zu dürfen und ihm einigermaßen anzüglich »Dann also mehr Glück beim nächsten Mal« zu wünschen.

»Hamish hätt den Barkeeper bestimmt gern

umgebracht, was, Morag?« fragte die Köchin mit Bedauern in der Stimme.

»Das ist anzunehmen«, warf ich trocken ein. »Deswegen wünschen ihm diese Schufte wohl auch mehr Glück beim nächsten Mal.«

»Aye, ich glaub ja auch, daß Hamish diesen Barkeeper eines Tages umbringt«, versicherte Morag feierlich und setzte hastig hinzu: »Wenn der Herrgott ihn bewahrt.«

Die Köchin und Morag sprachen weiter von Hamish und seiner Vollkommenheit, und ich lauschte mit dem einen Ohr ihrem Klatsch und mit dem anderen der Tragikomödie in der Bar.

»Weißt du noch, wie Hamish damals im Sommer das Gelübde unterschrieben hat?« fragte die Köchin mit gluckerndem Lachen.

»Aye, und ob ich das noch weiß«, antwortete Morag.

»Drei Tage lang hat er kein' Whisky angerührt«, erinnerte sich die Köchin.

»Drei Tage? Wohl eher drei Wochen«, verbesserte Morag.

»Es waren drei Tage«, behauptete die Köchin eigensinnig.

»Und dann?« warf ich ein.

»Tja, Hamish liegt abends im Bett und hört draußen die Drossel singen. ›Trink nur, Hamish, trink nur, Hamish‹, sagt die Drossel, ›trink nur immerzu.‹«

Beide Frauen lachten.

»Und so wahr ich leb«, fuhr die Köchin fort, »der Hamish springt auf. ›Zum Teufel mit dem Missionar‹, sagt er, ›wenn die Vögel in den Bäumen einem sagen, man soll trinken, kann's nicht verkehrt sein.‹ Und kommt her – zwei Uhr früh war's – und klopft uns alle raus und erzählt uns, was er uns antun wird, wenn er nicht sofort ein, zwei Flaschen Whisky kriegt.«

Die Köchin wischte sich mit dem Schürzenzipfel die Lachtranen aus den Augen.

Hamishs Deutung des Drosselrufs schien mir an den Haaren herbeigezogen, doch dann fiel mir ein, daß ja dieser Vogel – im Gegensatz zu mir – in der glücklichen Lage war, gälisch zu sprechen.

»Weißt du noch, wie der Künstler Hamish malen wollte?« fragte Morag die Köchin.

»Ich erinner mich nicht«, erwiderte die andere. »Hab nicht mal davon gehört.«

»Der war nur ein armseliges, schmächtiges Kerlchen«, sagte Morag, »und Hamish 'n Kopf größer. ›Sie Männlein‹, sagt er, ›wenn Sie mich auch nur mit 'nem Pinsel anrühren, stoß ich Sie aus der Hose.‹«

Wir lachten so laut, daß die Barbesucher aufmerksam wurden. Rasch stieß die Köchin die Tür zu. »Die lassen wir zu, bis wir mit unsrem *strupak* fertig sind«, sagte sie, »sonst wollen die mit ihrem Drink hier rein.«

Als die Tür wieder geöffnet wurde, war Hamish gegangen und mit ihm die fidelsten Gäste. Nunmehr war die Stimmung entschieden weniger unbeschwert. Unter den verbliebenen Besuchern erkannte ich Lachys rotes, erhitztes Gesicht und das leichenblasse von Alistair, dem Schafhirten. Zwischen ihnen schien ein Disput im Gange.

»Lachy, alter Junge«, hörte ich Alistair ganz freundschaftlich äußern, »wenn du mir so was noch mal sagst, schmeiß ich dich aus der Tür.«

»Alistair, mein Bester«, entgegnete Lachy ebenso freundschaftlich, »ich sag es dir noch mal, und wenn es dir nicht paßt, hau ich dir den Kopf durch den Tresen.«

Der Streit endete mit einem kurzen, aber stürmischen Aufruhr unter den Herumsitzenden, der Barkeeper rief etwas, die verblüffte Menge wich auseinander und zeigte einen verdutzten, besiegten Schafhirten, der sich Splitter vom Tresen aus den Haaren zupfte. Lachy bückte sich und half seinem Opfer besorgt auf die Beine.

»Lachy, alter Junge«, begann der Schafhirte ehrerbietig. »Du hast Wort gehalten, Mensch. Ich hab Respekt vor jemand, der Wort hält.« Er wandte sich an den Barkeeper. »Und jetzt zwei Doppelte, aber schnell, dann wird uns besser«, befahl er.

Gleich danach stürzten die vormaligen Kombattanten zwei Doppelte hinunter, setzten noch zwei weitere drauf und gingen dann, einer mit dem Arm um die Schultern des anderen, zum nächsten Stadium des Disputs über, der nach den Erfahrungen der Köchin nicht lange würde auf sich warten lassen.

»Meine Güte, jetzt ist es schon drei Uhr und höchste Zeit, daß wir heimgehn«, unterbrach Morag, als ihr Blick auf die Uhr fiel.

»Herrje, wie doch die Zeit vergeht«, sagte die Köchin höflich.

Wir verabschiedeten uns und wurden durch den Haupteingang des Hotels hinausgeleitet wie Ehrengäste, wobei ich mir größte Mühe gab, so auszusehen, als hätte ich für mein Essen bezahlt.

Wir mußten am Eingang zur Kneipe vorüber, und auf dem Weg davor sah ich Stoffetzen verschiedener Farbe liegen. Morag folgte der Richtung meines Blicks, bückte sich und hob einen auf.

»Aye«, sagte sie, »so ist es immer nach einem Viehmarkt.«

»Das ist doch der Kragenbund von einem Hemd, oder?« fragte ich.

»So ist es«, bestätigte Morag. »Und ich hab das Gefühl, daß der hier unserm Ruari gehört.«

»Wie um alles in der Welt –«, begann ich, doch meine Frage wurde durch einen Tumult in der Bar abgeschnitten. Die Tür sprang auf, und heraus stürmten Lachy und Alistair, schon wieder rauflustig. Lachy warf die Jacke ab, Alistair hatte seine bereits ausgezogen. Sekundenlang starrten die Männer sich wütend von oben bis unten an, dann packte jeder mit einer raschen Bewegung, wie nur die Übung sie lehrt, sein sauberes Baumwollhemd und riß es sich über den Kopf, wobei die engen Manschetten um die Handgelenke und der Kragenbund an Ort blieben. Ich brauchte meine Frage nicht zu beenden.

»Kommen Sie«, sagte Morag und übersah, daß ich ihr schon einige Meter voraus war. »Das sollen die zwei miteinander abmachen.«

Wir waren übereingekommen, das Beste sei, so lange zu Fuß zu gehen, bis uns der Bus aufnahm. Auf diese Weise würden wir vermeiden, eingepfercht zu werden. Wir würden auch den meisten Betrunkenen entgehen, die nach Morags Berechnung um diese Zeit bereits ausgestiegen, total k.o. oder aber ganz hinten im Fond schlafen gelegt worden waren. Außerdem würde es uns ersparen, auf den Bus zu warten, dessen Abfahrtszeiten schon an normalen Tagen schwer voraussagbar waren.

Wir schlugen einen flotten Schritt ein und waren noch nicht weit gekommen, da überholten wir Donald Beag, einen der Crofter, der ein ungewöhnlich fügsames schwarzgesichtiges Mutterschaf mit zwei Jungen vor sich hertrieb.

Nun muß ich gestehen, daß es einmal eine Zeit gab, in der der Anblick lockiger Lämmchen in mir sentimentale Gefühle weckte und ich künftig vegetarisch leben wollte. Doch nach rund einem Jahr heidekrautgefütterter Hammel lief mir bei ihrem Anblick leider nur das Wasser im Mund zusammen.

Donald war froh über unsere Gesellschaft. Um mit uns Schritt halten zu können, trieb er sein Schaf schneller vorwärts, indem er es mit seinem künstlichen Arm, dessen blitzender Haken an den infamen Captain Hook erinnerte, in die Seite stieß. Der Weltkrieg, der Donald den Arm gekostet hatte, hatte ihm als Ausgleich zu einem wahren Schatz an selbsterlebten Geschichten verholfen, die er nur zu gern erzählte. Jetzt lauschte er begierig meinem Bericht über die davongelaufene Kuh.

»Ach herrje«, rief er, als ich geendet hatte. »Wolln Sie sagen, Sie könn' immer noch kein Gälisch?«

Ich gestand ihm, meine Kenntnis des Gälischen beschränke sich auf Wörter wie *kamera-ha* (wie geht's?) und *ha-guu-ma* (mir geht's gut).

»Komisch, wie weit ein' das bißchen bringt, wenn man keine andren Wörter weiß«, meinte Donald mit einem wissenden Lächeln der Erinnerung.

Einmal, erzählte er uns, war er im Schützengraben mit einem Dutzend Soldaten, da kam eine Granate, und niemand außer ihm blieb am Leben. Er rappelte sich auf und kletterte aus dem Graben, doch er ging und ging immer weiter und traf auf keine lebende Seele. Er wanderte bis zur Dämmerung, erspähte die Ruinen eines Hauses und ging darauf zu. Als er hinkam, sprang eine Gestalt mit hocherhobenen Armen hinter einer Mauer hervor und schrie etwas. Er verstand: »Kamerad! Kamerad!«

»Na ja«, fuhr Donald fort, »damals hatten wir elend wenig im Regiment, die Gälisch konnten, da hab ich ihm die Hand hingestreckt und *›haguu-ma‹* gesagt. Und kaum hatt' ich's gesagt, da glotzten wir uns an, machten kehrt und rannten wie die Teufel in entgegengesetzte Richtungen.«

Bei dieser Erinnerung mußte Donald kichern. »Hat mir nachher leid getan, sag ich euch«, schloß er. »Ich hab doch lieber 'n Deutschen, mit dem ich reden kann, als gar niemand, und ich meine, mit dem Gälischen hätten wir uns vielleicht ganz gut verstanden.«

Gerade als Donald mit seiner Geschichte fertig war, holten wir einen älteren Mann ein, der wiederholte Versuche machte, eine ausgemergelte Kuh vor sich herzutreiben. Es traf sich glücklich, daß er es nicht weit hatte, sonst hätte er kaum die Chance gehabt, das Tier nach Hause zu schaffen.

»Was zum Kuckuck hat den Menschen dazu gebracht, so ein Vieh zu kaufen«, murmelte Morag halblaut. »Sieht ja aus, als hätte es bei einsetzendem Frost das Zittern gekriegt und wär dabei erstarrt.«

Ich fand das eine sehr treffende Beschreibung, aber Donald wußte noch etwas Besseres.

»Für die Kuh brauchst du ganz schnell 'n Seil«, rief er dem Eigentümer zu.

»Ein Seil?« Der Alte schaute verwundert. »Warum, die ist doch so ruhig, die braucht doch kein Seil.«

»Fürs Ruhigsein braucht sie's auch nicht«, sagte Donald schonungslos ehrlich, »sondern damit sie nicht auseinanderfällt.«

Der Mann zog zur Antwort nur ein finsteres Gesicht, und da die Schafe besser in Form waren als die Kuh, hatten wir ihn bald hinter uns gelassen.

In einiger Entfernung vor uns sahen wir eine Gruppe Menschen und Tiere langsam den Weg entlangziehen. Ich habe nie feststellen können, ob die Bauern so langsam gehen, um es den von ihnen getriebenen Tieren nicht zu schwer zu machen, oder ob die Tiere so langsam gehen aus Rücksicht auf die sie führenden Bauern. So oder so, ich hatte inzwischen gelernt, daß man, ohne Brutalität anzuwenden, weder einen Bauern noch seine Kuh zur Eile antreiben konnte. Als wir mit ihnen auf gleicher Höhe waren, wurden wir von den jovialen rotgesichtigen Bauern begeistert begrüßt, von denen ich einige erst vor ganz kurzem in der Bar gesehen hatte. Sie waren äußerst heiter, und es schien ihnen ganz egal, ob sie noch heute abend oder erst morgen früh heimkamen.

Bald wurden Flaschen aus Jackentaschen gezogen und freundschaftlich angeboten. Wären Gläser zur Hand gewesen, Morag und ich hätten es sehr schwer gehabt, diese Hochherzigkeit zurückzuweisen, doch zum Glück akzeptierten sie die Version, Flaschen seien nur für die Privilegierten beziehungsweise nicht so Heiklen, nämlich die Männer.

Brennpunkt des Interesses war Murdoch, ein weißhaariger alter Junggeselle, denn er ritt auf einem bei der Auktion erworbenen Pferd.

»Warum hast du dir 'n neues Pferd gekauft?« fragte Donald. »War das andre dir nicht gut genug?«

»Nein«, erwiderte Murdoch, »das war heuer nicht mal beim Pflügen besonders gut.«

Morag beeilte sich, das alte Pferd zu verteidigen. »Schließlich wurde es alt«, schalt sie Murdoch, »man muß doch drauf gefaßt sein, daß Pferde sich im Alter digginrieren.«

Keiner fand diese Eigenschaft alter Pferde sonderbar, und vergeblich wartete ich darauf, daß

Donald noch einmal vorschlug, ein Seil zu verwenden.

»Und überhaupt wird dein Pferd auch alt«, sagte Murdoch zu Donald.

»Wird es überhaupt nicht«, gab Donald indigniert zurück. »Mein Pferd hat vorige Woche drei Sack Kartoffeln für mich gesteckt.«

»Habt ihr die Kuh gesehn, die Ian Tearlaich gekauft hat?« fragte einer in Anspielung auf das Knochengerüst, an dem wir vorbeigekommen waren.

»Haben wir«, entgegnete Morag. »Das ganze Vieh ein einziges Bauchweh und sonst nichts.«

Die Kette aus Mensch und Tier zog sich den Weg entlang, Kühe muhten, und von Zeit zu Zeit versuchten Kälber vergeblich, ihren neuen Eigentümern zu entwischen.

»Wir bleiben einfach hier und warten auf den Bus«, schlug Morag vor, und da wir bereits ein gutes Stück zurückgelegt hatten, ging ich bereitwillig darauf ein.

In eben diesem Augenblick zwinkerte einer der Treiber uns verschwörerisch zu.

»Warum schmeißt uns denn Angus ein Auge?« flüsterte meine Gefährtin.

Angus zeigte schadenfroh auf Murdoch, der mit unerschütterlichem Vertrauen auf seinem überraschend frommen Pferd saß. Der Rücken des Alten war lässig gerundet, seine Hände staken tief in den Taschen, und die übergroßen Füße baumelten lose zu beiden Seiten. Angus trat neben ihn und legte eine Hand auf den Sattel.

»Na, Murdoch, da kannst du ja nun ganz gemütlich heimreiten, was?« neckte er.

»Kann ich«, pflichtete Murdoch bei. »Das ist wirklich ein nettes, ruhiges Pferd für 'n alten Mann wie mich.«

»Und dabei wärn doch deine Plattfüße groß genug, um drauf heimzumarschieren«, fuhr Angus fort.

Murdoch lachte verlegen.

Ehe ich begriff, was geschah, hatte Angus heimlich den Sattel angehoben, seine brennende Zigarette darunter gesteckt und war zurückgesprungen. Das Pferd stieg sofort, trat sekundenlang mit den Vorderhufen wild in die Luft und galoppierte dann zur Freude der jubelnden Treiber wie verrückt den Weg entlang. Murdoch klammerte sich verbissen an die Mähne und fluchte wortreich. Die erschreckten anderen Tiere flüchteten nach rechts und links vom Wege.

»Sie Narr«, warf ich Angus an den Kopf und lief dem scheuenden Pferd nach, denn ich war überzeugt, der alte Mann würde zu Schaden kommen. Ich rannte zwar schnell, doch war es bei mir, die ich nicht die gleiche Motivation hatte, weniger eindrucksvoll als bei dem Pferd.

Hinter einer Biegung kam ich gerade recht, um zu sehen, wie Murdoch abgeworfen wurde oder aber sich freiwillig von seinem Reittier auf eine grasbewachsene Böschung neben dem Weg fallen ließ, und ein paar Minuten später stieß ich, dicht gefolgt vom Wildhüter, auf den Daliegenden. Murdoch lag ganz regungslos, und obwohl ich kein Blut sah, war ich überzeugt, er sei verletzt. Ich fing behutsam an, ihn zu untersuchen. Inzwischen hatten die übrigen Männer ihr Vieh sich selbst überlassen und waren am Ort des Geschehens eingetroffen. Sie verharrten in bedrücktem Schweigen, Morag jedoch, die keuchend hinter ihnen hergelaufen kam, stupste den Liegenden prüfend.

»Tot ist er nicht«, verkündete sie, »aber bewußtlos, glaub ich.«

»Da hörst du's!« Der Wildhüter wandte sich in gespieltem Zorn an Angus.

»Ach was, den kann man nur umbringen, wenn man ihn vorher erschießt«, erwiderte Angus leichthin, »und auch dann, wenn man ihn erschießt, muß man ihn nachher umstoßen, weil er solche Plattfüße hat.«

Befreites Gelächter lief durch die Menge.

»Was Sie da getan haben, ist verrückt«, warf ich in scharfem Ton ein. Mein Tadel zauberte ein keineswegs reuiges Lächeln auf Angus' gerötetes Gesicht.

Der Wildhüter machte seinerseits einen Versuch. »Blöd war's«, sagte er mit vorwurfsvollem Nachdruck, »und du hast Glück, daß er nur bewußtlos ist. Der hätt sich ernstlich was tun könn'.«

Nach dieser idiotischen Bemerkung gab ich den Versuch auf, in einem von ihnen Reuegefühle zu wecken.

Jemand besann sich darauf, das Pferd wieder einzufangen, das mittlerweile die Zigarette losgeworden war und friedlich graste – vollständig unbekümmert um das Schicksal seines Eigentümers.

Passenderweise kam in diesem Moment der Bus. Murdoch wurde zuoberst auf einen Haufen schnarchender Betrunkener plaziert, die ihrerseits auf einer Matratze aus überquellenden Postsäkken lagen. Sein Zustand war Anlaß zu allerlei leichtsinnigen Kommentaren, und selbst als ihn – noch immer bewußtlos – vier der nüchternsten Burschen heimtrugen, schien niemand außer mir auf die Idee zu kommen, er könne ernsthaft verletzt sein. Da nicht auszuschließen war, daß die vier Träger ihrer Last überdrüssig würden, noch ehe sie Murdochs Haus erreichten, bestand ich darauf, sie zu begleiten. Morag kam mit, und wir wurden Zeuge, wie gleichgültige Angehörige Murdoch ins Bett legten. Sie schienen keineswegs überrascht, daß ihr Verwandter bewußtlos heimgebracht wurde. Ich erfuhr, daß es eher die Regel als die Ausnahme war, Murdoch nach einem Viehmarkt in solchem Zustand zu sehen. Mein Vorschlag, man möge doch einen Arzt holen, wurde mit eisiger Verachtung aufgenommen.

Nach einer sehr willkommenen Tasse Tee machten Morag und ich uns auf den Heimweg. Die Nacht war nicht durchweg dunkel, aus den dahinjagenden Wolken, durch die manchmal flüchtig der Mond lugte, drohte wieder Regen. Mir fiel ein, daß ich eine Taschenlampe besaß, und ich hatte sie eben vom Grund meiner Handtasche heraufgeholt, da zerriß ein schriller Schrei die nächtliche Stille, und aus einem der Häuschen taumelte eine weiße Gestalt. Meine Begleiterin und ich blieben stehen und sahen im Strahl der Taschenlampe eine Frau mittleren Alters im bloßen Nachthemd. Ihre Augen lagen tief und blickten starr, das graue Haar fiel ihr strähnig ins schmutzgefleckte Gesicht. Ihre Hände zerrten krampfhaft an der Brust, und die Lippen bewegten sich lautlos.

»Das ist Barbac«, flüsterte Morag, doch ich hatte die Gestalt bereits erkannt, obwohl sie, als ich sie zum ersten Mal sah, eine mollige, freundliche kleine Frau mit einem Hang zur Neurose gewesen war. Eine lange Krankheit und unachtsame Pflege hatten ihr Gehirn angegriffen, und jetzt war sie eine dahinsiechende, sinnlos plappernde Irre. Ihr Zustand war ein Schock, und in diesem Moment ließ mich ihr Anblick schaudern.

»Geh mal schön wieder ins Bett, Barbac«, beschwor Morag sie leise, »geh wieder ins Bett.«

Ein Mann tauchte auf, nahm die Frau, die nicht widerstrebte, am Arm und führte sie schweigend und resigniert zurück ins Haus. Das Vorkommnis hatte Morag fast so sehr erschüttert wie mich, und sie sprach erst wieder, als wir daheim auf der Schwelle standen.

»Es ist schon schlimm, wenn Leute so werden«, sagte sie betrübt.

Ich pflichtete ihr rückhaltlos bei.

»Also ich«, fuhr sie fort, »ich würde lieber Hören oder Sehen verlieren als meinen Verstand. Ich glaub, den Verstand verlieren, das wär das Ende von allem.«

Am nächsten Tag rief ich in Murdochs Haus an und fragte, wie es ihm ginge, denn noch immer war ich die einzige, die sich wegen seines Unfalls auch nur die mindesten Sorgen machte. Man versicherte mir, »bis auf einen dumpfen Kopf« ginge es ihm bestens, und dies schien etwas so Häufiges zu sein, daß mir meine Nachfrage jetzt selbst nicht sehr taktvoll vorkam. Im Gegenteil, meine Besorgnis warf anscheinend ein schlechtes Licht auf Murdochs Trinkfestigkeit.

Später mußte ich in Lachys Haus für Morag Wolle abholen. Lachy war daheim und hatte einen stark geschwollenen Unterkiefer. Auch er klagte über »einen dumpfen Kopf« – »einen Viehmarktkopf«, warf seine Mutter spitz ein. Es dauerte nicht lange, da hörten wir die Stimme von Alistair dem Schafhirten, und Lachy beeilte sich, den Gegner von neulich zu einem *strupak* hereinzubitten. Alistair hatte zwei »blaue Augen« und eine Platzwunde auf der Nase.

»Lachy, alter Junge, es heißt, wir hätten gestern gerauft wie die Bullen«, sagte der Schafhirt reumütig.

»Ach ja?« fragte Lachy und betastete vorsichtig seine Kinnlade.

»Ja, es heißt, das hätten wir wirklich.«

Lachy untersuchte kritisch seine Knöchel.

»Also wenn's wahr ist, dann waren das gar nicht wir«, erläuterte der Schafhirt.

»Nicht?« meinte Lachy zweifelnd.

»Nein, es war nur der Whisky, den wir drinhatten«, sagte der Schafhirt bedeutsam.

Beide nickten, und jeder untersuchte die Wunden des anderen. Dann ließ Lachy ein selbstzufriedenes Gackern hören.

»Alistair, alter Junge, wenn ich dich so anschau, würd ich sagen, mein Whisky war stärker als deiner.« Er zwinkerte mir verwegen zu. »Finden Sie nicht auch?« fragte er.

Ich weigerte mich, hier zu urteilen, und nach höflicher Ablehnung einer Einladung von Lachys Mutter, doch noch »zu einem Trunk Milch direkt von der Kuh« zu bleiben, überließ ich die beiden ihrem Geplänkel. Vor mehreren Häusern, an denen ich vorüberkam, hing ein einsames Hemd schlaff an der Leine. An jedem fehlten Manschetten und Kragenbund!

Geduldige und ungeduldige Patienten

Die lähmende Wirkung einer Grippeepidemie, die im Dorf ausbrach, verschaffte mir weit tiefere Einblicke in die Sitten und Lebensbedingungen der Einheimischen, als ich unter normalen Umständen hätte tun können. Die Epidemie legte die Gemeindeschwester vorübergehend lahm und überhäufte den Arzt mit Arbeit, daher zogen Morag und ich, die wir das Glück gehabt hatten, uns nicht anzustecken, täglich aus, um Betten zu machen, Geschirr zu spülen und in einigen Fällen, in denen die Krankheit am schwersten zugeschlagen hatte, auch noch nebenbei eine Menge anderer Haus- und Feldarbeit zu tun. Es traf sich günstig, daß ich inzwischen melken gelernt hatte. Zwar äußerten sich die meisten Frauen anerkennend über meinen Geschicklichkeitsgrad, die Kühe jedoch meldeten gewichtige Zweifel an meiner Fähigkeit an, Zweifel, die oft dazu führten, daß der Melkeimer nach dem Melken eine wesentlich andere Form hatte als vorher!

Während dieser Zeit der Krankenbetreuung entdeckte ich, daß Morags Mutter als »Medizinfrau« des Dorfes gegolten hatte, und da man erwartete, die Tochter müsse von der mütterlichen »Magie« und ihren Kenntnissen viel übernommen haben, waren die Mittelchen meiner Wirtin sehr gefragt. Bald wurde klar, daß man ihre Weisungen und Ratschläge sehr viel genauer befolgte als die des Arztes. Letzterer war sich der Einstellung der Dörfler gegenüber seinem Beruf voll bewußt, nahm es mit amüsierter Toleranz hin, und zwischen Amateuren und Profis herrschte freundliche Rivalität, die keiner von beiden durch Neckereien der Patienten beeinträchtigen ließ. Wir begegneten in dieser Zeit dem Doktor natürlich oft, trafen ihn wiederholt in Krankenzimmern. Er hatte wohl erwartet, in mir Unterstützung zu finden, doch ich hatte schon zu deutlich gemerkt, wie sehr Morags Rezepte – im Gegensatz zu den seinen – wirkten, um eine allzu verläßliche Bundesgenossin zu sein. Ich neigte sogar zu dem Verdacht, auch er habe mehr Zutrauen zu den einfachen, althergebrachten Mitteln als zu seinen komplizierten Therapien, besonders als ich zufällig mit anhörte, wie er meine Wirtin fragte, welche Mittel sie gegen Rheuma empfehle.

»Dickere Sohlen an den Stiefeln, mein Junge«, riet sie ihm, mit einem tadelnden Blick auf seine eleganten städtischen Schuhe.

»Ich kann keine festen Schuhe anziehen, meine Füße sind geschwollen.«

»Die Schwellung würde schon weniger, wenn Sie sich die Füße ein-, zweimal mit Aalfett einreiben würden«, sagte Morag, und obwohl der Doktor skeptisch tat, bestand er doch darauf, uns nach Hause zu fahren, und nachdem er sich zu einem »winzigkleinen *strupak*« hatte überreden lassen, kam er noch einmal – wie nebenbei – auf das Thema Rheumatismus zurück. Morag verstand den Wink, suchte in einem Schrank, trug ein Fläschchen einer gelbbraunen öligen Flüssigkeit herbei und überreichte es dem Doktor. Er nahm es zwar mit geringschätzigem Lächeln, steckte es aber so bereitwillig ein, daß ich überzeugt war, er zeige sich nur meinetwegen so skeptisch.

Obwohl die Bauern von seiner ärztlichen Kunst recht wenig hielten, war seine Anwesenheit in einem Krankenzimmer doch ebenso willkommen wie bei einem *ceilidh*. Er trank mit ihnen Tee, wetteiferte mit ihren Witzen, kritisierte ihr Vieh – man hielt ihn übrigens allgemein für einen besseren Veterinär als Arzt –, und bestimmt trug seine Kameraderie ebenso zur Gesundung der Patienten bei wie etwas aus einer Flasche, die er ihnen gab.

Ich fand den Doktor herzerfrischend, denn ungeachtet der Fehler, die er haben mochte, war er ein Original. Er war gescheit und wußte es, er liebte den Whisky und trank ihn in Mengen, er aß mit mehr Appetit als Grazie, und die Beweise hierfür waren auf seiner Weste von oben bis unten deutlich sichtbar. Sein Humor war boshaft, und seine Verachtung für die Engländer tauchte – obwohl er eine Engländerin geheiratet hatte – in vielen seiner Gespräche auf. Ich kannte ihn keine halbe Stunde, da erzählte er mir schon ausführlich von seiner Studienzeit und behauptete, damals einen hochnäsigen Engländer übertrumpft zu haben.

Während der Semesterferien, erzählte er, sei er über die Hügel gewandert, um seines Vaters Vieh zu hüten, als ihm zwei Touristen begegneten, ein Mann und eine Frau. Der Doktor war barfuß und barhäuptig und trug – wie er es ausdrückte – eine »gut ventilierte Hose und ein Hemd mit mehr Brust als Rücken«.

»Heda, Bursche«, rief der Engländer herablassend.

»Guten Tag«, erwiderte der Doktor höflich.

»Wohnst du hier in der Gegend?« fragte der Mann listig.

»Ja«, erwiderte der Doktor.

»Und gehst du auch zur Schule?«

»Ja, manchmal«, bestätigte der Doktor.

»Ich sehe, du hast da ein Buch unterm Arm. Kannst du lesen?«

»Ein bißchen«, sagte der Doktor zögernd, obwohl das Buch zufällig ein medizinisches Lehrbuch für Fortgeschrittene war.

»Aha.« Der Mann beriet sich leise mit seiner Begleiterin und wandte sich erneut an den Doktor. »Und zählen kannst du auch?«

»Äh – ja«, stotterte der Doktor.

»Sehr gut«, rief der Mann. »Bis wieviel kannst du denn zählen?«

Der Doktor schaute verdutzt.

»Sag mir mal, mein Junge, wie viele Leute im Moment gerade hier sind. Du, ich und meine Frau. Wie viele sind das?«

»Hundert«, antwortete der Doktor nach einigem Überlegen.

Der Mann und seine Frau lachten höhnisch. »Aber, aber, mein Junge, wie kommst du denn darauf?«

Der Doktor wandte sich zum Gehen. »Also erst mal ich, das macht eins.«

»Ja?« Das Paar wartete amüsiert.

»Und dann Sie und Ihre Frau – das sind zwei Nullen. Macht hundert. Einen guten Tag noch, Ihnen beiden.«

Nie zuvor und nie danach – so schien es – war es auf den Hügeln so sonderbar still gewesen wie in den Sekunden, die nun folgten. Ob die Geschichte echt war oder nicht, kann ich nicht sagen, doch weiß ich, daß der Doktor die beneidenswerte Gabe besaß, Menschen, die er für unverschämt hielt, aus dem Konzept zu bringen. Und ich muß zugeben, daß meine Landsleute sich offenbar das Recht anmaßen, Inselbewohner auszufragen wie ein Polizist einen Verdächtigen.

Von allen eigensinnigen Patienten, die wir während der Grippewelle pflegen halfen, war Murdoch mit Abstand der schwierigste. Er war wechselweise arrogant, boshaft, verschlagen und kindlich unbefangen. An einem Tag fanden wir ihn als Todeskandidaten vor, jedem Vorschlag zugänglich, am nächsten schon war er nicht nur außer Bett, sondern ins Nachbarhaus gegangen, um dort die Zeitung zu lesen. Wenn er die neuesten Nachrichten erfahren hatte, kroch er wieder heim und näherte sich mit Riesenschritten der Schwelle des Todes. Dort blieb er, erbärmlich stöhnend, bis die nächste Zeitung kam. Warum Murdoch sich nie selber eine kaufte, weiß ich nicht, aber viele kleine Sparmaßnahmen der Bauern sind für Außenseiter ohnehin völlig unbegreiflich.

Murdochs zwei alte Schwestern waren gleichzeitig mit ihm von der Influenza befallen worden, aber sie waren alle drei schon einigermaßen auf dem Wege der Besserung, als ich eines Tages kam, um die Kuh zu melken und ihnen Tee zu kochen. Kaum hatte ich die Küchentür aufgestoßen, da hörte ich Stimmen aus Murdochs Zimmer. Eine davon war die des Doktors. Nach einer kurzen Unterhaltung mit den Schwestern stellte ich gerade die Teetabletts zusammen, als sich die Tür zu Murdochs Zimmer öffnete und der Doktor mich heftig zwinkernd zu sich winkte. Aus seiner Miene schloß ich, daß mir irgendein Streich bevorstand, und ich überlegte, was es wohl sei.

»Alsdann, Murdoch«, sagte der Doktor, »ich geh jetzt, weil ja Miss Beckwith gekommen ist, um dir Tee zu kochen.«

Murdoch sank zurück auf seine Kissen und grüßte mich mit freundlichem Lächeln.

»Und du nimmst gefälligst weiter deine Medizin«, wies ihn der Doktor an.

»Aye, mach ich, Doktor. Nach der Medizin ist mir schon besser, wirklich«, antwortete Murdoch ernsthaft.

»Hast du sie heute morgen genommen?« fragte der Doktor.

»Aye, hab ich.«

»Und auch nach dem Tee?«

»Aber sicher.«

»Und gestern abend nach dem Abendessen?«

»Gewiß doch«, nickte Murdoch feierlich.

»Murdoch!« platzte der Doktor heraus. »Du bist ein verd… Lügner!«

Murdoch setzte sich kerzengerade im Bett auf und starrte den Doktor erschrocken an.

»Doktor«, erklärte er mit ergreifender Würde, »ich würd bei Gott schwörn, daß ich's getan hab, wie ich's sag. Ich hab sie gestern dreimal genommen und heut schon zweimal, und mehr als eine halbe Flasche ist gar nicht mehr übrig, das schwör ich.«

Murdoch hob die Hand, als wolle er etwas beeiden. Ich war überzeugt, selbst der Doktor würde glauben, daß der Alte die Wahrheit sprach.

»Und ich sage dir, Murdoch«, wiederholte der Doktor streng, »du bist ein Lügner.« Er zog eine Tüte Pfefferminzbonbons heraus, bot sie mir an und steckte sich selbst eins in den Mund. Murdoch studierte des Doktors Miene.

»So so, ich lüge?« fragte er, und ein sehr wenig schuldbewußtes Lächeln bildete sich um Mund und Augen.

Der Doktor zog eine Medizinflasche aus seiner ausgebeulten Jackentasche und stellte sie auf den Tisch neben dem Bett. »Da«, verkündete er triumphierend, »ich hab die Medizin am Dienstag dabeigehabt, aber vergessen, sie dazulassen, und als ich heimkam, fand ich sie immer noch in meiner Tasche. Und du alter Schurke hast sie nicht einmal vermißt, daher weiß ich, daß du ein grandioser Lügner bist.« Er kreuzte die Arme vor der Brust und lächelte spitzbübisch auf seinen Patienten nieder, dessen Verlegenheit allerdings nur von kurzer Dauer war.

»Also dann hab ich gelogen«, gestand Murdoch recht gleichmütig. »Aber stellen Sie sich nur vor, daß ich drei-, viermal an einer leeren Flasche gelutscht hab. Das zeigt doch, wie dreckig es mir ging.«

»Leere Flasche?« empörte sich der Doktor in gespieltem Zorn. »Du alter Schuft hast deiner Lebtag nicht an einer leeren Flasche genuckelt. Ich möchte wetten, daß jede Flasche, an der du genuckelt hast, mindestens halb voll war, aber du Satansbraten nimmst ja lieber die Medizin vom Barkeeper als die vom Doktor.«

Murdoch kicherte anerkennend. »Ich nähm sie schon, die Medizin, wenn Sie mir die richtige verschreiben«, gab er zurück.

Der Doktor knurrte etwas Unverbindliches. »Wenn … Alsdann, wenn du weiter keine Beschwerden hast, geh ich jetzt.«

»Beschwerden?« echote Murdoch. »Beschwerden hab ich keine, wenn meine Füße nicht wären.«

»Wieso, was hast du an den Füßen?«

»Meine Füße sind vor Kälte so rot wie bei 'ner Taube«, klagte der Alte, »igendwie halten sie die Wärme nicht.«

»Du stirbst eben von den Füßen aufwärts«, erwiderte der Doktor ungerührt.

»Aber das darf doch nicht wahr sein, oder?« bettelte der alte Mann.

»Warum nicht?« fragte der Doktor, unerschüttert von Murdochs plötzlicher Leidensmiene. »Du bist doch schon weit über siebzig, oder?«

»Bloß ein, zwei Jahre drüber«, brummte der Patient mit einem Seitenblick auf mich.

»Na ja, dann wird dich möglicherweise diesmal noch eine Wärmflasche retten«, sagte der Doktor lachend. Auch ich lachte, aber mehr in der Absicht zu beruhigen, und Murdoch faßte neuen Mut und stimmte rückhaltlos mit ein.

Als ich den Arzt zur Tür gebracht und das Tablett aus der Küche geholt hatte, kehrte ich zu dem Kranken zurück, der die Medizinflasche angewidert musterte. »Was wohl da drin ist?« fragte er.

»Das werden Sie ja merken«, sagte ich.

Er zog den Korken heraus, roch ein paarmal daran, drückte dann den Kork sorgfältig wieder drauf und überreichte mir die Flasche für den Fall, daß ich auch die »Influhensie« bekäme und Medizin brauchte. Als ich ablehnte, bat er mich höflich, die Flasche auf dem Heimweg ins Meer zu werfen.

»Aber die sollten Sie doch nehmen«, widersprach ich, »es würde Ihnen guttun, sonst würde der Doktor sie Ihnen ja nicht geben.«

»Ach, dieser Witzbold«, meinte Murdoch abschätzig. »Ich hab überhaupt nur wegen meiner Schwestern nach ihm geschickt, weil die so schlecht dran waren mit ihrer Influhensie, und wenn die mir weggestorben wärn, ohne daß ich für sie den Doktor hol, hätten die für den Rest des Lebens mit mir rumgeschimpft.«

Er griff nach seiner Pfeife. »Whisky, das ist das richtige für mich«, fing er wieder an. »Schon oft und oft wär ich gestorben, wenn ich nicht meiner Lebtag abends mein Schlückchen genommen hätt.«

Ich tat für Murdoch und seinen Haushalt, soviel ich konnte, und war wieder auf dem Heimweg, da rief mich Morags Stimme aus dem Nachbarhäuschen an.

»Könnten Sie mir eben mal hier helfen«, bat sie, »hier sind alle krank, und kein Mensch tut mir auch nur einen Handgriff.«

Ich folgte ihr in das Häuschen und in das einzige Schlafzimmer, in dem sie alle – Vater, Mutter, neun Kinder und die Schwiegertochter – in drei Betten zusammengepfercht lagen. Die Eltern und die zwei jüngsten Kinder nahmen das eine der Doppelbetten ein, das andere teilten sich drei Mädchen und drei Jungen, Kopf an Fuß, während der verheiratete Sohn und seine schwangere Frau im Einzelbett es beinahe bequem hatten. Sämtliche Betten waren bedeckt mit Groschenheften und zerflederten Comics, in denen einige der Patienten bei unserem Eintritt begeistert gelesen hatten, ungeachtet der Tatsache, daß nur sehr wenig Licht durch die tiefen, gelblichen, mit Spitzen verhängten Fenster drang. Der Raum war fürchterlich überheizt, denn es war unmöglich, das Fenster zu öffnen, und Morag hatte ein großes Torffeuer im Kamin lodern. Als wir alle Betten gemacht und uns dabei an den eisernen Bettstellen mehrere blaue Flecke geholt hatten, überkam mich langsam das Gefühl, bald selber Pflege zu benötigen.

»Warum drängt ihr euch denn so?« fragte Morag. »Warum benutzt ihr nicht das Alkovenbett in der Küche?«

»Es ist lustiger, wenn alle beisammen sind«, erwiderte die Mutter gleichmütig. »Für die in der Küche ist es ein bißchen einsam.«

»Lustiger« schien nicht gerade das rechte Wort für ihre mißliche Lage, doch wer nicht gerade allzu krank war, schien recht zufrieden.

Ich war froh, als Morag vorschlug, ich solle Tee kochen gehen, und entwich dankbar in die relative Kühle der Küche. Während ich wartete, daß das Wasser kochte, und ein paar Teekuchen butterte, die Morag gebacken hatte, bewunderte ich das Talent der Crofter, Unannehmlichkeiten zu ertragen, die ebensooft freiwillig wie durch äußere Umstände erzwungen waren.

Gerade wollte ich die Teekanne warmstellen, da zitierte mich ein Ruf zurück ins Schlafzimmer. Eine der kleinen Kranken wollte sich übergeben, und während Morag das Kind vom Bett weghielt, wurde ich aufgefordert, ein geeignetes Gefäß zu suchen. Ich ließ mich auf die Knie nieder und zog etwas unter dem Bett hervor, was ich für den

Nachttopf hielt, entdeckte aber, daß es eine fest verschlossene Schüssel Salzheringe war – ein Teil des Wintervorrats der Familie. Ein Ausbruch von hysterischem Gelächter begrüßte sein Auftauchen, ich stieß ihn wieder unters Bett und versuchte mein Glück noch einmal. Behutsam zog ich eine weitere Schüssel von etwas anderer Form hervor. Auch sie war Anlaß zur Heiterkeit.

»Das ist die Milch, bei der sich die Sahne absetzt«, kreischte die Frau des Hauses freudig. »Annie hat versprochen, daß sie morgen kommt und für uns buttert.«

Ich schob die Milchschüssel zurück und stocherte vorsichtig weiter unter dem Bett, meine Forschungen wurden von hemmungslosen Lachanfällen aus den Betten begleitet. Meine Finger berührten ein Kleiderbündel, ein Fäßchen, Feuerholz, einen Stapel Bücher und dann – dem Himmel sei Dank! – etwas Irdenes. Dies erwies sich als der Gegenstand, den ich suchte, und ich zog ihn mit Schwung heraus und streckte ihn Morag hin. Doch die Pantomime meines Suchens hatte die kleine Kranke in solche Heiterkeit versetzt, daß jeder Gedanke an Erbrechen gebannt war.

»Himmel, das war ebensogut wie Medizin«, keuchten die Patienten mit schwacher Stimme und wischten sich mit den Zipfeln der Bettdecken die Lachtränen ab.

Ein paar Stunden später, nachdem wir unsere fröhliche Familie so gut wie möglich gebettet hatten, begaben Morag und ich uns zum Haus von »Padruig dem Blöden«. Mit dem Wort »Blöder« wurde auf den Inseln eine Vielzahl von Geisteszuständen umschrieben. Man benutzte es für wirklich Schwachsinnige ebenso wie für harmlose Gemüter wie Padruig, den man, hätte sein Einkommen fünftausend Pfund jährlich statt fünftausend Pence betragen, möglicherweise nur als Exzentriker bezeichnet hätte. Meine Bekanntschaft mit Padruig war nur flüchtig, denn obwohl ich ihn in den Nachbarhäusern hatte ein- und ausschlurfen sehen, war er sehr scheu und reserviert und hatte dafür gesorgt, daß wir uns für ein Gespräch nie nahe genug gekommen waren. Ich wußte selbstverständlich, daß er in einem winzigen Häuschen mit zwei Zimmern wohnte, das er mit seinem schwachsinnigen Bruder Euan teilte. Ich wußte auch, daß die beiden bis vor drei Monaten von einer sehr attraktiven Schwester versorgt worden waren, die sie aber bei ihrer Heirat sich selbst überlassen hatte. Von Padruig hieß es, er sei enorm stark und tue alles, wozu er fähig sei, bemerkenswert gut. Trotz seiner Einfalt benahm er sich ordentlich und war, außer in aufgeregten Momenten, ein aufrechter und frommer Christ.

Sein Bruder Euan war ganz und gar anders, denn beim Tode der Eltern hatte er das Unglück gehabt, zu einem verkommenen alten Onkel geschickt zu werden, der dem Jungen nichts anderes beigebracht hatte als ein umfassendes Repertoire gemeiner Schimpfwörter und Flüche. Der Onkel war von so hitziger Gemütsart, daß sich niemand bereit gefunden hatte, einzugreifen. So hatte denn Euan sich eine ganz eigene Sprechweise angewöhnt. Er bezeichnete beispielsweise jeden Mann, ohne es beleidigend zu meinen, als Schisser, eine Frau als Sie-Schisser, einen Hund als Haar-Schisser, einen Vogel als Feder-Schisser und so fort. Nach dem Tod des Onkels kehrte Euan heim, und Padruig, dessen Wortschatz wenn nötig recht umfangreich war, machte sich an die Aufgabe, seinem Bruder das Böse auszudreschen. Seine Bestrafung war so wirkungsvoll, daß Euan, statt sich der Flüche zu enthalten, es leichter fand, sich der Sprache überhaupt zu enthalten. Wann immer möglich, ersetzte er nicht gebrauchte Wörter durch rasches Zwinkern.

Als wir den verschlungenen schmalen Fußweg zu Padruigs Häuschen entlangstolperten, gab Morag mir einen Rippenstoß. »Der redet manchmal furchtbar wüst daher«, warnte sie mich, »aber Sie dürfen ihn nicht auslachen, sonst regt er sich auf.«

Ich versprach, nicht zu lachen.

»Wenn's geht, reden Sie überhaupt nicht mit Euan«, fuhr Morag fort, »wenn er vor Ihnen zu fluchen anfängt, weiß der liebe Gott, was Padruig mit ihm macht.«

Beim Häuschen angekommen, stieß sie die Tür auf und ging hinein. Ich wollte ihr gerade folgen und bückte mich, um nicht an das niedere Dach zu rennen, fuhr jedoch zurück, weil ein fürchterlicher Gestank mir in die Nase drang.

»Padruig, Padruig«, schalt Morag die unsichtbaren Bewohner, »du und deine Frettchen! Wie die stinken! Miss Peckwitt reißt es fast um!«

Behutsam bewegte ich mich vorwärts und um die großen Kisten herum, die Menschen und Tageslicht den Eingang erschwerten. Morag wies auf die Kisten. »Frettchen«, erklärte sie flüsternd, doch ich hatte selbst schon vier der kleinen Ungeheuer entdeckt.

»Und dir geht's heute schon besser, Padruig, mein Alter?« fragte meine Wirtin munter beim Gang durch die Küche. Der Raum war unglaublich finster und rauchig. Anfangs unterschied ich nur das gedämpfte Glosen eines Feuers, obwohl draußen noch heller Tag war.

Eine Männerstimme, heiser und halblaut, antwortete: »Mir geht's jetzt besser. Morgen steh ich auf.«

»Auf keinen Fall«, widersprach Morag kategorisch.

»Tu ich doch«, widersprach die Stimme entschieden. »Muß den Kamin fegen.«

Morag nahm die Mitteilung mit einem Seufzer entgegen.

»Hier, ich hab Miss Peckwitt zum Besuch mitgebracht«, sagte sie, geschickt das Thema wechselnd.

Ich tastete mich mühsam durch die Küche, vorbei an einer Holzbank, auf der regungslos wie eine Statue Euan saß, vorbei an einem Faß, auf dem ein Wassereimer stand, und als meine Augen sich allmählich an die Dunkelheit gewöhnt hatten, gelang es mir, die Umrisse eines Alkovenbetts auszumachen, auf dem Padruig selbst lag. Seine schwielige Hand ergriff die meine und schüttelte sie ausgiebig.

»Ich zünd jetzt die Lampe an«, sagte Morag sachlich und befahl Euan, das Feuer anzublasen, damit sie ein paar kleine Haferkuchen zum Tee machen konnte. Euan sprang sofort auf, doch statt den Blasebalg zu nehmen, wie ich es erwartete, fiel er auf die Knie, blies die Backen auf und begann das Feuer mit gewaltigen Atemstößen anzufachen, wobei ihm fast die Augen aus dem Kopf traten. Die düstere Glut sprühte Funken und erblühte allmählich zu flackernden Flammen, die im Vergleich zu Euans krebsroten Wangen geradezu bleichsüchtig wirkten.

»Hier drin ist es so dunkel, daß ich nie seh, ob's dir besser geht oder ob du stirbst«, murrte Morag und hielt einen Fidibus an den Docht einer Miniatur-Petroleumlampe. »Also wenn du diese Frettchen nicht bald ins Meer schmeißt, holen sie dir noch das Bett unterm Leib weg«, warnte sie Padruig.

Ich lächelte ihm zu, und seine sanften braunen Augen lächelten scheu zurück.

»Hörst du was von Lexy?« erkündigte sich Morag und stellte die Lampe auf den Kaminsims, nahm eine Schüssel aus dem dürftig ausgestatteten Büfett und löffelte etwas Hafermehl aus dem Faß.

Padruig nickte.

»Hast du jemand geholt, der dir's vorliest?« fragte Morag.

Wieder nickte Padruig, zeigte auf den Kaminsims und bat Morag, ihm einen Umschlag zu geben, der bescheiden hinter einem gläsernen Kugelschwimmer für Netze versteckt war. Als er den Umschlag in der Hand hielt, zeigte er eifrig auf die Briefmarke.

»Die Kellnerinnen in Glasgow haben alle solche Häubchen auf'm Kopf«, berichtete er mir und wies auf die Tiara der Queen.

»Ach ja?« fragte ich gelassen.

»Dreh mal die Lampe 'n bißchen höher, Euan«, unterbrach Morags Stimme. »Ich seh nicht, ob ich mit den Händen oder mit den Füßen rühr.« Euan tat, wie im geheißen, und kehrte dann an seinen Platz auf der Bank zurück.

Padruig sprach wieder. »In Buckham Palace ist es noch dunkler als hier«, sagte er.

»Im Buckingham Palace? Tatsächlich?« fragte ich erstaunt.

»Ja«, bestätigte er und nickte nachdrücklich mit dem kugelrunden Kopf. Ich nickte verwundert mit.

»Ich war mal in England«, fuhr Padruig fort und wandte keinen Blick von meinem Gesicht.

»So, so«, machte ich und nickte so zustimmend wie möglich. »Das muß schön gewesen sein. Haben Sie sich gut amüsiert?«

»Ja, ja.« Sein Nicken wurde ungewöhnlich energisch. Ich bezweifelte, ob ich würde mithalten können.

»Und da bin ich also im Buckham Palace gewesen und hab die Queen besucht.«

Ich warf einen hilflosen Blick auf Morag, aber sie war emsig dabei, zerlassenes Fett ins Hafermehl zu gießen.

»Ach ja? Da haben Sie aber Glück gehabt«, sagte ich zaghaft.

»Ja, Stufen und Stufen bin ich hinauf.« Padruig starrte mich noch immer mit konzentrierter Aufmerksamkeit an, und ich riskierte ein ernsthaftes Nicken.

»So viele Stufen«, fuhr er fort. »Rauf und rauf und rauf.« Er führte mir mit zweien seiner Stummelfinger auf der Bettdecke vor, wie mühsam er die Stufen zum »Buckham Palace« erklommen hatte, und machte hin und wieder eine Pause, um sich mit einem besorgten Blick zu versichern, daß ich ihn verstand.

»Hier, helfen Sie mir mal eben«, unterbrach Morag gebieterisch eine kurze, aber ehrfürchtige Stille. Dankbar trat ich hinüber an den Tisch. Sie legte einen Finger auf die Lippen und runzelte ausdrucksvoll die Stirn. Ich erriet, daß sie mich wieder beschwor, nicht zu lachen. Ich schüttelte beteuernd den Kopf, denn die Erzählung schien mir eher verblüffend als amüsant. Auf seinem Bett war Padruig noch immer damit beschäftigt, die unzähligen Stufen des »Buckham Palace« zu besteigen, während der fast zahnlose Euan ihm mit weit aufgerissenen Augen von der Bank aus fasziniert zusah.

»Und dann warn wir oben.« Padruig wedelte ausdrucksvoll mit einem Arm über seinem Kopf, und aus dem Augenwinkel sah ich Euan nach den Dachbalken linsen.

»Und was fanden Sie da?« fragte ich und kam mir vor wie in einem Kinderreim.

»Stühle!« platzte Padruig heraus. »Stühle«, wiederholte er, »Hunderte von kleinen roten Armstühlen, alle in Reihen. So wahr ich hier lieg.« Damit neigte er sich erst zu mir herüber, als kämen ihm Zweifel an meiner Leichtgläubigkeit.

»Ach, wirklich«, murmelte ich plötzlich. »Und die Queen? Wo haben Sie die Queen gesehen?«

»Die Queen«, wiederholte Padruig verzückt. »Du meine Güte, schön war sie. So schön.« Er seufzte sehnsüchtig. »Aber es war so dunkel im Buckham Palace, daß die Queen mit einer kleinen Taschenlampe vorauslaufen mußte, um den Leuten zu zeigen, wo sie sitzen sollen.«

»Wirklich?« stammelte ich.

»Und was hast du gefrühstückt, Padruig, alter Junge?« Zum Glück unterbrach die Stimme meiner Wirtin den Bericht, und um Padruig keine Gelegenheit zur Erwiderung zu lassen, schob sie ihm eine Tasse Tee und zwei heiße gebutterte Haferkuchen in die Hand.

Ich ließ mich auf der Bank neben Euan nieder und lehnte den mir angebotenen Tee ab, überzeugt, er würde nach Frettchen schmecken. Plötzlich stieß Euan einen Ruf aus, sprang auf und rannte Hals über Kopf durch die Haustür hinaus, wobei er halblaut etwas murmelte, was verdächtig nach Fluchen klang. Ich überlegte, ob ich daran schuld sei, und blickte Morag fragend an.

»Es sind nur seine Enten«, sagte sie. »Er hat eine Ente und einen Erpel, und auf die hält er große Stücke. Aber sie ärgern ihn noch tot, immer geraten sie in das bißchen Garten, das Padruig so sorgfältig pflegt, und wenn Padruig sie drin erwischt, bringt er sie um. Stimmt's nicht, Padruig?«

Padruig, den Mund voller Haferkuchen, knurrte zustimmend.

»Sicher«, fuhr Morag fort, »die meiste Zeit jagt Euan die Enten aus Padruigs Garten, und wenn er sie weit genug weggejagt hat, muß er wieder laufen und sie suchen aus Angst, sie rennen ihm weg.«

Während sie sprach, spülte Morag schmutziges Geschirr im Rest heißen Wassers aus dem Kessel, und ich trocknete es mit einem altersgrauen Tuch ab und stellte es wieder aufs Büfett. Dann machte Morag sich ans Aufräumen, doch da der Raum so kärglich möbliert war, gab es darin wenig aufzuräumen. Das Haus mochte, wie Morag behauptete, makellos sauber sein – wenn man von den Frettchen absah –, doch es gab dort so wenig Beleuchtung, weder natürliche noch künstliche, daß ein flüchtiger Besucher wie ich unmöglich hätte sagen können, ob es sauber oder schmutzig war.

Bevor wir gingen, zeigte ich auf einen besonders schönen Vogelkäfig, der am fernen Ende des Raumes von der Decke hing. Er war blitzsauber, und seine reichen Messingverzierungen glänzten wie Gold, doch der Gedanke, einen an Sonne und Freiheit gewöhnten Vogel in solcher Finsternis eingekerkert zu wissen, war quälend.

»Ihr Vogel ist aber sehr still«, bemerkte ich.

Morag stieß mich in die Seite. »Er hat gar keinen Vogel«, sagte sie und schob mich hastig aus dem Haus.

Draußen herrschte noch genügend Tageslicht, um Euan in den Stall gehen zu sehen. Er trieb zwei dralle, watschelnde, quakende Enten vor sich her, blieb stehen und lächelte uns geistesabwesend zu.

»Schöne Enten«, lobte ich.

»Verdammt schöne Enten«, bestätigte Euan begeistert.

»Euan!« mahnte Morag in einem Ton, der den Schwachsinnigen gänzlich einschüchterte.

»Womit fütterst du sie denn?« erkundigte ich mich.

»Mit Enteneiern, Miissed«, kam es prompt und diensteifrig. (Euan hatte sich nie entscheiden können, ob er mich als Miss oder als Mistress anreden sollte, sein Kompromiß »Miissed« dünkte mich so gut wie jede andere Titulatur für ein unverheiratetes, ältliches Fräulein.)

»Enteneier?« wiederholte ich töricht. »Wo kriegst du die denn her?«

Euan schenkte Morag einen Blick tiefsten Mitleids. »Enten legen Eier«, klärte er mich auf. »Ein verd... gutes Futter für Enten, Miissed.«

»Ja, natürlich«, pflichtete ich matt bei, und sah mich mit dem uralten Problem konfrontiert, was zuerst da war.

Wir befanden uns schon in einiger Entfernung vom Haus, ehe ich Morag fragte, warum sie mich bei Erwähnung des Vogelkäfigs angestoßen habe. Sie erzählte mir, Padruig habe den Käfig vor ein paar Jahren auf einer Auktion gesehen und sich so in ihn vernarrt, daß er ihn unbedingt kaufen mußte.

»Es gibt im ganzen Dorf nichts, das auch nur ein Viertel so gut gepflegt wird wie dieser Käfig, und wenn er ihn nicht anmalt, dann poliert er ihn, und wenn er ihn nicht poliert, wurstelt er sonstwie damit rum.«

»Mich wundert, daß er keinen Vogel haben möchte, um ihn darin zu halten«, sagte ich.

»Wenn ein Vogel auch nur 'n Fuß da reinsetzte, würde Padruig ihm den Hals umdrehn«, erwiderte Morag ernsthaft.

Am nächsten Tag verwirklichte Padruig seine Absicht aufzustehen, und als Lachy und ich am frühen Nachmittag an seinem Haus vorüberkamen, sahen wir ihn sich bereit machen, den Kamin mittels eines dicken Bündels Heidekraut und einem an eine Schnur gebundenen Stein zu fegen.

»Das sollte er nicht machen«, sagte ich zu Lachy. »Er ist noch nicht wiederhergestellt nach seiner Grippe.«

»Wir bleiben einfach hier hinter dem Mäuerchen und passen auf, daß er nicht zu Schaden kommt.«

Wir beobachteten, wie Padruig, der sich so schwindlig fühlen mochte, wie er aussah, auf einer winzigen Leiter aufs Dach stieg und beide Arme liebevoll um den einzigen Schornstein schlang. Als er sich mehrere Minuten lang verzweifelt angeklammert hatte, hielt er es für sicher genug, mit einer Hand loszulassen und die Schnur zu betätigen.

»Wie kann er mit diesem Zeug den Kamin fegen?« fragte ich Lachy, und der erklärte mir, daß das Seil mit dem Stein in den Schornstein hinuntergelassen und dann im Hausinneren von einem Helfer entgegengenommen wurde. Der Helfer zog am Seil, bis der auf dem Dach »Halt« rief, dann wurde der Vorgang des Kehrens in Gang gesetzt, indem jeder abwechselnd das Seil einholte und das Heidekrautbündel dadurch den Ruß von den Innenwänden des Schornsteins kratzte.

»Fertig!« hörten wir Padruig mit Stentorstimme rufen, doch unglücklicherweise hatte Euan, der den Stein entgegennehmen und ziehen sollte, soeben bemerkt, daß seine Enten in Padruigs geliebten Garten strebten, und war hinter ihnen hergestürzt, wobei er Steine warf und wortreich fluchte. Als Padruig das Abtrünnigwerden seines Helfers bemerkte, zerrte er wie wild an der Schnur, kletterte wutentbrannt vom Dach und nahm seinerseits die Verfolgung auf. Seine Flüche waren ebenso vielfältig, und die Steine, die er warf, sahen ebenso mörderisch aus, nur das Ziel war ein anderes.

Ein paar Minuten später kam Padruig zurück, einen geknickten Euan am Kragen mit sich zerrend. Wieder kletterte er aufs Dach und traf erneut bedächtig wie ein Hauptdarsteller auf der Bühne seine Vorbereitungen.

»Jetzt!« brüllte er in den Schornstein, doch die aufsässigen Enten, gierig auf ihr Futter, untersuchten bereits ungeduldig den Garten. Mit einem Strom von Flüchen und in völliger Mißachtung von Padruigs Anweisungen jagte Euan die beiden Enten den Hang hinunter zum Bach. Padruigs Ausdrücke, als er zum zweitenmal vom Dach klettern und seinem auf Abwege geratenen Bruder nachlaufen mußte, übertrafen die schlimmsten von Euan.

Lachy und ich machten uns nun bemerkbar.

»Wenn ich den erwisch, bind ich ihn an die Schnur und zieh ihn im Kamin rauf und runter!« keuchte Padruig rachsüchtig, als er an uns vorbeitrabte.

»Ich glaub, das meint der ernst«, lachte Lachy.

Mit welcher Methode Padruig schließlich das Schornsteinfegen vollendete, ahne ich nicht, denn ich mußte weiter. Doch als ich am Spätnachmittag wiederkam, kräuselte sich eine blaue Rauchsäule munter aus dem Kamin, und der befriedigende Duft nach brennendem Torf schwebte warm in der kühlen Luft. Ich entdeckte Euan, der sich verstohlen nach dem Haus umsah und sein Entenpärchen zu seinem Nachtquartier im Kuhstall scheuchte.

»He breeah«, rief ich.

Schuldbewußt zusammenzuckend fuhr er herum und erwiderte meinen Gruß. Er sah sehr geläutert aus – und sehr schwarz.

Ungefähr einen Monat später traf ich Euan wieder. Er war allein zu Hause. Padruig war auf der anderen Seite der Insel und machte Urlaub bei seiner verheirateten Schwester.

»Na, und wie geht's den Enten?« fragte ich ihn, nachdem ich die notwendigen Erkundigungen über den Gesundheitszustand seines Bruders eingezogen hatte.

»Schisser ist mir eingegangen«, sagte er niedergeschlagen.

Ich war geziemend überrascht. »Wann denn?« fragte ich.

»Bald«, antwortete er mit einem weinerlichen Nicken.

Ich wollte ihm mein Mitgefühl ausdrücken, wußte aber nicht, in welcher Zeitform.

»Den Erpel aber hast du noch?« fragte ich.

»Ja. Ja.«

Er ging dem Haus zu, offenbar in der Erwartung, ich würde ihm folgen, doch ich war leicht erstaunt, als er mir eifrig winkte und in den dunklen Tiefen des Hauses verschwand.

Ich überlegte, ob in Padruigs Abwesenheit der Erpel eines der Frettchen verdrängt haben könne, nahm ein paar tiefe Atemzüge frischer Luft, blinzelte noch ein paarmal und streckte dann vorsichtig Kopf und Schultern in die Tür zur Küche. Sofort brach im Dunkel der entlegenen Ecke ein heftiges Gequake und Gezische los, und noch ehe ich den wild schaukelnden Käfig und den Umriß seines Insassen ausmachen konnte, der mit dem Kopf nach allen Richtungen angriffslustig zischte und Ausfälle machte, erriet ich, daß Padruigs geliebter Käfig die neue Wohnstatt für Euans ebenso geliebten Erpel geworden war. In Erinnerung an Morags Prophezeiung hoffte ich für Euan und den Vogel, daß Padruig seine Rückkehr rechtzeitig ankündigen würde.

Ich hatte mich bereits von Euan verabschiedet, da fiel mir ein, daß ich noch nicht nach dem Befinden seiner seit kurzem verheirateten Schwester gefragt hatte.

»Die hat verschissen, Miissed.« Die lästerliche Vertraulichkeit dieser Antwort ließ mich zusammenzucken.

»Was in aller Welt ist denn passiert?« fragte ich.

Euan hob langsam und schicksalergeben die Schultern. »Er-Schisser, Sie-Schisser, kommt schnell Klein-Schisser«, informierte er mich mit bemerkenswerter Offenheit.

Ich war schon ein ganzes Stück gegangen, ehe ich mir gestattete, über seine ungewöhnliche Diagnose nachzudenken.

Die »Möwe«

Die »Möwe« war das Boot, das Lachy und Ruari gemeinsam besaßen, sie war für die Küstenfischerei bestimmt, für den Hummerfang und gelegentlich auch für Touristen. Die »Möwe« war träge, schwer und wie manche Schöne aus Cheshire breit in den Hüften. Ihr Inneres war gesprenkelt von Fischschuppen, die zwar dekorativ wirkten, aber manchmal stanken. Ihr Motor war launisch, aber kaum launischer als ihre Besatzung. Ihr Name paßte schlecht, denn sie war auf dem Wasser so wenig in ihrem Element wie ein Pantoffel, der in der Badewanne schwimmt.

Ruaris und Lachys wiederholte Einladung, sie auf einer ihrer Fahrten zu begleiten, war sehr schmeichelhaft, aber ich muß offen zugeben, daß mich, wenn ich erst einmal an Bord war, keiner der Männer mehr wahrnahm. Sie redeten mich selten an und überließen mich mehr oder minder mir selbst, und ich war es ganz zufrieden. Seekrank wurde ich nie auf der »Möwe«, erreichte aber auch nie jenen Zustand, den Morag beschrieb als »die See über *haben*, sich aber noch nicht über*geben*«. Manchmal nahm ich eine *darra,* hängte sie voll Hoffnung ins kühle, grüne

Wasser und war ganz begeistert, wenn sie mit einem halben Dutzend in allen Farben schillernder, sich windender Makrelen an den Haken wieder heraufkam. Manchmal half ich beim Einholen der Hummerreusen, hielt mich aber vorsichtig auf Distanz, während Lachy die tückischen Scheren ihrer Insassen zusammenband. Immer aber zog ich eine Schleppangel hinter dem Boot her, und zum Erstaunen der Besatzung, die da glaubte, alles Wissenswerte über die Fischerei zu beherrschen, fing ich damit vielerlei Fische vom Hundsfisch bis zum Lachs. Letzteren warfen wir selbstverständlich wieder ins Wasser, wie das Gesetz es befahl. Daß wir es fertigbrachten, dem Gesetz Genüge zu tun und trotzdem abends Lachs zu essen, geht niemanden etwas an.

Man konnte zwar Ruari und Lachy als unerschütterliche Seeleute bezeichnen, doch bestand zwischen ihnen eine grundlegende Gereiztheit, die nie aufhörte. Sah Ruari einen Kormoran, so schwor Lachy, es sei ein Delphin. Sah Lachy einen Felsen, behauptete Ruari, es sei eine Robbe, und bei mehr als einer Gelegenheit schrammte die »Möwe« über einen »Hai«, ehe einer oder der andere klein beigab und zugestand, daß dieser Hai seit mehr als fünfundzwanzig Jahren auf den Seekarten der Admiralität eingezeichnet war.

Eines schönen Morgens im Frühjahr kam Morag in mein Zimmer gehinkt, weil sie, wie sie sich ausdrückte, »vom Anker abgekommen war«, als sie am Vorabend nach einer Kuh fahndete.

»Ruari will ein' Haufen Shee o Loogen in die Hügel fahren, und danach treibt er auf Rhuna Vieh zusammen. Er sagt, wenn Sie mitwollen, können Sie mitkommen«, teilte sie mir mit. (Morags einzige Mengenbezeichnung war »Haufen«, egal ob es sich um Dünger, Käse oder Menschen handelte.) Botschaften von Ruari erreichten mich immer über seine Schwester, denn obwohl meine Gesellschaft nicht direkt abgelehnt wurde, war es doch unter der männlichen Würde, Einladungen an nicht gälisch sprechende Frauenspersonen ergehen zu lassen. Diese nahm ich freudig an, obwohl ich, wie ich Morag sagte, nicht ahnte, was »ein Haufen Shee o Loogen« sein könnte.

»Shee o Loogen, na, das sind diese Kerle, die Steinchen aus den Hügeln schlagen und sich dann einbilden, sie könnten dem Herrgott erzählen, wie die Erde entstanden ist«, gab Morag Auskunft.

»Geologen!« rief ich, und sie nickte. »Es ist riesig nett von Ruari, mich mitzunehmen.«

»Sie sollten bloß die riesigen Steine sehen, die der als Ballast mitnehmen müßte, wenn er Sie nicht mitnehmen täte«, entgegnete Morag mit vernichtender Ehrlichkeit, bevor sie sich auf den Weg machte, Ruari Bescheid zu sagen.

Sekundenlang fühlte ich mich klein und häßlich, doch meine Begeisterung für die Fahrt ließ sich auch durch den Gedanken, nur ein paar Steine zu vertreten, nicht dämpfen. Rhuna, die Insel, die aussah wie ein krümeliges Schwarzbrotsandwich, von dem jemand abgebissen hat, hatte mich von Anfang an fasziniert, und obwohl ich Ruari mehrfach gesagt hatte, daß ich sie gern besichtigen würde, hatte er mich bis jetzt mit Entschuldigungen abgewimmelt. Ich schlang mein Frühstück hinunter, so schnell ich konnte, da kam auch Morag schon wieder herein.

»Da ziehn sie«, murmelte sie grollend und wies durch das Fenster auf eine weit zerstreute Gruppe von Männern, die dem Ufer zustrebten – jeder mit einem geräumigen Rucksack bewaffnet.

»Sie mögen sie wohl nicht?« fragte ich unbedacht.

»Mögen? Die? Bestimmt nicht«, gab sie ungewohnt heftig zurück. »Klettern wie die Spinnen über die Hügel und immer tapp-tapp-tapp mit den Hämmerchen. Eines Tags wachen wir morgens auf, und die Hügel sind weg.« Sie schnalzte ausdrucksvoll mit den Fingern und verließ das Zimmer. Ich blieb zurück und kämpfte mit den Resten eines zähen Räucherherings und mit meinen Phantasien: eine ganze Armee von »Shee o Loogen«, die sich ihrer riesigen Aufgabe unterzogen. Schließlich ließ ich den Räucherhering liegen, zog einen warmen Mantel über und machte mich zum Ufer auf. Schon auf halbem Wege ließ ein Gebrüll von Ruari mich innehalten.

»Sechs Beine hatt ich gestern abend, sechs Beine, und heut früh hab ich nur noch zwei. Wer hat meine Beine genommen? Wie soll ich das schaffen ohne meine andren vier?« wetterte er.

Noch konnte ich Ruari nicht sehen – ebensowenig seinen Kontrahenten.

»Zerhackt zu Feuerholz, möcht ich wetten.« Seine Stentorstimme teilte der Welt das vermutliche Schicksal seiner vier anderen »Beine« mit.

Als ich etwas atemlos am Ufer eintraf, fand ich einen wütenden Ruari, der zwei »Beine« schwenkte – kleine Rundhölzer, mit denen man das Dingi über den groben Kies rollen konnte –, um sie den verblüfften Geologen zu zeigen, die sicherlich weniger vom Gegenstand seiner Klage als von deren Lautstärke beeindruckt waren.

Als es dann soweit war, kamen Ruari und Lachy aber sehr gut ohne die vier fehlenden Beine zurecht, und bald darauf waren Ruari, Lachy, die Geologen und ich hinausgerudert, dorthin, wo die »Möwe« sanft an der Boje schaukelte. Wir verstauten uns an Bord, und der Motor, der anfangs Lachys Muskelkraft widerstanden hatte, gab bei der Kraft von Ruaris Wortschatz plötzlich klein bei, überwand eine leichte Verstimmung und beförderte uns vorwärts in Richtung auf unser Ziel.

Die Hügel, zu denen wir unterwegs waren, sahen kalt und distanziert aus, und ihre winterlichen Gipfel schienen sich gegenseitig wegzudrängen, um einen Strahl der Morgensonne aufzufangen, die den Himmel in einen gekräuselten Baldachin aus Blau und Gold verwandelte. Die Geologen blickten ihnen forschend entgegen, im Geist gewiß schon mit ihren Formationen und Verwerfungen beschäftigt, wobei sie eine Spanne von Jahrmillionen überbrückten. Ich blickte nachdenklich und dachte nur an die letzten hundert Jahre ihrer Geschichte. Ruari und Lachy aber blickten unbeteiligt darauf als auf eine Peilung der eingeschlagenen Richtung und gaben sich ihren ewigen Zänkereien hin.

Wir kamen an einem verrotteten alten Boot vorüber, das träge an seiner Verankerung schwankte. Auf der Mastspitze saß reserviert und graziös eine Seemöwe.

»Das Ding könnte eine Lage Farbe vertragen«, bemerkte ich.

»Wenn er es noch lang hier läßt, werden die Möwen es ihm schon weiß anstreichen«, gab Lachy bedeutsam zurück.

Es war recht kalt, aber ein schöner Tag zum Fahren. Mir behagte das Gefühl des unter meinen Füßen stampfenden Motors, der Anblick, wie der Bug das Wasser durchschnitt, das zu beiden Seiten wegschäumte und spritzte. Es machte mir auch Freude, diverse Seevögel zu identifizieren, die auf den Wellen tanzten und tauchten, und die Seehunde, Tümmler und hie und da sogar einen waghalsigen Otter zu beobachten.

Nur zu bald gelangten wir an den kleinen Steg, an dem die Geologen abgesetzt wurden, und nachdem verabredet war, sie um sechs Uhr abends wieder abzuholen, wendete Ruari das Boot seewärts in Richtung der Insel Rhuna.

»Hier ist überall tiefes Wasser«, erklärte mir Ruari, »möchten Sie's mal mit dem Steuern probiern?«

»Ja, gern«, antwortete ich und packte vertrauensvoll die Ruderpinne.

»Dann richten Sie mal Ihr Auge aufs Ende von der Insel und halten drauf zu«, wies er mich an. Es sah aus, als sei es ein Kinderspiel, und ich saß mit einem Arm lässig über die Ruderpinne gelegt, in der Haltung, in der Ruari immer steuerte. Die beiden Männer, ihrer Pflichten ledig, gingen ins Vorschiff und waren bald damit beschäftigt, Angelzeug zu inspizieren. Ich heftete die Augen auf den von Ruari gezeigten Punkt und konzentrierte mich darauf, einen geraden Kurs zu steuern, was weit schwieriger ist, als es aussieht. Das Boot tuckerte gleichmäßig, doch nur das zu beiden Seiten des Bugs sich wegwölbende Wasser zeigte, daß wir nicht vor Anker lagen, denn Rhuna schien nicht näher zu kommen. Die Szene war beklemmend schön, selbst für Augen, die schon lange an solche Herrlichkeit gewöhnt waren. Die Hügel und Moore von Bruach, noch kaum berührt von den grünen Fingern des Frühlings, bildeten ein kompliziertes Flickenmuster aus Braun- und Grautönen. Die Insel Rhuna und ihre Nachbarinseln, die ein langer Winter mit Schnee gefleckt hatte, ruhten leicht auf dem seltsam stillen Wasser und sahen so zerbrechlich aus wie ein Baiser auf einem Backblech: Mit einem daruntergeschobenen Spachtel hätte man sie von ihrer ruhigen, blauen Unterlage abheben können.

Eine ohrenzerreißende »Nebenbei«-Bemerkung Ruaris brachte mich mit einem Ruck in die Realität zurück.

»Die steuert so krumm, wie der Hund in den Schnee pißt«, vertraute er Lachy an.

Tief betroffen von dieser Kritik blickte ich zu den zwei Männern hinüber. Lachys Gesicht war knallrot vor Verlegenheit, und aus der ungeschickten Haltung seines Ellbogens schloß ich, daß er soeben Ruari einen energischen Rippenstoß gegeben hatte. Letzterer, nur leicht geniert, konzentrierte sich auf die komplizierte Tätigkeit des Tauspleißens. Ich wandte mich um und sah nun selbst die schmale Kette von Bläschen, das Kielwasser der »Möwe«, und mußte zugeben, daß Ruari recht hatte. Es dauerte bis zum folgenden Winter, ehe ich einsah, wie zutreffend sein Vergleich gewesen war.

Gegen ein Uhr mittags schoben wir uns langsam in die abgelegene Bucht von Rhuna. Hie und da sah man verkommene Wohnhäuser auf der Insel, vor denen ebenso verkommene Bewohner herumlungerten. Am Ufer erwarteten uns Murdoch und Angus, die am frühen Morgen mit einem breiten Flachboot herübergerudert waren und jetzt ein Dutzend beklommen aussehender Kühe bewachten. Murdoch glaubte sich zuständig für »Großvieh«, und da keiner der offiziellen Käufer jemals nach Rhuna übersetzte, sah er darin seine private Goldgrube, kaufte hier billig Vieh ein, setzte es nach Bruach über und brachte es von dort zum Verkauf aufs Festland, wo er üblicherweise mit hundert Prozent Gewinn rechnen konnte.

Aus einem der Häuschen kam ein Junge und flüsterte Murdoch ein paar Worte zu, dieser übersetzte sie in eine Einladung, auszusteigen und einen »kleinen *strupak*« zu uns zu nehmen. Es lagen noch mehrere Meter Wasser zwischen der »Möwe« und dem Strand, und Angus kam in hüfthohen Stiefeln herangewatet und war erbötig, mich huckepack zu tragen. Ich lehnte das ab, denn das Wasser sah ziemlich seicht aus, und Angus' Neigung zu dummen Streichen war zu bekannt, um etwas zu riskieren. Ich zog Stiefel und

Strümpfe aus und kletterte über den Bootsrand. Das Wasser war verblüffend kalt und natürlich viel tiefer, als ich angenommen hatte, der Kies glitschig und das Dollbord weit weg, aber hilfreiche Hände packten mich bei den Schultern, und bald war ich ans Ufer gezerrt, die Beine gerötet und kribbelnd, das Kleid bis zur Taille hinauf durchweicht. Ich unterdrückte den Impuls, zu dem Häuschen hinüberzulaufen und mich vor dem Feuer zu trocknen, weil mir einfiel, daß die Bruacher die Bewohner Rhunas immer als »verrückter geht's nicht« bezeichnet hatten, und das hatte wenig Beruhigendes, wenn man bedachte, wie wenig normal die Bruacher selbst waren. Ich paßte daher meinen Schritt den Männern an, was gewaltige Muskelanstrengung erforderte, denn ihr Gang war so betont gemächlich wie bei einer Zeitlupenaufnahme. Der eine Fuß wurde vorgeschoben und erst nachdem jeder Wadenmuskel einzeln entspannt war, langsam zu Boden gesetzt – die Ferse voraus. Wenn sicher schien, daß der Boden eben und genügend trittfest war für den ganzen Fuß, wurde ihm das volle Körpergewicht anvertraut und der Vorgang mit dem anderen Fuß wiederholt. In schweren Hüft- oder Bergstiefeln mochte dieses Ritual ebenso vernünftig wie notwendig sein, bei bloßen, nassen Beinen und einem leeren Magen war es quälend.

Nach schier unendlich langer Zeit erreichten

wir das Haus, in das wir eingeladen waren, und wurden dort mit größter Herzlichkeit begrüßt von einer grauhaarigen, unglaublich alten Frau, die uns ihre Mutter vorstellte, eine zweite Grauhaarige von noch unglaublicherem Alter. Ich fürchtete schon, das könne *ad infinitum* so weitergehen, und sah mich verstohlen in den düsteren Winkeln des Raumes um, ob mir noch weitere Beispiele der Hinfälligkeit vorgeführt würden. Doch zum Glück war die Einführung hiermit beendet, und die »Mutter« deutete mir unter freundlichem Lächeln an, ich solle mitkommen und mich richtig durchtrocknen. Ich setzte mich auf den von ihr herbeigezogenen Stuhl und folgte ihrem Rat. Die jüngere Greisin kümmerte sich mit geschürzten Lippen und hin- und herflitzendem Blick um die Teebereitung, während die ältere ein Messer heftig in ein Glas Marmelade stieß, diese reichlich auf dicke Brotscheiben und gekaufte Teekuchen strich und dann diese Leckerbissen mit klebrigen, schmutzverkrusteten Fingern ergriff und uns aufdrängte. Der kleine Junge, der uns die Einladung überbracht hatte, versuchte, von Schüchternheit gequält, seinen schmächtigen kleinen Körper in den Spalt zwischen Schrank und Wand zu zwängen, seine klaren braunen Augen verfolgten jede meiner Bewegungen, als sei ich ein Wesen aus einer anderen Welt. Vielleicht war ich das auch. Ich überlegte, ob er der Sohn der weniger alten der beiden unglaublichen Greisinnen sein könnte, denn mein Aufenthalt auf den Hebriden hatte mich gelehrt, daß es für jemand, der bereits Altersruhegeld bezog, durchaus nicht unmöglich war, eine Babyausstattung besorgen zu müssen.

Während ich kaute und trank und meine Kleider dampften, sah ich mich prüfend im Zimmer um, das leidlich sauber war. Es besaß keine Dekke außer den Dachbalken, über denen das dunkle Dachstroh lag, und von ihnen hingen verschiedene Arten von getrocknetem, gesalzenem Fisch, ein Bündel Kaninchenfelle, ein Heringsnetz und ein eisernes Backblech. Der offene Kamin war aus rauhem Stein, und das Torffeuer brannte auf der flachen Platte. Ein Schornstein verhinderte, daß es ein sogenanntes »Schwarzhaus« war, aber das winzige Fenster bewirkte, daß es dennoch diese Bezeichnung verdiente. Die Möbel, Kopien dessen, was ich mittlerweile gewohnt war, in den Heimen aller Crofter zu sehen, die keine Touristen aufnahmen, bestanden aus einer Bank, einem Tisch, einem Schrank und dem einen Holzstuhl, auf welchem ich jetzt saß. Ein langer blauer Vorhang verdeckte den Alkoven, in dem vermutlich ein Nischenbett stand. Es gab keinerlei Hinweis auf die Zahl der Hausbewohner. Es konnten die drei sein, die ich begrüßt hatte, aber auch ein Dutzend.

Die Männer stellten, als sie ihren Tee ausgetrunken hatten, ihre Becher hin und stapften hinaus, um mit dem Verladen des widerspenstigen Viehs auf das ebenso widerspenstige Schiff zu beginnen. Auch ich erhob mich, dankte meinen beiden Wirtinnen für ihre Gastfreundschaft, doch da es so aussah, als würde das Verladen noch eine Weile dauern, drängten sie mich, zu bleiben und meine Röcke noch ein Weilchen am Feuer zu trocknen. Die Mutter erkundigte sich höflich nach meinem Aufenthalt in Bruach, sichtlich ungläubig, daß ich diesen abgelegenen Ort nach meinem Geschmack gefunden hatte. Beide waren verblüfft, als ich ihnen erklärte, ich genösse die rauhe Witterung und hätte keine Eile, nach England zurückzukehren. Obwohl sie so taten, als glaubten sie mir alle meine Aussagen, hatte ich den Eindruck, sie könnten sich nur zwei Gründe denken, warum eine Frau sich freiwillig in Bruach niederließ: Entweder sie floh vor der Polizei oder vor einer dunklen Vergangenheit. Mein schlichtes, wenig anziehendes Gesicht ließ sie vermutlich ersteres annehmen.

Ich wiederum fragte sie über ihr Leben aus. Ob sie sehr anders lebten als die Bruacher? Es schien nicht so.

»Viele *ceilidhs* wird es hier nicht geben«, sagte ich. Sie räumten ein, es gäbe wenig, was diesen Namen verdiente.

»Da haben Sie vermutlich sehr viel zu lesen hier«, begann ich, im stillen entschlossen, ihnen als Dank für ihre freundliche Aufnahme ein paar Bücher zu schicken.

Die Mutter richtete sich hochmütig auf.

»Nein, überhaupt nicht«, antwortete sie kalt.

»Nichts zum Lesen? Sie lesen nicht gern, wie sonderbar«, sagte ich.

»Gar nicht sonderbar.« Die Ablehnung der Tochter zerstörte die eben noch so herzliche Atmosphäre und verwandelte sie in Antipathie. Ich fragte mich verwirrt, was um Gottes willen ich gesagt haben könnte, das sie kränkte.

»Ich dachte, Sie hätten viel zu lesen«, begann ich, doch die Mutter fiel mir ins Wort.

»Fünfundvierzig Jahr hab ich in diesem Haus gewohnt, und nie war hier Ungeziefer abzulesen«, versicherte sie mir ungehalten.

»Ach du liebe Zeit«, rief ich und sah mich ergebnislos um, ob vielleicht ein Buch zu sehen sei, das ich als Illustration benutzen konnte. »Bücher«, stieß ich verzweifelt hervor, »gedruckte Seiten, Zeitschriften, was zum Lesen.« Meine Wangen brannten, ich schämte mich, daß sie denken könnten, ich belohne ihre Großzügigkeit mit einer solchen Unterstellung.

Zu meiner großen Erleichterung begannen daraufhin beide Frauen ungehemmt zu lachen.

»Ich dacht 'nen Moment, Sie wärn eine von

den Frauen, die immer herkommen und nach Wanzen und Kindern und all so was fragen.«

»Tun sie das wirklich?« fragte ich fröhlich.

»Aber ja, das tun die«, nickte die alte Mutter. »Kommt doch eine daher und sagt, sie will mir erzählen, wie ich meine dreizehn Kinder großziehn soll.«

»Sie haben dreizehn Kinder?« fragte ich.

»Jawohl, hab ich gehabt«, bestätigte die Alte stolz.

Die Tochter lachte gluckernd. »Erzähl doch Miss Peckwitt, was du zu der Frau gesagt hast«, bat sie, und die Alte fuhr nur zu gern mit ihrer Geschichte fort.

»Sagt die doch zu mir: ›Wieviel Kinder?‹ – ›Dreizehn‹, sag ich. ›Und wieviel haben Sie?‹ Sieht sie mich erstaunt an. ›Keins‹, sagt sie. ›Na schön‹, sag ich, ›jetzt gehn Sie erst mal hin und kriegen vierzehn, dann kommen Sie wieder her und erzähln mir, wie ich meine dreizehn großziehn soll.‹«

Die Rufe der Männer unterbrachen unser Gelächter, ich verabschiedete mich rasch und lief hinunter an den Strand, wo Lachy und Ruari mich mit einer ungeduldigen »Möwe« erwarteten. Der Motor tuckerte bereits, und ich war kaum an Bord, da fuhren wir los. Das arme alte Boot kämpfte wacker, um das Schiff mit seiner zitternden, schnaufenden Viehfracht vorwärtszuschleppen. Sogar für mein ungeübtes Auge sah es entschieden überladen aus, denn es war nicht nur zum Bersten voller Vieh, sondern der Boden war auch noch teilweise mit Kies aufgefüllt, damit die Tiere eine ebene Fläche zum Stehen hatten. Ich teilte Murdoch, der im Bug des von uns geschleppten Bootes hockte und dessen Rockschöße fast ins Wasser hingen, meine Bedenken mit.

»Ach was, das Vieh hat doch Vernunft, nicht wie Menschen«, entgegnete er so heftig, daß ich daraus schloß, er habe ebenfalls etwas Angst.

Etwa eine Meile schipperten wir ohne Zwischenfälle dahin, dann fing die »Möwe« an zu schlingern und mit ihr das Boot samt dem Vieh.

»Da ist die Flutwelle«, brüllte Ruari. »Ich hab dir gesagt, wir kriegen sie. Bei Gott, jetzt heißt's aber aufpassen.«

Murdoch reagierte mit gelassenem Nicken, holte die geliebte Pfeife heraus, begann sie zu füllen und sorgsam anzuzünden. Seine Stellung auf dem Bug war recht riskant, doch er schob die Pfeife im Mund zurecht und paffte ohne die geringsten Anzeichen von Unruhe. Ich sah die wabernde Flutwelle näher und näher kommen. Was die Katastrophe dann auslöste, war vermutlich ein Zusammenwirken der plötzlichen Bewegung von einem der Tiere mit einem besonders heftigen Schlingern des Bootes. Ich hörte den zweistimmigen Schrei der Mannschaft der »Möwe«, fuhr herum und sah das schwerbeladene Viehschiff sich seitwärts neigen und die See über das Dollbord hereinströmen, das Vieh zappelte im Wasser und brüllte angstvoll. Nach einem weiteren quälenden Augenblick war das Boot unter den Wellen verschwunden. Zum Glück hatte jemand genügend Geistesgegenwart, das Schlepptau zu kappen, sonst hätte vielleicht die »Möwe« das gleiche Schicksal erlitten. Erst nach Sekunden merkte ich, daß von Murdoch nichts mehr zu sehen war.

»Murdoch!« schrie ich und suchte die Wasserfläche zwischen den erschreckten Kühen ab, die bereits energisch und sehr vernünftig in Richtung auf Rhuna zurückschwammen. Es schien mir eine Ewigkeit, muß aber eine Sache von Sekunden gewesen sein, ehe Murdochs weißer Kopf etwa zwanzig Yards neben dem Schiff auftauchte, und trotz der schrecklichen Angst in diesem Augenblick erinnere ich mich bemerkt zu haben, wie groß und rund seine Knollennase war. Angus, Ruari und Lachy glotzten dumm auf die Szene, ihr Verhalten war beinahe gleichgültig.

»Kann er denn schwimmen?« rief ich außer mir.

»Nein«, antwortete Lachy und hielt mir beide Arme auf dem Rücken fest, weil ich versuchte, aus dem Mantel zu schlüpfen. »Nix da«, sagte er entschlossen, »eine Leiche ist genug.«

»Aber er wird keine, wenn Sie mich loslassen«, widersprach ich, aber nun fuhr Ruari mich ärgerlich an. »Sie bleiben, wo Sie sind«, kommandierte er. »Wir werfen ihm ein Tau zu.«

»Dann werft es doch um Gottes willen!« schluchzte ich. Mir war vor Panik und Frust ganz schlecht. »Laßt ihn doch nicht einfach ertrinken! Tut doch etwas!«

Während der letzten Sekunden – vielleicht auch schon in einem ähnlich gefahrvollen Augenblick seiner Laufbahn – hatte Murdoch offenbar Wassertreten gelernt, denn er blieb eine geraume Weile sichtbar. Angus griff nach einer Taurolle und warf sie dem Unglücklichen zu. Er zielte ausgezeichnet, sie fiel wenige Zoll neben Murdoch, doch da Angus vergessen hatte, das andere Ende festzumachen, war es verlorene Liebesmüh. Murdochs Stimme drang klagend über das Wasser: »Ich schaff das nicht mehr lang! Helft mir, ich ersauf!«

»Da braucht's mehr als das bißchen Wasser, um dich zu ersäufen«, tröstete Ruari, hob ein Ruder auf und schleuderte es mit solcher Präzision, daß man eher hätte meinen können, er beabsichtige Murdoch von seinen Leiden zu erlösen, als ihn zu retten.

Es gab nicht den geringsten Zweifel, daß Murdoch drauf und dran war, vor unseren Augen zu ertrinken, und doch hatte ich bei allem Ernst der

Lage den Eindruck, als sei das Ganze eine Art Posse. Zum Glück gelang es Murdoch, ein zweites ihm zugeworfenes Ruder zu packen, ein weiteres gerolltes Tau erreichte ihn, doch diesmal hingen wir alle vier am anderen Ende, und er wurde damit unversehrt wieder an Bord gezogen, wo er minutenlang nach Luft schnappte und schlotterte. Er schien vergleichsweise unerschüttert von seinem Erlebnis, nahm eine Flasche Whisky aus der Tasche, hielt sie an die Lippen und tat einen tiefen Zug.

»Hat einer von euch meine Pfeife gesehn?« fragte er, als er sich genügend erholt hatte. »Ich hatt' sie im Mund, als ich unterging.«

Murdoch brachte es fertig, auch noch in den unpassendsten Situationen albern zu sein. Wir vier schüttelten die Köpfe.

»Irgendwas hattest du im Maul, als du untergingst«, bemerkte Lachy, »aber was genau, weiß ich nicht.«

»Es war echt meine Pfeife«, erwiderte Murdoch.

»Du wirst sie verschluckt haben«, meinte Lachy.

»Hab ich nicht«, entgegnete Murdoch, »dann wär nämlich mein Gedärm jetzt wärmer, als es ist. Sie hat gebrannt, sag ich euch.«

Alle lachten etwas lauter, als die Bemerkung oder der Anlaß rechtfertigte, und obwohl Murdoch an diesem Tag um Haaresbreite dem Tod entgangen war – jedenfalls kam es mir so vor –, hörte ich ihn den Zwischenfall nie erwähnen, außer um den Verlust der besten Pfeife zu beklagen, die er je sein eigen nannte.

Der Zwischenfall brachte einige Verspätungen in unser Programm, und es wurde überlegt, ob man Murdoch und Angus zum Abholen der Geologen gleich mitnehmen sollte. Ich machte geltend, der Alte müsse so schnell wie möglich in trockene Sachen, und setzte bei Ruari durch, daß er ihn bei den Seinen ablieferte, ehe er uns in weitere haarsträubende Unfälle verwickeln konnte. Als das erledigt war, wandte sich der Bug der »Möwe« wieder den Hügeln zu. Eine Stunde später als verabredet tuckerten wir in den geschützten Hafen. Von den Geologen war weder etwas zu sehen noch zu hören. Ruari stellte den Motor ab, und die plötzliche Stille drückte auf unsere Ohren. Lachy sprang ans Ufer.

»Ruf doch mal«, drängte er Ruari, und sofort gab Ruari ein Gebrüll von sich, das die Stille wie eine Explosion zerriß und von den Hügeln noch sekundenlang widerhallte. Von irgendwoher kam ein Echo, schwach und heiser, und nachdem wir das Boot festgemacht hatten, gingen wir zu dritt den steilen Pfad hinauf in Richtung dieses Geräuschs. Es dauerte nicht lange, da kamen uns zwei der Geologen entgegengewankt, einen schweren Sack zwischen sich.

»Was zum Kuckuck –«, begann einer der Männer ärgerlich, wurde aber rasch zahm, als Ruari höflich und farbenreich unser verspätetes Eintreffen entschuldigte. »Gut, gut, dann rufen wir jetzt die anderen zusammen«, antwortete der Geologe mürrisch. »Wir waren ja alle schon mal am Landungssteg, aber als wir merkten, daß Sie nicht kamen, dachten wir, wir würden solange weiterarbeiten.« Er wies auf den schweren Sack, den die beiden bei unserem Näherkommen hatten fallen lassen. »Das«, befahl er herrisch, »können Sie schon mal zum Boot hinuntertragen und an Bord nehmen.«

Die beiden gingen den Rest ihrer Gruppe suchen, Ruari lud sich mit Lachys Hilfe den Sack auf den Rücken. Er war, wie schon gesagt, ein starker Mann, doch seine Last war schwer, und als wir beim Landungssteg ankamen, ließ er den Sack mit einem Plumps auf den Felsen niederfallen und rieb sich wehleidig den Rücken.

»Großer Gott, war der Sack hart. Und so schwer. Man könnt meinen, die hätten Steine drin«, knurrte er.

»Es sind auch Steine«, antwortete Lachy, der mit den Gepflogenheiten von Geologen etwas vertrauter war.

»Steine?« Fast hätte Ruari ausgespuckt. »Denen werd ich's zeigen, mir einen solchen Possen zu spielen«, drohte er. Er sah mich Bestätigung heischend an.

»Aber gewiß sind es Steine«, erklärte ich und mußte übers ganze Gesicht lachen, weil er so empört dreinschaute. Er beäugte mich mißtrauisch unter gerunzelten Brauen, und seine Finger zupften an der Schnur, mit der der Sack zugebunden war. Aus den Augenwinkeln sah ich die Gruppe der Geologen aus der Dämmerung auftauchen und zum Boot kommen. Auch Lachy sah sie.

»Wenn Sie mir nicht glauben«, sagte ich zu Ruari, »können Sie sie ja selber fragen, da kommen sie gerade.«

Doch Ruari hatte den Sack aufgebunden und betastete die Proben von Gneis und Tiefengestein, zweifellos Forschungsmaterial für viele kommende Monate. Drohend wandte er sich der näher kommenden Gruppe zu. »Ihr Mistkerle!« brüllte er böse. »Euch werd ich helfen, einem alten Mann Streiche zu spielen. Schämen sollt' ihr euch!« Und noch ehe jemand, am wenigsten ich, seine Absicht begriff, hatte er schon den Sack umgedreht und den Inhalt ins Wasser gekippt.

Ein herzzerreißendes Stöhnen kam von den erschöpften Geologen, und ein paar von ihnen stürzten vor, in dem vergeblichen Versuch, den so mühsam gesammelten Schatz zu retten. Ihr Stöhnen wurde zum Seufzen, ihr Seufzen zu betroffenem Schweigen, als sie sich jeder Hoffnung bar auf den nächsten Felsen niederließen und mutlos auf die sich immer mehr vergrößernden Wellenkreise starrten dort, wo ihre Kostbarkeiten verschwunden waren. Ruari glotzte sie in unvermindertem Zorn weiter finster an. Ich warf einen Blick auf Lachy. Der war über den Motor der »Möwe« gebeugt, eine unangezündete Zigarette zwischen den Zähnen, und tat übertrieben geschäftig.

»Ruari«, begann ich schüchtern, denn ich fühlte mich verpflichtet, etwas zu sagen, »das waren keine gewöhnlichen Steine. Diese Männer haben sich nicht über Sie lustig gemacht. Es sind Proben«, ich verhaspelte mich, als Ruari eisig auf mich niederblickte, »Muster, fürs Studium«, stotterte ich.

»Stimmt das?« fragte Ruari etwas milder. Ich nickte.

»Ja. Diese Männer sind Studenten«, fuhr ich fort. »Sie bekommen für solche Sachen den Doktortitel.«

Die Wörter »Studenten« und »Doktortitel« verstand Ruari sofort. Mit versöhnlichem Lächeln wandte er sich an die Gruppe der grollenden Männer.

»Wenn das so ist, müssen Sie schon ’tschuldigen, ich hab gedacht, es wär ein häßlicher Streich, den Sie einem alten Mann spielen, ihn einen schweren Sack Steine den Berg runtertragen lassen«, entschuldigte er sich großmütig. »Aber zum Glück hab ich ja den Sack nicht weggeschmissen, und es dauert keine paar Minuten, da hab ich ihn wieder voll.«

Die Geologen, immer noch im Zustand geistiger und körperlicher Betäubung und der Sprache nicht mächtig, sahen niedergeschlagen zu, wie Ruari sich bückte und anfing, den Sack mit Strandkies zu füllen.

»Hat keinen Sinn«, ließ ihr Führer sich schließlich vernehmen. »Machen wir um Gottes willen, daß wir nach Hause kommen«, schnauzte er verdrossen.

»Aber es ist gar keine Mühe«, erklärte Ruari mit einer weit ausholenden Handbewegung, »und ich muß doch den Schaden, den ich angerichtet hab, so gut's geht wiedergutmachen.«

»Sie verdammter Narr«, erwiderte der Zornige ungnädig, entriß Ruari den Sack und kletterte trübsinnig an Bord der »Möwe«.

»Na ja, wenn ich nicht soll, dann eben nicht. Das wissen Sie bestimmt besser«, murmelte Ruari verwirrt.

Sobald der Rest der Gruppe eingestiegen war, legten wir ab, und die »Möwe« stampfte schwerfällig dem Ufer von Bruach zu. Es wurden nur flüchtige Worte gewechselt, denn Ruari war überraschenderweise beschämt von seinem Erlebnis, während Lachy und ich zwischen tiefem Mitgefühl und unbezähmbarer Lachlust schwankten.

Es war eine außergewöhnlich melancholische Gruppe von »Shee o Loogen«, die in Bruach landeten und steif und langsam den Abhang hinauf zum wartenden Bus kletterten. Ruari sah ihnen nach und machte ein verschmitztes Gesicht. »Solche Idioten«, meinte er und schöpfte die »Möwe« aus, während ich die Ruderpinne befestigte.

»Der Idiot waren Sie«, belehrte ich ihn, »Sie hätten wissen müssen, daß die Steine keine gewöhnlichen Steine waren.«

»Ich ein Idiot?« rief Ruari entrüstet. »Bin ich ein Idiot, wo die doch mein Boot morgen wieder mieten müssen, damit ich sie morgen wieder hinbring?«

»Schuft!« kicherte ich.

»Ich glaub«, sagte Ruari und warf einen nachdenklichen Blick auf den wolkenlosen Horizont, »daß wir morgen schönes Wetter kriegen. Komm' Sie wieder mit, Miss Peckwitt?«

»Nein«, sagte ich schaudernd, »dieser Gesellschaft will ich nicht wieder begegnen.«

Ruari wandte sich an Lachy, der eben im Dingi längsseits gekommen war, um uns ans Ufer zu bringen.

»Worüber hast du denn mit dem Mann da geredet?« fragte er.

Mir war auch aufgefallen, daß Lachy mit einem der Geologen beim Absetzen am Ufer eine lebhafte Unterhaltung geführt hatte.

»Ach, das war gar kein Geologe«, erwiderte Lachy. »Das war ein Kartigraff oder so was.«

»Ein was?« wollte Ruari wissen.

»Ein Kartigraff«, antwortete Lachy. »Mit dem hab ich mir einen Spaß gemacht, kann ich euch sagen.«

»Wie das?« fragte Ruari.

»Na, der wollte alle Ortsnamen auf gälisch und auf englisch wissen«, sagte Lachy.

»Ich hab aber deutlich gesehen, daß Sie nach Rhu Corran gezeigt und es Allt Rhunan genannt haben«, meinte ich vorwurfsvoll.

»Hab ich«, bestätigte Lachy fröhlich. »Und ich hab dem gesagt, Corry Dhy wär Cnoc Dhanaid und noch viel andres Falsches. Der neugierige Kerl, der.«

Ruari gluckste anerkennend.

»Aber Lachy«, wies ich ihn schwach zurecht. »Wenn das ein Kartograph war, hätten Sie es ihm korrekt sagen müssen. Das ist sehr wichtig.«

»Ach was«, sagte Lachy verächtlich, »wozu will der die richtigen Namen wissen? Der wohnt ja überhaupt nicht hier. Der ist ja bloß scharf drauf, eine Karte zu zeichnen.«

Ein Ceilidh

Das Erlernen des Gälischen ist meiner Meinung nach eine Notwendigkeit für Leute, die ihr Leben auf den Hebriden verbringen wollen. Ich kaufte mir daher eine gälische Grammatik und machte mich an die Arbeit, um die Eigenarten dieses vielgepriesenen Idioms zu meistern. Sprachen waren nie meine Stärke, aber da ich unter gälisch sprechenden Einheimischen lebte und mit ihnen redete, schätzte ich doch, daß ich es nach drei Monaten einigermaßen fließend können würde.

»Es lernt sich ganz leicht«, ermutigte mich einer der als gebildet Geltenden im Dorf, als er von meiner Absicht hörte. »Das Gälische wird genauso ausgesprochen, wie man es schreibt, und Sie werden es nicht halb so schwer finden wie andere Sprachen.«

Diese Worte versetzten mich in Hochstimmung und verleiteten mich, meine Schätzung auf sechs Wochen zu vermindern, doch die Feststellung, daß *cnoc* als »Crock« ausgesprochen wird, *dubh* als »Duu« und *ceilidh* als »Kehli«, überzeugte mich, daß diese Auskunft ziemlich irreführend gewesen war. Als ich entdeckte, daß ein einfacher Satz wie »Ich habe eine Katze« im Gälischen zu »Ein Katz ist bei mir« verzerrt wird, fand ich, ich müsse meine ursprüngliche Schätzung verdoppeln, und selbst dann bezweifelte ich, ob ich je behalten würde, daß »Der Hund ist über mir« seinen Besitz bedeutet und nicht seine Attacke.

Ehe ich mit dem Studium des Gälischen begann, war mir aufgefallen, daß die Einheimischen immer leicht erstaunt schienen über mein formelles »Guten Morgen« oder »Guten Abend«. Für mich war es selbstverständlich ein Gruß und keine Wetterbeobachtung. Damals wußte ich noch nicht, daß der Gäle in diesen Dingen übergenau ist. Besorgt bat ich Morag, mir doch beizubringen, wie man auf gälisch den Leuten einen guten Tag wünscht. Sie nahm es zu wörtlich und lehrte mich *»he breeah«* zu sagen, eine Wendung, die, wie ich später zu meinem Kummer entdeckte, eher bedeutet: »Ein guter Tag«, in dem Sinne, in dem man sagt: »Schönes Wetter heute«, und es traf sich besonders unglücklich, daß es praktisch während dieser ganzen Jahreszeit keinen einzigen Tag gab, an dem man passenderweise *»he breeah«* hätte sagen können. Es regnete und war kalt, es gab Wind, Hagel und Schnee, und ich rief munter *»he breeah«* und bekam ein höflich-erstauntes *»he breeah«* zur Antwort von Jammergestalten, deren Stiefel vor Nässe quatschten und von deren Hüten stetiger Regen strömte. *»He breeah«*

grüßte ich den verbitterten Wegmacher, der in seiner unangemessen kleinen Hütte Schutz suchte vor den erbarmungslosen Hagelschauern, die unaufhörlich durchs Tal fegten. *»He breeah!«* grüßte ich verdutzte Milchmädchen, die mit blauen Fingern und roten Nasen unter Kuhbäuchen hockten und vor sintflutartigen Regengüssen Zuflucht suchten.

Die Dorfbewohner nahmen meinen falsch gebrauchten Ausdruck mit amüsierter Toleranz hin und blieben unerschütterlich höflich, wie es ihre Art ist. Doch mein Verdacht wurde geweckt, als eine Alte, die gegen den grimmigen Nordwest heimwärts strebte und deren durchweichtes Cape trotz ihrer Bemühungen, es festzuhalten, waberte, mein »Schöner Tag heute« prompt erwiderte, aber gewissenhaft hinzufügte: »Aber schrecklich naß, nicht wahr?« An diesem Abend lernte ich *he fluke* (es ist naß) und *he fooar* (es ist kalt) und sorgte damit für die längste Schönwetterperiode, welche die Insel in den letzten Jahren erlebt hatte.

Waren auch meine Gälisch-Studien nicht besonders erfolgreich, sie halfen mir wenigstens, die Neigung meiner neuen Freunde zu begreifen, alles und jedes entweder dem männlichen oder dem weiblichen Geschlecht zuzuordnen, denn ihre Sprache hat, wie auch das Französische, kein Neutrum. Ein Schuh ist »sie«, ein Mantel aber »er«. Alle Berufe sind männlich, obwohl »Arbeit« weiblich ist. (Das begreift man schnell, wenn man eine Weile auf den Hebriden gelebt hat.) Der Umstand, daß ein Ding im Englischen weiblich, im Gälischen aber männlich ist, verwirrte alles noch mehr, ebenso die Komplikationen der weichen und harten Konsonanten und der verkürzten Vokale, und als ich Kühe mit Kälbern als »er« bezeichnet hörte, fing ich an zu bezweifeln, daß ein Bruacher überhaupt irgend etwas mit Sicherheit einem Geschlecht zuordnen könne.

Der Gebrauch des Männlichen oder Weiblichen wurde von den Bauern auch im Englischen beibehalten, und ich war häufig tief betroffen von Bemerkungen, die auf alle möglichen schändlichen oder lächerlichen Bräuche hinzuweisen schienen.

»Wenn er leer ist, hängt Ruari ihn für eine Stunde über die Wäscheleine«, hörte ich Bella eines Tages zu Morag sagen und erfuhr erleichtert, daß »er« ein Fischnetz war.

Abgesehen von dem sonderbaren Dialekt brachten mich auch wortgetreue alte Damen oft in Verlegenheit, die außer der Bibel wenig Englisch konnten und sich mit mir in peinlich schriftgetreuen biblischen Wendungen unterhielten und dabei ganz vergaßen, daß so manches biblische Wort heute in gepflegter Unterhaltung nicht mehr anwendbar ist.

Um mich mit der Sprache vertrauter zu machen und meinen Studien im Gälischen aufzuhelfen, hätte ich mir die *ceilidhs* angewöhnen sollen. Diese *ceilidhs*, die in Wahrheit nicht mehr waren als flüchtige Besuche bei den Nachbarn, fanden im Herbst, Winter und Frühling nahezu allabendlich statt. Doch während die meisten Autoren von Highlandbüchern es für ihre Pflicht halten, die *ceilidhs* mit romantischer Feder zu schildern – Lampenschein, Torffeuer, dessen Licht über eine Schar ehrlicher, freundlicher Gesichter flackert, melodische Highlandstimmen, die da scherzen, singen und Geschichten erzählen, Teebecher und selbstgebackene Scones –, konnte ich nie vergessen, daß der Raum vermutlich schlecht gelüftet, die dicht zusammengedrängten Körper verschwitzt und ungewaschen waren, die pfeifenrauchenden alten Männer hemmungslos ausspuckten, die Stiefel der Anwesenden von Mist starrten, daß mehr als einer meiner Nachbarn mit bedrohlicher Heftigkeit rülpste und die Gewänder der anderen nach kaltem Torfrauch und saurer Milch stanken. Infolgedessen neigte ich dazu, solche *ceilidhs* mit Mißtrauen zu betrachten, und war keineswegs entzückt, als Morag mir eine sehr dringende Einladung zu einer solchen Versammlung im Heim einer der beliebtesten Witwen des Dorfes überbrachte. Ich war in Versuchung, schlankweg abzulehnen, doch dann erinnerte ich mich, daß das in Frage stehende Haus vergleichsweise geräumig und luftig, die Witwe selbst eine ausnehmend nette Dame war und daß ich getrost zusagen sollte.

Morag war hocherfreut, und gegen neun Uhr an einem schönen, sternenhellen Novemberabend brachen wir auf. Es hatte den ganzen Tag strenger Frost geherrscht, und unsere Schritte waren ein hartes, akzentuiertes Stakkato statt des üblichen platschenden Geschlurfes. Ein silberner Glanz hinter den Hügeln verkündete den aufsteigen den zunehmenden Mond, und plötzlich und eindrucksvoll erschien er über den dunklen Gipfeln und goß mit großartiger Wirkung Licht und Schatten in das stille Tal. Meine Begleiterin und ich gingen rasch, nicht weil wir fürchteten, zum *ceilidh* zu spät zu kommen – das wäre so gut wie unmöglich gewesen, da die Bewohner Bruachs erstaunlich lange aufblieben –, sondern infolge der belebenden Wirkung der kalten Luft. Morag, der es nie an Gesprächsstoff fehlte, zeigte mir verschiedene Häuser und amüsierte sich und mich durch Berichte über deren derzeitige und einstmalige Bewohner. Gerade als wir vor einem niedrigen strohgedeckten Haus am oberen Weg ankamen, wurde die Tür aufgerissen, und eine Frau mit der Figur einer riesigen Korbflasche stand klar umrissen im Lampenlicht. Morag rief ihr einen Gruß zu, den die fette

Frau schrill erwiderte mit dem Zusatz, sie käme gleich nach.

»Das ist Anna Vic«, sagte Morag. »Sie kennen sie vielleicht?«

Selbstverständlich kannte ich Anna Vic, sowohl vom Sehen als auch dem Namen nach. Ruari hatte sie mir geschildert als »so dick, wenn man die gegen den Horizont sieht, weiß man nicht, ob sie's ist oder zwei Kühe nebeneinander«, während Lachy behauptete: »Wenn man zwischen den Knöcheln Licht sieht, kann's nicht Anna Vic sein.«

»Eine wirklich starke Frau«, sagte ich.

»Aye, und das stärkste an ihr ist ihr Herz«, erläuterte Morag mit Wärme. »Meiner Treu«, fuhr sie fast ohne Atem zu holen fort, »die faßt viel Wasser.«

»Wer?« fragte ich erschrocken.

»Na, die Regentonne da, neben dem Haus«, antwortete meine Wirtin und wies mit dem Kopf in Richtung des Hauses, an dem wir eben vorbeigekommen waren. »So eine muß ich mir anschaffen.«

Ein markerschütternder Schrei gellte uns in den Ohren. Als wir uns umsahen, erblickten wir Anna Vic, die wie eine aufgescheuchte Ente hinter uns hergewatschelt kam.

»Ihr geht ja so schnell«, beklagte sie sich scherzend, während sie sich bis zu uns vorwärtskämpfte, doch weder ihre Korpulenz noch unser Tempo schien ihre Gesprächsbereitschaft im geringsten zu dämpfen.

»Na ja«, keuchte sie nach einer Weile, »wenn man so marschiert, ist einem ja warm genug, aber im Haus war's mir schrecklich kalt. Ich hab mich so nah ans Feuer gesetzt, daß meine Füße ganz scheckig waren, als ich mir die Strümpfe anziehn wollte, so hatt' ich die geröstet.«

Wir lachten, und sie unterhielt uns weiterhin so gut, daß es schien, als sei kaum Zeit vergangen, ehe wir die Tür zum Haus des *ceilidh* aufstießen, wo wir bereits mehrere Personen gemütlich vor einem riesigen Torffeuer sitzen sahen. Auf der unvermeidlichen Holzbank saßen Alistair der Schafhirt, Angus, Murdoch, Adam der Wildhüter und der einarmige Donald. Roddy und Callum, die unverheirateten Brüder der Gastgeberin, saßen fest und unerschütterlich in ihren Lieblingsarmstühlen. Auf einem Holzstuhl drängten sich ungeschickt die Zwillingsschwestern, die ich bereits »Giggle« und »Sniggle« getauft hatte. Johnny der Busfahrer thronte unsicher auf einer grob behauenen Kamineinfassung, während Elspeth, die junge Lehrerin, mit in die Seite gestemmten Armen und sittsam geschlossenen Knien an einer Ecke des Tisches saß, die Füße auf einem niedrigen Schemel. Man begrüßte sich, und die Männer spielten – nach einem gebieterischen

Blick der Gastgeberin – in ihrem Eifer, Platz für uns zu schaffen, eine Art ›Reise nach Jerusalem‹. Wir ließen uns auf einem Roßhaarsofa nieder, das näher zum Kamin geschoben wurde. Die Unterhaltung wurde wieder aufgenommen, und binnen allerkürzester Zeit beteiligten sich Anna Vic und Morag an einem Streit mit Donald über den Preis für Schnecken in der vorigen Saison. Ich hörte unparteiisch zu, denn ich interessierte mich weit mehr für die ganze Szene als für die Auseinandersetzung.

Der Raum war behaglich warm, das milde Lampenlicht, von den polierten Holzwänden zurückgeworfen, machte das Haar der Alten noch weißer und glättete ihre Runzeln, verlieh aber dem Haar der Jungen Glanz und betonte ihren ohnehin wunderbaren Teint. Auf dem blankgeputzten Kaminvorsprung spuckten zwei rußige Kessel Dampf, und neben ihnen hockte zufrieden eine gewaltige Teekanne. An der einen Wand stand ein schlichtes Büfett, geziert mit farbenfrohem Porzellan, zu beiden Seiten flankiert vom ›Ausbruch des Vesuv‹ – einmal bei Tage und einmal bei Nacht. An der gegenüberliegenden Wand hing eine altmodische Uhr mit Ketten und Gewichten und einem Pendel, das träge die Nacht durchwanderte. Mit ihrem Ticktack wetteiferte nur das wiederholte Schnupfen der Versammelten, denn Schnupfen gehörte ebenso zu einem *ceilidh* wie das Pfropfenknallen zu einem Sektgelage.

Tee und Kekse machten die Runde, und die Themen der Unterhaltung reichten von der Aussicht auf Winterheringe bis zur Existenz von Hexen, vom Whiskypreis bis zur Wirksamkeit von Weidenrinde bei Frostbeulen, vom Zustand des Viehs bis zu den wunderbaren Verkehrsampeln in Glasgow. Es war Murdoch, der sie als Wunder empfand, und er erklärte seinen naiven Zuhörern dies sehr ausführlich: »Wenn die Lichter blau sind, können die Wagen weiterfahrn, wenn sie gelb sind, können sie immer noch fahrn, aber wenn sie rot sind ...« Der alte Mann ließ die Faust nachdrücklich auf sein Knie niederfallen, und seine Stimme wurde eindringlich: »Dann ist es, als ob ihre Räder angebunden wärn«, erklärte er, »und sie können sich nicht bewegen, keinen Zoll!« Nach einem Blick auf seine gebannte Zuhörerschaft fuhr er erläuternd fort: »Das ist wegen was Elektrischem, versteht ihr.«

Es war klar: Murdoch glaubte an das Geheimnis der Verkehrsampeln, die durch einen machtvollen elektrischen Strahl alle Wagen in unmittelbarer Nähe stillstehen ließen, und es spricht für die Autofahrer Glasgows, daß Murdoch anscheinend nie einen Wagen das Rotlicht hatte überfahren sehen, obwohl er die Autofahrer während seines vierzehntägigen Aufenthaltes eingehend studiert hatte.

»Haben Sie so was schon mal gesehn?« fragte er mich.

»Ja«, sagte ich, »wir haben sie auch in England.«

Murdoch betrachtete mich skeptisch. »Tatsächlich?« murmelte er höflich, aber ungläubig.

Das Teetrinken war schon weit fortgeschritten, als der hemmungslose Lachy in den Raum gestürzt kam, gefolgt von Euan dem Schwachsinnigen. Ohne weitere Umstände griff er sich den Schemel unter Elspeths Füßen, ignorierte ihr plötzliches Vornübersinken ebenso wie ihr lästerliches Schimpfen, setzte sich auf den größeren Teil des Schemels und ließ Euan großmütig auf den verbliebenen paar Zentimetern Platz nehmen. Letzterer öffnete schon den Mund, um einen wütenden Protest vom Stapel zu lassen, aber ein beschwichtigender Blick der Gastgeberin brachte ihn nicht nur zum Schweigen, sondern schien auch seine Kiefermuskeln zu lähmen, so daß er für den Rest des Abends stupide vor sich hinstarrte, den Mund mit dem einen verbliebenen Vorderzahn so klaffend und verlockend geöffnet wie eine Mausefalle mit Köder.

Für mich kam Lachys Eintreffen ungelegen, denn die Diskussion hatte sich alten ländlichen Hausmitteln zugewandt, einem Thema, das mich außerordentlich interessierte – und ich hatte im Geist schon die zahlreichen, halb vergessenen Mittel notiert. Wie erwähnt, hatte Morags Mutter in dem Ruf gestanden, großes Geschick beim Zusammenbrauen von Medizinen aus Pflanzen zu besitzen, doch es schien Morag immer peinlich, wenn ich versuchte, sie auszuhorchen. Es war, als schäme sie sich, ihr Wissen zu bekennen. Heute abend jedoch hatte sie nichts dagegen, über dieses Thema zu sprechen, und ich hörte sie Seeigel als Asthmakur empfehlen, Skabiosenwurzeln gegen Gelbsucht, Wegerichblätter als Umschlag und Pflaster, Kleeblüten gegen Krebs und ein phantastisch klingendes Mittel gegen erhöhte Temperatur bei fiebrigen Erkrankungen, nämlich einen grünen Hering zu zerteilen, zu braten und die Hälften dem Patienten unter die Fußsohlen zu binden. Diese Therapie wurde zwar als wirksam angesehen, doch für recht drastisch gehalten, und es wurde davor gewarnt, den Hering bei Erwachsenen länger als zwanzig Minuten, bei Kindern mehr als zehn Minuten nach der Uhr an den Füßen zu lassen, widrigenfalls man mehr Schaden als Nutzen anrichtete. Ich hoffe nie Anlaß zu haben, dieses Heilmittel anzuwenden, so wenig übrigens wie die empfohlene Kur gegen Hämorrhoiden, die darin bestand, sich jeden Abend vor dem Zubettgehen eine halbe Stunde lang in einen Eimer mit »Pneumoniak« zu setzen.

Die Art, wie Lachy eingetreten war, ließ alle erwartungsvoll innehalten, und obwohl ich mehrfach versuchte, die Rede wieder auf Heilmittel zu bringen, es gelang mir nicht.

»Wißt ihr, wen ich eben gesehn hab?« erkundigte sich der Neuankömmling.

Alle mußten zugeben, es nicht zu wissen.

»Hamish MacAlistair Ouilliam«, verkündete Lachy pathetisch.

Seine Aussage wurde mit Rufen wie »Ach, du meine Güte!«, »Nach all der Zeit!« und »War nicht zu erwarten, daß man ihn wiedersieht!« entgegengenommen.

»Er ist heut abend wieder daheim, so wahr ich hier steh«, bekräftigte Lachy.

»Den Hamish MacAlistair Ouilliam haben Sie nicht gekannt, was, Miss Peckwitt?« fragte er und fuhr dann fort: »Nein, ging ja nicht.«

Ich mußte zugeben, noch nie vom Hamish MacAlistair Ouilliam gehört zu haben.

»Also wenn ich Ihnen sag, Miss Peckwitt«, erklärte Lachy feierlich, »jetzt sind es drei Jahr, daß der Kerl – er war damals erst ungefähr achtzehn – auf ein Schaf gesprungen und damit auf und davon ist, und keine Menschenseele hat mehr eine Spur von ihm gesehn, bis er heut abend in sein Haus gegangen ist.«

Wie erwähnt, hatte an diesem Abend die Unterhaltung die verschiedensten Aspekte des Übernatürlichen gestreift, ich hatte packende Geschichten über moderne Feen gehört, Geschichten, für die noch Lebende von tadellosem Ruf sich verbürgten. Ich war infolgedessen in besonders aufnahmebereiter Stimmung, aber ein Zauberschaf, das einen Mann wegtragen konnte, war denn doch zuviel für mein prosaisches Gemüt. Verstohlen musterte ich den Kreis gespannter Gesichter, suchte nach einem zuckenden Mundwinkel, einem funkelnden Auge, das meinen Verdacht bestärkte, man hätte mich, die Leichtgläubige, wieder einmal mit einer Geschichte zum besten halten wollen. Doch ich entdeckte nichts als größtes Interesse.

»Ich glaube kein Wort«, sagte ich entschlossen.

Damit löste ich bei den Versammelten einen Chor entrüsteter Proteste aus.

»Es gibt genug Leute, die wissen, daß es wahr ist«, wurde mir versichert.

»Aber ja«, beharrte einer, »er wird's Ihnen bald genug selber sagen, daß es wahr ist.«

Sie waren offensichtlich der ehrlichen Überzeugung, ein Schaf könne tatsächlich mit dem Mann davongelaufen sein, doch ich konnte tun, was ich wollte, meine Phantasie streikte bei der Vorstellung, ein Schaf könne auch nur den kleinsten Menschen tragen. Und selbst in dieser öden Gegend des Landes konnten doch ein Tier und sein Reiter nicht für drei Jahre verschwinden! Es war eine Geschichte für abergläubische Gälen oder für den Kindergarten, nicht für eine Engländerin aus der Großstadt.

»Das können Schafe nicht«, sagte ich fest, »es ist unmöglich.«

»Können es nicht?« fragte Murdoch von oben herab. »Und ich sag Ihnen, Miss Peckwitt, wenn das Schaf eine gemischte Ladung hat, kann's sogar fünf Jahre wegbleiben. Kommt alles auf die Ladung an und auf die Schafsgesellschaft.«

Endlich begriff ich, daß nicht *sheep*, sondern *ship* gemeint war.

Die darauffolgende Stille wurde unterbrochen durch einen Liedfetzen. Solange sich die Gälen an ihre eigenen Melodien halten, höre ich sie gern singen. Es liegt eine primitive, hemmungslose Leidenschaft in ihrer Musik, die den Geist der öden Berge und einsamen Glens des Landes wiedergibt und ganz und gar zu der sonderbaren Schwingung ihrer ungeschulten Stimmen paßt. Manchmal glaubte ich beim Zuhören, es fehle nur noch das dumpfe Trommeln des Tamtams, so sehr erinnern manche ihrer Gesänge an Eingeborenenstämme.

Adam der Wildhüter galt in Bruach als der beste Sänger, und er war es auch, der nun zu singen begann, mit dem Kopf den Takt vor sich hin nickte und jede Strophe mit einer Art gutturalem Aufschnaufen durchsetzte, bei dem sich seine

Nase schlängelte wie eine Peitschenschnur und es ihm den Kopf ruckartig von der Brust in den Nacken riß wie bei einer Marionette. Beim Refrain stimmten alle mit ein, und mir fiel auf, daß Gesten und Mienen aller Singenden dabei fast identisch waren.

Bei einem *ceilidh* war es Brauch, jeden Anwesenden zum Singen aufzufordern. Ebenso war es Brauch, daß jeder leugnete, singen zu können. Als Adam geendet hatte, wurden Giggle und Sniggle darum angegangen.

»Kommt, Mädchen, wie wär's mit einem Lied?«

Giggle und Sniggle ließen schüchtern die Köpfe hängen und kicherten unisono. Sie hätten zweifellos ein ausgedehntes Kicherduett geliefert, wäre auf dem Stuhl Platz genug gewesen, daß beide gleichzeitig ausatmeten. Da in ihrem Fall Zureden ergebnislos blieb, wurde als nächstes Elspeth bestürmt.

»Komm, Elspeth, du bist eine gute Sängerin.«

Auch Elspeth ließ den Kopf hängen und kicherte. »Kann nicht singen«, bestritt sie wenig überzeugend.

»Kannst du doch.«

»Kann ich nicht.«

»Aber gewiß doch.«

Gutes Zureden und Ablehnung wechselten noch eine Weile ab, doch bei jedem wenig nachdrücklichen Widerspruch räusperte sich Elspeth und bereitete sich auf das Lied vor, das zu singen sie fest entschlossen war, und zwar mit allen fünfzehn Strophen.

Zu vorgerückter Stunde wurde nur mehr vereinzelt gesungen und geschwatzt, und schließlich gab es nur noch die Stimme von Anna Vic, die schon fast den ganzen Abend lang unserer geduldigen Gastgeberin schrill und verzweifelt von den Untugenden ihres jüngeren Sohnes vorgejammert hatte. Das keifende Organ der dicken Frau durchdrang die vorübergehend eingetretene Stille.

»Und wenn ich mich auf den Kopf stell, er macht es nicht«, klagte sie. Man hörte als Echo ein hämisches Lachen von Lachy.

»Wenn du dich auf den Kopf stellst, merkt keiner den Unterschied. Du bist so rum und so rum gleich.«

Seine bissige Bemerkung wurde von den Anwesenden mit brüllendem Gelächter quittiert, die fette Frau sah vorübergehend verlegen aus. Der Schafhirte, noch immer breit grinsend, erhob sich, um zu gehen. Er sei müde, teilte er uns mit, er habe einen schweren Tag gehabt, »es hätten so viele Hunt die Schoof über die Hügel gejagt«. Er warf einen bedeutsamen Blick auf Murdoch, der in dem Ruf stand, den schlimmsten Hund zu besitzen, der je Schafe jagte, doch der tat, als sei er taub, und starrte weiter ins Feuer.

»Die ›fidelen Tänzer‹ ziehn heut nacht ’ne gute Schau ab«, sagte Alistair beim Hinausgehen, »das bedeutet Wetterwechsel so oder so.«

Auch Morag und ich fanden es an der Zeit aufzubrechen, und Johnny, Lachy, Angus, Anna Vic und Murdoch beschlossen uns zu begleiten, obwohl sie sehr ungern ein *ceilidh* abbrachen. Die Nacht war noch immer klar, und ein leicht verbeulter Mond segelte friedlich durch flockige weiße Wolken. Von jenseits der Hügel erhob sich der flackernde, grüngoldene Zylinder der Nordlichter, und ihr Scheitelpunkt war genau über unseren Köpfen.

»Aye, aye, klar schlägt das Wetter um«, bestätigte Murdoch, der mit kleinen Schritten vor uns herschob, die Pfeife im Mund wie ein Kind, das Seifenblasen machen will. Wir drei Frauen folgten Arm in Arm, und hinter uns kamen Johnny, Lachy und Angus. Das Gespräch sprang von einem zum anderen und wieder zurück, und das saugende Knirschen der Brecher auf dem Uferkies und manchmal der Schrei eines Nachtvogels begleiteten unsere Reden. Dann bemerkten wir noch ein weiteres Geräusch: ein gespenstisches, rhythmisch schnarrendes Wimmern.

»Großer Gott, was ist das denn?« platzte Anna Vic ängstlich heraus.

Wir blieben stehen, um zu lauschen, und kamen zu dem Schluß, das Geräusch käme von irgendwo entlang der Wegstrecke, die repariert wurde. Die Männer strebten neugierig in diese Richtung, wir folgten dicht dahinter und wagten nur noch zu flüstern. Das Geräusch wurde deutlicher und war nun durchsetzt von einem unheimlichen, halberstickten Stöhnen. Anna Vic umfaßte krampfhaft meinen Arm, doch ob zu ihrer oder meiner Beruhigung, hätte ich nicht zu sagen gewußt. Wenn ersteres, hätte ich sie enttäuschen müssen, denn nach all den Geistergeschichten des heutigen Abends waren meine Nerven nicht unbedingt stabil. Die Männer gingen noch ein Stück weiter und blieben stehen. Zu unserer Erleichterung und Überraschung hörten wir gleich darauf Murdochs asthmatisches Gluckerlachen. Wir folgten der Richtung seines Zeigefingers und sahen dicht vor uns eine dunkle Masse, die wir bald als die kleine Hütte erkannten, in der der Aufseher der Straßenarbeiter wohnte. Aus dieser Hütte drang das seltsame Geräusch.

»Meiner Treu, der Mensch kann schnarchen«, äußerte Johnny mit neidvoller Bewunderung.

Anna Vic stieß mit dankbarem Seufzen den angehaltenen Atem aus, und ihr Griff um meinen Arm lockerte sich.

»Der muß krank sein«, meinte sie.

»Der doch nicht«, erwiderte Murdoch weise. »Der schnarcht wegen dem Whisky, und nicht wegen Krankheit.«

»Wie der Mensch saufen kann«, bemerkte Angus im Ton ehrfürchtiger Bescheidenheit.

»Den hättet ihr am Freitag sehn solln«, sagte Lachy. »Der war so besoffen, daß wir ihn zu viert vom Bus in seine Hütte bringen mußten. Und als wir ihn drin hatten, zündet hier unser Johnny den Primuskocher an, um ihm Tee zu machen, damit er nüchtern wird. Wasser gab's keins, deswegen mußten wir mit dem Eimer zum Bach runter, und wie wir wiederkommen, hockt doch der alte *bodach* direkt auf dem Primuskocher!«

»Der hat noch Glück gehabt, daß er auf'm Heimweg in paar Pfützen gesessen hatte«, sagte Johnny, die Schilderung weiterführend, »sonst wär er noch übler dran gewesen als sowieso schon.«

»War er schlimm verbrannt?« fragte Murdoch.

»Verbrannt? Der?« fragte Lachy ungläubig. »Als wir den vom Kocher zerrten, hat er gesagt, er müßte 'ne Weile in einem Distelbusch gesessen haben. Disteln!« fuhr Lachy fort. »Ist so was zu glauben? Und dabei war der ganze Boden aus seiner Hose rausgesengt und sein Hintern so rot wie 'n Hahnenkamm im Frühling. Ich sag euch, der Kerl hat eine Haut wie die Sohle von einem genagelten Bergstiefel.«

Als wir zur Straße zurückkehrten, berichtete Lachy begeistert von dem Unfall des Aufsehers.

»Meine Güte, das ist einer«, meinte Murdoch,

»in meinem Leben hab ich noch keinen so wüst trinken sehn«, schloß er respektvoll.

»Der braucht nicht erst trinken, um wüst zu werden«, warf Johnny ein. »Neulich wollt er mir doch die Ohren abreißen, weil ich gesagt hab, die Regierung verliert die nächste Wahl.«

»Aye, aye, der ist ein eiserner Tory«, stellte Murdoch fest.

»Du bist übrigens auch einer«, murmelte Johnny mürrisch.

»Und warum soll ich nicht?« fragte Murdoch etwas hitzig. »Leute, die schon so lang leben wie ich, sind immer Tory. Mit den Jahren wächst die Vernunft, verstehst du.«

Johnny rächte sich mit einer zusammenhanglosen Bemerkung über die Senilität der Tory-Partei im allgemeinen und die vergleichsweise Jugendlichkeit des Sozialismus.

»Sozialismus! Da hab ich doch lieber Rheumatismus als Sozialismus. Ist leichter zu kurieren«, keckerte Murdoch, den keine der beiden Krankheiten je gezwickt hatte. »Ihr jungen Leute«, fuhr er fort, »solltet überhaupt nicht wählen dürfen, dann wär der Sozialismus nie aufgekommen und könnt uns alte Leut nicht ärgern. Ihr habt überhaupt keine Vernunft«, schloß er geringschätzig.

»So jung bin ich auch wieder nicht«, wandte Johnny ein. »Ich werd bald vierzig.«

Murdoch spuckte übertrieben verächtlich aus. »Vierzig!« rief er vernichtend. »Vierzig!« wiederholte er. »So was ist ein Kükenalter. Man sollt erst wählen dürfen, wenn man seine Altersrente kriegt. Man sollt beides zusammen beantragen.« Stolz nahm er seinen Platz an der Spitze des Zuges wieder ein und machte keine weitere Bemerkung, bis er uns an seiner Drahtmatratzentür gute Nacht wünschte.

»Johnny ist demnach glühender Sozialist?« fragte ich, als Murdoch verschwunden war.

»Aye«, warf Lachy ein. »Sein Leben lang war er ein guter Sozialist, außer an Wahltagen.«

Johnny lachte verlegen.

»Heut hatten wir wieder eine von den neugierigen Sozialarbeiterinnen zu fahren«, nahm Lachy den Faden wieder auf.

»Hattet ihr heut eine Fahrt?« fragte Morag überrascht.

»Aye, hatten wir. Und dieses Sozialweib war ganz schön seekrank, kann ich euch sagen.«

»Und was habt ihr gemacht?« fragte Johnny.

»Mit der war nichts zu machen«, erwiderte der andere gleichmütig. »Die war erledigt. Ich konnt sie nur am Ufer hochziehn bis oberhalb der Flutlinie.«

»Ihr hättet aber schon mehr für sie tun sollen«, schalt Morag. »Hättet ihr sie nicht irgendwie wieder auf die Beine bringen können?«

»Ich? Die wieder auf die Beine bringen?« echote Lachy. »Warum sollt ich?« Dann glaubte er den Grund für Moragს Mahnung zu erraten und ergänzte ganz materialistisch: »Das ging schon in Ordnung, braucht ich nicht, sie hatte schon bezahlt.«

Das Gespräch über Seekrankheit bei Menschen wandte sich nun einem weit wichtigeren Thema zu: Krankheit bei Tieren. Wir kamen an die Grenzmauer, und als ich gerade »rüberspringen« wollte, fing Morag an, sich auf das genaueste nach einer Kuh von Lachy zu erkundigen, die seit einiger Zeit kränkelte.

»Es ist nicht recht, daß sie einfach so weitermacht«, sagte er zu ihr. »Sie ist alt und sie ist krank, und morgen früh erschieß ich sie.«

Morag pflichtete ihm bei, daß es hohe Zeit sei, das Tier wegzutun. Später, als ich meine Wärmflasche füllte, meinte sie als Antwort auf meine Frage, Lachy würde weit zuverlässiger und ordentlicher das Tier von seinen Leiden erlösen als der »Abticker«.

Nachts sprang der Wind um, wie Murdoch und die Aurora Borealis es prophezeit hatten, und brachte einige Stunden sintflutartige Güsse aus dem Westen. Morgens war der Boden überall klatschnaß, und die Schwarzjohannisbeerbüsche standen trübselig in einem kleinen Tümpel.

»Haben Sie Ihre arme alte Kuh denn nun erschossen?« fragte ich Lachy, als ich ihm begegnete.

»Nein, hab ich nicht«, erwiderte er düster. »Ich glaub, ich werd doch noch den Abticker rufen müssen, damit der es macht.«

Ich glaubte ihn zu verstehen. »Es kann nicht besonders erfreulich sein, ein Tier zu erschießen, das man so viele Jahre gehabt und liebgewonnen hat«, meinte ich teilnehmend.

»Ach, das ist es gar nicht.« Hastig verwarf Lachy die Unterstellung, er könne die Tat aus sentimentalen Gründen unterlassen haben. »Ich hab sie erschießen *wollen*«, fuhr er mannhaft fort, »aber wie's soweit war, hab ich gemerkt, daß sie in der Nacht feucht geworden ist und so dick geschwollen, daß ich sie nicht in den Lauf krieg.«

Er unterstrich dieses Geständnis eines absoluten Unvermögens, indem er eine unleugbar aufgequollene, aber keineswegs weiblich wirkende Schrotpatrone vorwies.

Die Tanzveranstaltung

Vorankündigung

Ein Festkonzert mit Künstlern aus Glasgow mit
anschließendem Ball und einem Wettbewerb um
den Preis für das hübscheste Mädchen
findet statt
am 30., Freitag nächsten Monat

Männer 4 s Damen 3 s, 6 d
& wie üblich ein Paket Seifenflocken
Keine Einzelkarten
Kommt, Mädchen, hier ist Eure Chance
zu glänzen
Erlös dient wohltätigen Zwecken
D.v.

Das unordentlich gekritzelte Stück Papier hing im Schaufenster des Kramladens, und ich sah es mir genauer an. Der schwarze Bleistift auf dem abgerissenen Stück Packpapier sah aus wie der erste Versuch eines Kindes mit dem Druckkasten. Bedeutungsvoller wirkte ein anderes, auf dem »Verkauf von weiblichen« für kommenden Sonnabend angekündigt war. Da es sich dabei um Kühe handelte, interessierte es mich nicht sonderlich. Die Balleinladung jedoch war entschieden bemerkenswert. »Keine Einzelkarten« deutete ich mir als den verständlichen Wunsch der Organisatoren, es möchten weder Ball noch Konzert zu einem finanziellen Fiasko werden, wie es der Fall sein konnte, wenn man Einzelkarten verkaufte.

Die Aufforderung, Seifenflocken mitzubringen, verwirrte mich ein wenig, doch inzwischen wohnte ich lange genug in Bruach, um zu wissen, daß viele Bewohner noch im biblischen Zeitalter lebten. Es schien nicht ausgeschlossen, daß beflissene Mägde in biblischer Demut den Ankommenden die Füße waschen würden. Das D.v., eine Abkürzung von *Deo volente*, so Gott will, schien mir ungewöhnlich, doch hatte ich erzählen hören, daß einer der Sekretäre des Ballkomitees schon einmal mit der Kasse durchgegangen war, und so fand ich das Zitat durchaus passend.

Gesellschaftliche Ereignisse waren in Bruach praktisch nonexistent, was teilweise darauf zurückzuführen war, daß es nirgends einen größeren Raum gab, teilweise auch darauf, daß die Schulleiterin und der Gemeinderat so kalvinistisch gegen jegliche Unterhaltung eingestellt waren, daß sie jeden Meineid schworen, um zu verhindern, daß der Schulraum zu etwas anderem benutzt wurde als dem täglichen Unterricht. Es traf sich glücklich, daß ein Nachbardorf, das über ein nebuloses und meistens auch lethargisches »Komitee« sowie eine großartig als »Gemeindesaal« bezeichnete ehemalige Scheune verfügte, manchmal ein Konzert oder eine Tanzerei veranstaltete, gewöhnlich zu einem undurchschaubaren wohltätigen Zweck, und dazu auch alle Bewohner Bruachs einlud, die Lust hatten zu kommen. Die Aussicht auf ein solches Ereignis fand in der ganzen Gegend ausnahmslos größtes Interesse, und man konnte sich darauf verlassen, daß so gut wie jeder Einheimische hinging, mit Ausnahme derjenigen, die durch religiöse Skrupel oder Rheuma zurückgehalten wurden. Im vorliegenden Fall war das »Komitee« sichtlich entschlossen, sich besonders hervorzutun. Eine Schönheitskonkurrenz war mit Sicherheit für jung und alt eine unwiderstehliche Zugnummer.

Ich stieß die knarrende Tür auf und wagte mich in den schlecht beleuchteten Laden, in dem ein Junge in fadenscheinigem braunem Kilt und mit dungverkrusteten Tennisschuhen den Kopf auf den Ladentisch stützte, während der Krämer dahinter über dem dunklen Kopf des Jungen geschickt die Schere handhabte.

»Hallo, einen wunderschönen Nachmittag, Miss Peckwitt«, begrüßte mich der Krämer in einem Ton, der zu dementieren suchte, daß er mich schon seit fünf Minuten genauestens beobachtet hatte: zwischen einem Paar handgestrickter Socken und einer Reklame für Salbe gegen die Dasselfliege. Bei seinen Worten fuhr der Kopf vom Ladentisch in die Höhe, wurde aber von der ungeduldigen Hand des Krämers sofort wieder hinuntergedrückt.

»Halt still, Johnny«, drohte der Amateurbarbier und riß dem Jungen strafend eine Handvoll Haare aus. »Versuch es noch mal, dich rumzudrehn und zu glotzen, und ich schneid dir den ganzen Schopf ab.«

Der Kopf, den ich nun als den meines einstigen Angellehrers erkannte, blieb gehorsam liegen. Der Krämer zwinkerte mir vertraulich zu.

»Das kommt davon, wenn man mit seinen Haaren bis zum Sonnabend wartet«, schalt er scherzend, »dann eilt es, weil man's noch vor dem Sabbat schneiden lassen muß, was, Johnny?«

Der Kopf auf dem Ladentisch knurrte, und während der Krämer eifrig die Arbeit wieder aufnahm, beobachtete ich fasziniert, wie ein unregelmäßig geformter Fleck auf Johnnys Skalp kahlgeschoren wurde und büschelweise krause schwarze Haare steif auf den Ladentisch fielen. Der Krämer, angespornt durch mein Interesse und im Vertrauen auf meine Bewunderung, fuhr fort zu schnippeln und zu plaudern, bis die eine Hälfte von Johnnys Kopf feinem Sandpapier glich und die andere Hälfte einem vom Sturm gebeutelten Heustock. Dann wurde mir zum zweitenmal zugezwinkert.

»Na, wie finden Sie's denn, Miss Peckwitt?« fragte er und legte endgültig die Schere hin. »Sieht er nicht hübsch aus?« Und zu dem Jungen gewandt: »Jetzt lauf, Johnny, ich bin fertig.«

Johnny fuhr sich prüfend über den Kopf, ohne ihn vom Ladentisch zu heben, und ließ ein ersticktes Stöhnen hören.

»Los, verschwinde«, wiederholte der Krämer und gab ihm einen Schubs, »den Rest mach ich Montag.«

Der Kopf des Jungen rührte sich nicht, aber ein Kichern drang zwischen ihm und der Tischplatte hervor.

»Na schön.« Der Peiniger gab lächelnd nach. »Aber du mußt warten, bis ich Miss Peckwitt gegeben hab, was sie braucht.«

Der Kopf nickte beklommenes Einverständnis. Ich bestand jedoch darauf, daß zuerst der Haarschnitt beendet werden solle, ehe man mich bediente. Ich hätte es, verkündete ich, nicht im geringsten eilig. Aber, so meinte ich, von dem etwa siebenjährigen Bürschchen könne man das wohl nicht sagen, das unmittelbar nach mir atemlos ins Geschäft gestürzt war und seitdem dastand, vom Krämer geflissentlich übersehen, und mit seiner halben Krone diskret auf den Ladentisch klopfte. Auf meine Mahnung hin musterte der Krämer den Jungen mit vernichtendem Blick.

»Was pressiert denn so, Ally Beag?« fragte er scharf.

»Ich möchte ein halbes Pfund Backpulver«, flüsterte Ally Beag mit einem angstvollen Seitenblick auf mich.

»Es ist schon bald sieben«, sagte der Krämer streng. Da der Laden nie vor etwa acht, ja sogar neun Uhr schloß, konnte ich mir nicht vorstellen, was er mit dieser anscheinend irrelevanten Bemerkung sagen wollte. »Wozu braucht denn deine Mutter um diese Zeit am Sonnabend abend Backpulver?« fuhr er mit grimmigem Stirnrunzeln fort.

Ally Beag wurde sichtlich kleinlaut. »Sie braucht's zum Kuchenbacken«, stammelte er.

Der Krämer hob ruckartig die Brauen. »Tatsächlich?« fragte er herablassend. »Heut abend, sagst du?«

Ally Beag nickte ängstlich.

»Nein, das tut sie nicht«, sagte der Krämer hämisch. »Sie geht nämlich mit Anna Vic heute abend zum *ceilidh*, und es trifft sich gut, daß ich weiß, daß sie nicht gleichzeitig backen kann.«

Er hielt inne und unterstrich die folgenden Worte, indem er mit der Schere auf Johnnys Kopf klopfte: »Wenn ich ihr jetzt Backpulver geb, bäckt sie am Sabbat. Geh jetzt heim und sag ihr,

Backpulver hab ich erst wieder am Montag früh«, befahl er und setzte dann noch geheimnisvoll hinzu: »Das versteht sie dann schon.«

Ally Beags Sommersprossengesicht rötete sich, doch da er nicht widersprach, ahnte möglicherweise auch er, daß seine Mutter vorhatte, den Sabbat zu entheiligen. Die Augen verzweifelt auf die eiserne Miene des Krämers geheftet, schlich er sich aus dem Laden.

»Wenn's wegen ihrem Magen gewesen wär, hätt sie's gekriegt«, entschuldigte sich der Krämer tugendhaft und begann wieder zu schnippeln. »Ich bin nicht der Mann, jemand was zu verweigern, wenn er's wirklich braucht.«

Nach ein paar Minuten kam ein geknickter Ally Beag wieder, nahm sich schweigend drei feucht aussehende Brotlaibe aus der Pappschachtel neben der Kasse und bot dem Krämer mit niedergeschlagenen Augen nochmals die halbe Krone an. Der Krämer nahm sie mit selbstgefälligem Schmunzeln und knallte das Wechselgeld auf den Ladentisch. Der besiegte Ally preßte seine Brote an die Brust und stahl sich aus dem Laden, argwöhnisch beobachtet vom Krämer, der ihm zwischen der Schaufensterauslage hindurch nachsah und vielsagend nickte. Ich sollte wohl noch erwähnen, daß der Krämer Kirchenältester war. Es ist die Pflicht eines Kirchenältesten (außer den Pfarrer davon abzuhalten, zu weltlich zu werden), das Abirren seiner Herde vom rechten Pfad zu verhindern. Wie er es fertigbrachte, seine kalvinistische Frömmigkeit mit dem in seinem Schaufenster aushängenden Plakat in Einklang zu bringen, gehörte zu den Inkonsequenzen Bruachs, die mir stets unbegreiflich bleiben werden.

Als Johnnys Kopfhaut nur noch durch eine Andeutung von Stoppeln leuchtete, wurde er losgelassen, und während der Barbier sein Kunstwerk betrachtete, rieb sich das Opfer mit verlegenem Grinsen in meine Richtung heftig wieder Form und Farbe in seine kaum nennenswerte, plattgedrückte Nase. Mit einem Schwung seines Arms wischte der Krämer die dunkle Masse Haar vom Ladentisch, und während Johnny davonlief, wandte er sich salbungsvoll lächelnd an mich.

»Bitte ein halbes Pfund Backpulver«, sagte ich kühn, obwohl Backpulver nicht auf meiner Einkaufsliste stand. Bildete ich es mir nur ein, daß seine schweren Lider gekränkt zuckten? Sicher war dem so, denn er zeigte keine Spur von Zögern oder Widerstreben, griff hinauf in ein Fach und händigte mir eine Tüte fertig abgepacktes Backpulver aus. Offenbar war meine Seele ohnehin unrettbar verloren.

»Wenn Sie Äpfel und Birnen brauchen«, bot er großmütig an, »gestern sind welche mit dem Bus gekommen.«

»Wie gut!« rief ich aus. »Beides esse ich riesig gern.«

»Aye«, bestätigte er. »Das weiß ich doch.«

Dazu muß ich erklären, daß Obst jeder Art in Bruach nur selten zu haben war, und wenn, wurde es rationiert wie Gold.

»Mit den Birnen ist es aber doch komisch«, bemerkte der Krämer im Plauderton, als er den Korb zur Besichtigung auf den Ladentisch hob. »Schauen Sie: Da hat jemand von jeder ein Stück abgebissen.«

Er hielt die Birnen einzeln in die Höhe. Jede Birne, obschon sonst einwandfrei, trug unbestreitbar die Spuren von Zähnen – und zwar sehr guten Zähnen.

»So was ist doch ekelhaft!« bemerkte ich und ließ im Geist die Gebisse meiner Nachbarn Revue passieren, sowohl die natürlichen wie die falschen. Dem Krämer fehlten zwei Vorderzähne, er konnte nicht der Schuldige sein.

»Wirklich eine Schande«, bestätigte er und verstaute die Birnen sorgfältig wieder im Korb. »Aber wissen Sie, Miss Peckwitt, der Busfahrer schwört, daß sie tadellos waren, als er sie übernahm, es kann also nur einer aus der Gegend gewesen sein.« Noch während ich mich wunderte, wieso das ein Trost sein sollte, schloß er listig: »Wär's jemand vom Festland gewesen, hätt ich höchstens die Hälfte davon noch verkaufen können.«

Ich sagte, ich wolle ein Pfund Äpfel.

»Sie haben selber auch gute Zähne«, sagte er beim Abwiegen. Ich fand das Kompliment etwas taktlos. Gekränkt wies ich die Unterstellung zurück, worauf er mit verdächtigem Nachdruck beteuerte, ein solcher Gedanke wäre ihm nie gekommen. Doch widersprach er sich sofort, indem er sich entschlüpfen ließ, seine Erkundigungen hätten ergeben, daß ich nicht unter den Fahrgästen des Busses gewesen sei. Doch meine Unschuld schien zufriedenstellend erwiesen, sonst hätte er mich zweifellos unter die verderbten Festlandbewohner eingestuft, und die Birnen wären demgemäß ganz unverkäuflich gewesen.

In Bruach hat es wenig Sinn, bei Kränkungen nachtragend zu sein. Ich sagte daher freundlich: »Wie ich höre, soll es ein Konzert und eine Tanzerei geben.«

»Ja, das stimmt«, bestätigte der Krämer, und wie im Schreck darüber, daß es ihm entfallen war, griff er ins Fenster und drehte das Plakat um, so daß die Vorankündigung nicht mehr den Sabbat entheiligen konnte.

»Wie gut, daß wir das rechtzeitig erfahren«, sagte ich.

»Ist auch nötig«, versicherte er mir in vollem Ernst. »Die Leute müssen doch ihre Pläne machen.«

»Wozu die Seifenflocken?« fragte ich.

»Um den Boden schlüpfrig zu machen«, erklärte er, »aber ich glaube, die brauchen ganze Seifenstücke, um die Löcher zu füllen, wo sich die Ratten durchgenagt haben.«

Ich fragte, warum sie dazu nicht Talkum benutzten.

»Talkum?« wiederholte er. »Das führe ich nicht. Was ist denn das für ein Zeug?«

Hinsichtlich der Eigenschaften von Talkum konnte ich ihn aufklären, doch es machte ihm keinen Eindruck. Seifenflocken, behauptete er, seien das Beste der Welt, um sich an die Nagelstiefel der Männer zu heften. »Das macht sie leichter zu Fuß«, schloß er. Diesmal war die Reihe an mir, mich überlegen zu fühlen.

Die Aussicht auf einen Ball, bei dem die Tanzpartner Nagelstiefel trugen, hatte für mich nichts Einladendes, schien aber das übrige Dorf nicht abzuschrecken. Bald nach Auftauchen des Plakats und der Ankündigung einer Schönheitskonkurrenz, bei der nur die Männer Stimmrecht hatten, begannen die Mädchen mit lächelnder Koketterie die männliche Bevölkerung so beharrlich zu umwerben wie ein künftiges Parlamentsmitglied seine Wähler. Wenn man dem Krämer glauben wollte, hatte das Geschäft mit Kosmetikartikeln beträchtlich angezogen, die bisher verachtet samt Ansichtskarten, Klosettpapier und Andenken in die unergründlichen Tiefen des Ladens verbannt gewesen waren (außer in der Fremdensaison). Wenn man Lachy glauben wollte, hatten bereits fünf liebliche Maiden sich angeboten, ihm die Eintrittskarte zu bezahlen, wenn er ihnen bei der Wahl seine Stimme versprach, und mit seelenruhiger Unverschämtheit äußerte er die Absicht, alle fünf Angebote anzunehmen. Selbst der Vorarbeiter beim Straßenbau, ein hartgesottener Junggeselle, beklagte sich über Störungen durch abendliche Serenaden weiblicher Stimmen, und die Dorftrottel glaubten eine sonderbare Neigung zur Liebenswürdigkeit bei Mädchen wahrzunehmen, die sie bisher nur mit sarkastischen Bemerkungen über ihre Unzulänglichkeiten bedacht hatten.

Die Mägdelein neckten sich gegenseitig gnadenlos, in der einzigen Absicht, die Aufmerksamkeit auf die Mängel der jeweils anderen zu lenken. Sie posierten, sie hingen an jedem Wort der Männer, sie brachten es fertig, je nach Situation ausgelassen, verführerisch oder unverfroren zu sein, sie drehten sich die Haare ein, sie rollten mit den Augen und klimperten mit den Wimpern, sie studierten aufmerksam Versandkataloge für Kleider, sie experimentierten freimütig mit Lippenstift und Puder, und eingedenk der altehrwürdigen Art, die Herzen der Männer zu umgarnen, richteten sie auch ein bißchen Augenmerk auf das Backen von Scones und Haferkuchen.

Und die Männer, die genau merkten, was los war und welchen Grund es hatte, betrachteten die Kniffe und Listen der Kandidatinnen mit kühlem, undeutbarem Lächeln.

Als der Tag des Balles näher rückte, traf ich ständig Leute jeder Altersklasse und Größe beiderlei Geschlechts, die verstohlen Tanzschritte übten. Im Moor beobachtete ich eines Tages von jenseits eines günstig gelegenen Hügelchens, wie eine stämmige Frau in Gummistiefeln mit zerlumptem Rock unbeholfen um einen Torfstapel tänzelte, dabei Torfstücke sammelte und in ihren Rückenkorb warf. Je mehr der Rückenkorb sich füllte, desto weniger erkennbar wurden die Tanzschritte, doch selbst als er schon ganz gefüllt war, ließ sie nicht nach, und als ich das letzte Mal hinschaute, sah ich sie bemüht, in einem schottischen *strathspey* über den schmatzenden Moorboden heimzuhüpfen.

Ein paar Tage später traf ich hinter einer Wegbiegung auf einen Trupp robuster Wegmacher, die trotz gewaltiger, eisenbeschlagener Stiefel mit ihren Schaufeln und Pickeln als Partnerinnen zur Melodie des ›Dashing White Sergeant‹ eine Art Polka tanzten. Die Musik lieferte der Vorarbeiter, der mit mehr Begeisterung als Talent auf einer winzigen Mundharmonika spielte, während nicht weit davon eine verlassene Dampfwalze prustend den Refrain übernahm. Als der Musiker müde wurde, verkündete er, daß es jetzt schon fünf Uhr vorbei sei, woraufhin die Männer, sein heftiges Verurteilen ihrer Fahnenflucht ignorierend, ihre »Partnerinnen« neben der Straße klirrend auf einen Haufen warfen und sich davonmachten. Verdrießlich steckte der Vorarbeiter sein Instrument in die Tasche und ging hinüber zur Dampfwalze. Ein letztes Wölkchen stieg aus dem kleinen Schornstein, ein langgezogener Seufzer – dann Stille.

»Gehn Sie auch zum Ball?« rief ich hinüber.

»Ich doch nicht«, erwiderte der Vorarbeiter verächtlich. »Bei solchen Tanzereien gibt's zuviel Weiber und zuviel Bier.«

Der letzte Teil dieser Bemerkung eines Mannes, der erst kürzlich zu betrunken gewesen war, um zu unterscheiden, ob er auf einem Primuskocher oder einer Distel saß, war verblüffend.

»Sie halten nicht viel vom Trinken?« fragte ich ihn.

»Bei Bier nicht«, erwiderte er. »Biertrinken bringt den Menschen schneller um als alles andre.«

»Tatsächlich?«

»Ganz sicher«, sagte er sehr bestimmt. »Erst neulich zum Beispiel hab ich von zwei Freunden gehört, sie wären tot. Gleich zwei, verstehn Sie, und beide Biertrinker.« Er schüttelte traurig den Kopf. »Und nun schaun Sie mal mich an«, fuhr er fort, als wir neben seiner kleinen Hütte kurz stehenblieben, »ich bin Whiskytrinker, seit ich zwölf war. Gallonen muß ich mit der Zeit getrunken haben und war keine Minute krank und hat mir auch nie was weh getan.«

Als er sich bückte, um die Tür zu seiner Hütte aufzuschließen, fiel mein Blick auf den knallbunten eingesetzten Hosenboden in seiner sonst einfarbigen Beinbekleidung.

Der Tag des Konzerts war kalt, aber trocken, die Nacht sogar noch kälter. Die Dämmerung begann gerade über die Festlandhügel zu kriechen, und ein einziger Stern funkelte schwach, als Morag und ich uns zu Fuß zum »Gemeindesaal« aufmachten. Wir hatten beschlossen, uns nicht im klapprigen Bus einzwängen zu lassen. Wir nahmen eine Abkürzung durch die Crofts, vorbei an niedrigen, strohgedeckten Stallgebäuden, in denen Viehketten behaglich klirrten, vorüber an groben kleinen Lehmhütten, in denen Hühner fragend gluckten und Enten besorgt quakten, vorüber an einem kräftig stinkenden Misthaufen – das heißt, ich wäre gern vorübergekommen, wäre ich nicht in den Anblick des Nachthimmels versunken gewesen und meine Begleiterin nicht in den der Wäscheleine eines Nachbarn. Morag entging dem Misthaufen um wenige Zentimeter, ich aber lief mitten hinein in das gräßliche Ding.

»Verflixt noch mal«, rief ich ärgerlich und blickte auf meine völlig verdreckten Schuhe und Strümpfe.

»Machen Sie sich nichts draus«, tröstete Morag. »Das hält wenigstens Ihre Beine schön warm.« Sie lachte gluckernd. »Wie sagen die Engländer, wenn's Ärger gibt? Kopf hoch, nicht wahr?«

Ich bestätigte, daß dieser Ausdruck gebräuchlich sei, und hielt den Kopf hoch, doch war es weniger Seelenstärke als vielmehr der Mistgestank, der mich zwang, den Rat buchstabengetreu zu befolgen.

Auf der oberen Straße trafen wir die Schwester des Postboten, die ebenfalls zum Konzert wollte. Die Begegnung erinnerte mich daran, daß ich einen Brief erwartete, den ich besonders rasch beantworten wollte, doch die Aufregungen des Abends hatten ihn aus meinem Gedächtnis getilgt – bis zu diesem Moment.

»Du meine Güte«, sagte ich betroffen. »Ich hätte auf den Briefträger warten sollen. Ich erwarte Post.«

»Ich glaube nicht, daß es heute abend Post gibt«, erklärte die Schwester des Postboten freundlich, »oder jedenfalls nur ganz wenig, mein Bruder will nämlich auch ins Konzert.«

»Oh«, sagte ich einigermaßen überrascht, »trägt er die Post nicht aus, wenn es ein Konzert gibt?«

»Aber nein, bestimmt nicht, wie soll er denn mit der Post fertig werden, wo das Konzert um acht Uhr anfängt?« fragte sie streng logisch.

Ich mußte zugeben, daß das unmöglich sei. »Aber«, beharrte ich törichterweise, »was passiert denn, wenn sehr viel von so einem Brief abhängt? Ich meine, wenn es etwas wirklich Wichtiges ist? Woher soll er das wissen?«

Der Blick, mit dem sie mich von meinen Dauerwellen bis hinab zu meinen gut gedüngten Füßen musterte, war vernichtend.

»Hören Sie«, rügte sie mich eisig, »meinen Sie, mein Bruder war nie in der Schule? Glauben Sie, er kann nicht lesen?«

Ganz geknickt beteuerte ich, so etwas nie zu unterstellen, und Morag kam mir hastig zu Hilfe, indem sie der Frau Vorwürfe machte, so etwas von Miss Peckwitt geglaubt zu haben. Miss Peckwitt wisse sehr wohl, daß die von der Post immer lesen und auch schreiben könnten. Sie wisse auch genau, daß der Postbote die Empfangsbescheinigungen für ihre Einschreibpäckchen immer selber unterschreibe, ohne Miss Peckwitt damit zu belästigen. Etwas besänftigt durch Morags Worte, ließ die Schwester sich herbei, das Thema zu wechseln. Ihr Verhalten blieb jedoch kühl, und ich glaube, sie hat mir nie wirklich verziehen, was sie für eine empörende Ansicht vom Bildungsstand ihres Bruders ansah. Morag erklärte mir später, daß der Vorgänger des jetzigen Briefträgers tatsächlich nicht hatte lesen können, und das habe die Schwester in diesem Punkt möglicherweise etwas empfindlich gemacht.

»Wie konnte er denn die Briefe zustellen, wenn er nicht lesen konnte?« wollte ich wissen.

»Er gab uns einfach das ganze Bündel, und wir haben dann unsre rausgesucht«, erwiderte Morag.

Trotz des Unfalls mit dem Misthaufen kamen wir noch rechtzeitig genug zum Konzert. Bei unserem Eintreffen war der Saal erst halb voll.

»Kommen Sie, wir suchen uns schnell gute Plätze«, sagte Morag und belegte eilig zwei Sitze auf einer langen Holzbank mit betrunken aussehenden Beinen, auf die wir uns behutsam niederließen. Ich glaubte, die Bänke schon einmal irgendwo gesehen zu haben.

»Die sind aus der Kirche«, erklärte Morag.

»Mich wundert, daß der Missionar erlaubt, die Kirchenbänke für ein Konzert zu benutzen«, sagte ich. »Ist er denn mit so etwas einverstanden?«

»Nein, nein, bestimmt nicht«, meinte Morag, »und sie hätten sie auch gar nicht gekriegt, wenn er davon gewußt hätte.« Dann erklärte sie mir, daß das »Komitee« sich die Bänke ohne Benachrichtigung des Missionars genommen hatte, was bei der Entfernung zwischen dem Missionshaus und dem Gemeindesaal mit beträchtlicher Heimlichkeit vollbracht worden sein mußte. Das sagte ich auch Morag. Ihr Gesichtsausdruck, als sie sich mir zuwandte, war eine bemerkenswerte Mischung aus Mitleid und Schelmerei.

»Sie können sich drauf verlassen, der Missionar drückt beide Augen zu, wenn er was nicht sehn will«, sagte sie und schloß treuherzig: »Eigentlich ist er nicht schlecht, das muß ich zugeben.«

Wir saßen noch lange auf unserer unsicheren Bankreihe. Zwischendurch stand Morag immer wieder auf und winkte einer Freundin auf der anderen Seite des Saales zu, doch erst etwa eine Viertelstunde bevor das Konzert beginnen sollte, füllte sich der Saal rascher. Die Leute traten zu Gruppen zusammen, kümmerten sich nicht um die Klavierakkorde, die von Zeit zu Zeit hinter dem Bühnenvorhang hervordrangen, und unterhielten sich angeregt. Ohne Vorwarnung teilte sich dieser Vorhang plötzlich, und die Zuhörer machten sich bereit, einen Teil ihrer Aufmerksamkeit der Bühne zuzuwenden. Doch einen Augenblick später schloß sich der Vorhang wieder, was mit durchdringenden Pfiffen und abfälligen Bemerkungen auf gälisch aus dem Hintergrund des Saales quittiert wurde, wo die schwatzenden Gruppen wenig Neigung zeigten, sich zu setzen.

»Ach, die üben nur, ob die Vorhänge funktionieren.« Eine Wolke von scharfem Pfefferminzlikör und Whisky hüllte uns ein, als ein großer, rotgesichtiger Jüngling sich vorbeugte, um uns diese streng vertrauliche Mitteilung zu machen. Seine Aussage wurde dadurch bekräftigt, daß in den nächsten zehn Minuten der Vorhang sich immer wieder öffnete und schloß und durch Übung und ein bißchen Nähmaschinenöl seine Leistung vom Majestätisch-Getragenen bis zum schwungvollen Übermut steigerte, wobei er den interessierten Zuschauern nicht mehr zu bieten hatte als eine leere Bühne. Um so erschrockener war man, als nach einem besonders eindrucksvollen Zusammenwogen der Vorhänge diese durch eine sich verbeugende Gestalt in vollem Glanz der Highlandertracht getrennt wurden. Sie verkündete, das Konzert werde nun beginnen und die erste Nummer des Programms sei ein Lied mit dem Titel – »Zum Teufel, Euan, nun laß das doch«. Der Titel wurde anschließend korrigiert und hieß ›The Bonnie Bonnie Hoose o' Airlie‹, da der Versprecher offenbar durch ein aufs neue beginnendes Tänzchen der Vorhänge ausgelöst worden war – vermutlich durch einen gewissen Euan – zusammen mit dem Pech, daß der Ansager zufällig auf dem Saum der einen Vorhanghälfte stand und nur mit knapper Not vermied, auf dem Glatzkopf eines der illustren Honoratioren zu landen, der steif vor Würde und Entsetzen in der Mitte der ersten Reihe saß. Auch wurde bekanntgegeben, daß der Klavierspieler erkrankt sei und wir den örtlichen Schuster besonders freundlich begrüßen sollten, der sich angeboten habe, die Begleitung zu übernehmen. In diesem Augenblick stürmte der stämmige Schuster, der laut Morag »im Krieg Klavier gelernt hatte«, mit rotem Gesicht auf die Bühne und begann, ohne sich um unseren dankbaren Beifall zu kümmern, das Klavier in die richtige Position zu manövrieren, etwa wie eine Geschützmannschaft eine steckengebliebene Kanone. Als er endlich zufrieden war, schlug er sehr fachgerecht (*seinem* Fach natürlich) einige Akkorde an und drosch dann mit einer Heftigkeit drauflos, daß er zwangsläufig zwischendurch pausieren und an seinen schmerzenden Fingern lutschen mußte. Die Begeisterung, mit der man ihn aufnahm, war unverkennbar. Die Zuhörer schrien sich heiser (den Stimmen einiger Sänger nach zu schließen, hatten auch sie sich beteiligt) und ließen sich erst beim Auftritt des ersten Künstlers auf ihre Sitze nieder, was nach Lage der Dinge entschieden riskant war.

Es wunderte wohl niemand, daß die übrigen Künstler nach den ersten paar Liedern lieber unbegleitet auftraten. Der nun entlassene Schuster watschelte zu seinem Platz, von dem aus er seinen Bewunderern mitteilte, er hätte weit besser gespielt, wenn er nicht in den letzten paar Tagen hätte Schafe verladen müssen und vom Wollfett weiche Hände gekriegt hätte.

Die Sänger – die meisten von ihnen in Highlandertracht – trugen ihr Repertoire mit konzentriertem Ernst vor, und die Zuhörer lauschten hingerissen. Da erscholl plötzlich ein ohrenbetäubender Schrei von Anna Vic. Dieser Zwischenfall ging auf das Konto von Murdoch, der sich an seine neue Pfeife zu gewöhnen suchte und sie, ganz hingerissen vom Gebotenen, in Gedanken über dem Ausschnitt von Anna Vics Kleid ausgeklopft hatte, wodurch ein Strom heißer Asche der Unglücklichen den Nacken hinabrieselte. Noch immer heftig schimpfend, wurde die korpulente Dame von ihren beiden Töchtern aus dem Saal geführt, deren eine, angespornt durch Kichern und Ratschläge von allen Seiten, vergeblich versuchte, das Kleid vom üppigen Rükken der Mutter wegzuhalten. Der Sänger, dem das abirrende Interesse seines Publikums nichts ausmachte, sang tapfer weiter, und es dauerte kaum einige Minuten, da war die mißhandelte Anna Vic wieder da, warf indignierte Blicke auf den äußerst amüsierten Murdoch, schien aber durch das Abenteuer nicht gelitten zu haben. Sie lehnte es eigensinnig ab, sich wieder auf ihren Platz zu setzen, und blieb für den Rest des Konzerts stehen. Ob diese Entschlossenheit jedoch auf Befürchtungen oder auf Brandblasen zurückzuführen war, konnte ich nur mutmaßen.

In jener Nacht wurden viele Lieder gesungen, manche mit mehr Temperament als Können, deren Refrains dann von allen Anwesenden inbrünstig mitgebrüllt und mit einer Begeisterung bejubelt wurden, die sowohl für die Sitzgelegenheiten wie für die Ohren gefährlich war. Es gab auch einen Komiker, der den Zuhörern ausnehmend gefiel, obwohl sie ihre Heiterkeit in ihren Taschentüchern erstickten und jeden Witz mit eisigem Schweigen aufnahmen. Eine Weile kämpfte der Komiker wacker, aber schließlich verzweifelte er daran, dem Publikum auch nur ein einziges hörbares Kichern zu entreißen. Sein Plaudern wurde belanglos, und er verließ die Bühne als geschlagener Mann.

Als sich die Vorhänge zum letzten Mal geschlossen hatten, schlurfte alles langsam in Zweier- und Dreierreihen hinaus und formierte sich zu den üblichen schwatzenden Gruppen. Aus dem Saal drangen Poltern, Klopfen, Kichern und Musikfetzen, die unerläßlichen Begleitgeräusche gälischen Fleißes, und verrieten uns, daß der Tanzboden hergerichtet wurde. Ich wurde einer dürren, distanziert wirkenden Frau vorgestellt, die zu irgendeiner Zeit ihres Lebens einen unechten Oxfordakzent erworben hatte, mit dem sie mich im folgenden quälte. Wir wurden eingeladen, in der Pause in ihrem Haus Tee zu trinken, und da wir von der

Hitze und den erstickenden Gerüchen im Saal ausgedörrte Kehlen hatten, nahmen wir nur zu gern an.

»Die haben doch gut gesungen, was?« fragte die Gastgeberin, als sie uns die dampfenden Teetassen reichte.

»Ich hab mir echt die Hände wundgeklatscht«, übertrieb Morag.

»Ich auch«, erwiderte die Frau. »Und Sie, Miss Beckwith, wie fanden Sie das Konzert?«

»Leider nicht besonders«, gab ich offen zu.

»Also ich auch nicht«, schloß Morag sich an.

»Stimmt genau.« Unsere Gastgeberin vollzog dieses *volte face,* ohne mit der Wimper zu zukken. »Ich hab schon in meinem eigenen Haus besser singen gehört.«

»Sie haben doch eben gesagt, Sie beide hätten sich die Hände wundgeklatscht«, wies ich sie zurecht.

»Klar haben wir geklatscht«, versicherte Morag glaubwürdig, »die sind so weit gefahren, um für uns zu singen, und glauben sowieso, sie sind fabelhaft. Es wär nicht recht, wenn man sie enttäuscht hätte.«

»Wirklich nicht«, pflichtete die Gastgeberin mitfühlend bei, »das könnte man nicht. Also ich, ich bin gar nicht so scharf auf diese preisgekrönten Mod-Sänger, die klingen zu sehr wie im Radio.« (Ein gälisches *Mod* ist etwa dasselbe wie ein walisisches *Eisteddfod*, dabei werden im Wettstreit gälische Lieder gesungen.)

»Ich auch nicht«, bestätigte Morag, den Mund voll gebuttertem Haferkuchen. »Die klingen mehr wie Möwen mit Halsentzündung.«

»Schade, daß das Publikum den Komiker nicht mehr ermutigt hat«, sagte ich, als die beiden Frauen aufgehört hatten zu lachen. »Eigentlich hat er mir leid getan. Manche seiner Witze waren gut.«

»Er war wirklich komisch, das stimmt«, gaben sie zu.

»Aber es hat kein Mensch laut gelacht über seine Witze«, sagte ich.

»Man kann doch nicht einem Mann einfach ins Gesicht lachen, als wär er ein Vieh«, meinte Morag.

Ich wies darauf hin, daß ein Komiker vom Gelächter lebt, aber unsere Gastgeberin fiel mir ins Wort.

»Nein, das ist nur in England so«, verbesserte sie. »Hier ist das nicht der Brauch.«

»Das Lachen überlassen wir den Engländern«, kicherte Morag, »genau wie die Liebe. Meiner Seel, so wie die Engländer sich aufführen wegen dem Verlieben, könnte man meinen, die Liebe wär was zum Verpacken und mit Heimnehmen!«

»Haben Sie denn nie jemanden geliebt?« fragte ich.

»So was wie Liebe gibt es nicht«, sagte sie.

»Aber Sie waren doch verheiratet«, mahnte ich. »Waren Sie nicht in Ihren Mann verliebt?«

»Verliebt? Verliebt! Hören Sie mal: Es stimmt, ich war verheiratet. Ich hab einen recht guten Mann geheiratet, und er hat an mir ein recht gutes Weib gehabt, und wir hatten fünf Kinder miteinander. Wozu hätten wir da noch Liebe gebraucht? Von der Liebe versteh ich so viel wie von der Lektrizzität, und mit keinem von beiden möcht ich was zu tun haben, wenn's nach mir geht.«

Also sprach die praktische Morag, und es war schwer zu glauben, daß ich sie vor einer knappen Stunde bei einem besonders sentimentalen Lied verstohlen hatte die Augen wischen sehen.

Etwas später, als wir uns von der Frau mit dem Oxfordakzent verabschiedet hatten, die erst zum Tanzen gehen wollte, wenn sie ihren alten Vater sicher im Bett hatte, kehrten wir in den Saal zurück. Es wurde bald klar, daß die Mehrzahl der Gäste noch immer mit Bekannten *strupaks* oder, im Fall der Männer, illegalen Whisky im nächsten Gasthaus zu sich nahm, denn bis auf eine lustlose Gruppe Mädchen, die sich um den Eingang drapiert hatten wie schlaffe Fahnen, war der Ort seltsam verlassen. Die Mädchen erwachten kurz aus ihrer Betäubung, um Morag und mich zu begrüßen, und versanken dann wieder in einer Leblosigkeit, die dem Ort einen noch trostloseren Anschein gab, als er ohnehin schon hatte. Die Lichter im Saal brannten, doch es kam kein Laut von drinnen. Ich sah auf die Uhr. Der Tanz hätte laut Ankündigung um elf beginnen sollen, und jetzt war es schon eine halbe Stunde darüber.

»Was'n los?« wandte sich Morag an die Mädchen, die nur stumpfsinnig dreinschauten.

»'s ist die Kapelle«, gelang es einer schließlich zu antworten.

»Die Kapelle? Was ist mit der Kapelle?« fragte Morag.

»Die sind draußen hinterm Haus und raufen wie die Stiere«, sagte das Mädchen mürrisch.

»Raufen? Warum denn?«

Das Mädchen, das uns einer Antwort gewürdigt hatte, zuckte die Achseln, die übrigen verharrten im Stumpfsinn. Die Kapelle raufte eben, das wurde so philosophisch hingenommen, als sei »Raufen wie die Stiere« eine typische Gewohnheit aller Tanzkapellen.

»Vor paar Minuten haben sie geschworen, sie erwürgen sich.« Ein weiteres Mädchen kam mit einem Ruck zu sich und platzte schadenfroh mit dieser Information heraus.

»Wieviel Mann spielen denn in der Kapelle?« fragte ich und stellte mir so etwas wie eine Art Rugby-Gedrängel unter Musikern vor.

»Drei«, antwortete das erste Mädchen. »Sackpfeife, Fiedel und Akkordjonn.«

»Und wer hat geschworen, wen umzubringen?« fragte Morag.

»Ach, die Fiedel sagt, er will das Akkordjonn erwürgen, und das Akkordjonn ist drauf aus, die Fiedel zu erwürgen.«

»Und der Sackpfeifer?«

»Der ist zu betrunken, der kann nur noch sich selber erwürgen«, kicherten die Mädchen vergnügt.

Morag und ich hatten noch während dieser Mitteilungen verschiedenartige Kampfgeräusche wahrgenommen. Sie kamen von hinter dem Gebäude. »Ich seh mal nach«, sagte Morag mutig und eilte zum Ort der Auseinandersetzung.

»Was ist denn aus dem Ansager geworden?« fragte ich die Mädchen, nachdem zehn Minuten vergangen waren und es noch immer keine Anzeichen dafür gab, daß der Tanz begann.

»Der ist auch hinterm Haus«, sagten die Mädchen. »Er hat versucht, sie am Raufen zu hindern, aber um den kümmern die sich nicht.«

Im Vertrauen auf Morags Geschick, den Musikerstreit zu schlichten, und weil ich sah, daß die Mädchen noch immer die Seifenflockenpackungen an die Brust drückten, schlug ich vor, wir sollten nun tun, was von uns erwartet wurde. Ich ging voraus, und sie folgten mir, rissen die Pakete auf und streuten den Inhalt auf den Fußboden. Ich tat es ihnen gewissenhaft nach.

Die Bemerkung des Krämers, die Rattenlöcher könne man nur noch mit Seifenstücken auffüllen, schien nicht ganz abwegig. Einige Löcher waren heimtückisch, und selbst diejenigen Teile des Bodens, die die Ratten in Ruhe gelassen hatten, waren splitterig und rauh. Die Bretter quietschten und stöhnten, und stellenweise quoll schwarzer Lehm zwischen den Fugen herauf, wenn sie unter unserem Gewicht nachgaben. Selbst mit äußerster Anstrengung der Phantasie konnte man dies nicht als Tanzboden bezeichnen, aber für Nagelstiefel war er möglicherweise gut genug.

Nach und nach kamen jetzt mehr Leute, und gerade als wir mit unserem in der Nase kitzelnden Tun fertig waren, erschien auch Morag auf der Schwelle und führte besorgt zwei tragische und völlig verdreckte Gestalten herein. Der eine hatte ein blaues Auge und Nasenbluten, der andere ein geschwollenes Kinn und ein blutiges Ohr. Dicht hinter ihnen folgte der Ansager, von einem rundlichen, strahlenden Sackpfeifer gestützt oder aber ihn stützend. Dieser versicherte allen Anwesenden fröhlich, es sei ihm gelungen, die beiden Musiker zu überreden, sich »erscht nach den Feschtlichkeiten tschu erwürgen«, denn es sei doch »jammaschade, die Leute tschu enttäuschen«. (Letzteres bezog sich vermutlich auf den Ball, nicht auf das Würgerpaar.)

So glücklos begann der Tanz, und unter uns waren einige, die, noch ehe der Abend weit fortgeschritten war, wünschten, die Überredungskünste des Sackpfeifers wären nicht ganz so wirksam gewesen, denn die Ex-Kämpfer schienen ihre Uneinigkeit auf ihre Instrumente übertragen zu haben. Unseren Ohren wurde unaufhörlich etwas zugemutet, was Morag sehr treffend als »schlimmer als eine stierige Kuh« bezeichnete. Ungeachtet dieser Disharmonie hopsten und stampften die Tänzer unzählige Schottische und Reels. Ihre schrillen Schreie übertönten die Bemühungen der streitlustigen Instrumentalisten, die mit behutsam abgewandtem Blick spielten, mit der Verbissenheit von Windhunden, die hinter dem Hasen herrennen – und mit dem gleichen Ergebnis: Der Fiedler erreichte den Zielpfosten unweigerlich zwei, drei Takte vor seinem Konkurrenten.

Der Sackpfeifer, der den Fiedler und das Akkordeon »überredet« hatte, war sichtlich angeheitert, rastete aber erst nach einer Erfrischungspause gänzlich aus. Von da an entwickelte sein Spiel erschreckende, gurgelnde Untertöne, eine Störung, die der Ansager abtat als »zuviel Bier in den Pfeifen, deswegen tun die nicht mehr richtig«. Während dem Instrument Erste Hilfe zuteil wurde, ließ man den Pfeifer hinter der Bühne seinen Rausch ausschlafen, von wo her seine Nasalgeräusche weiter den Tanz begleiteten – mit nur wenig geringerer Lautstärke und entschieden mehr Rhythmus als seine bisherigen Darbietungen.

Ein schüchterner Jüngling erbot sich, für den ausgefallenen Sackpfeifer einzuspringen, und zog zu diesem Behufe eine gewöhnliche Mundharmonika aus der Tasche. Der nächste Tanz wurde gebührend angesagt und begonnen, doch bis auf einen Akkord zu Beginn und zum Schluß merkte man die Musikbegleitung nur an den hervorquellenden Augen und aufgeblasenen Backen des Musizierenden, der die Brauen ein paar Zentimeter höher gezogen hatte als normal.

Die Ankündigung, nun solle die Schönheitskonkurrenz beginnen, verschaffte allen Musikern eine Atempause. Fiedel und Akkordeon wurden von besorgten Freunden in entgegengesetzten Richtungen von der Bühne abgeführt. Die Mädchen bat man, in der Mitte des Saales einen Kreis zu bilden, gab den Männern Papier und Bleistift und forderte sie auf, schriftlich abzustimmen. Ich war dazu ausersehen, die Preise zu überreichen, und so kämpfte ich mich durch bis zu einem Tischchen vor der Bühne, auf dem in einer Schachtel spitzengesäumte Taschentücher und ein Paar Seidenstrümpfe ausgestellt waren – der erste und zweite Preis – außerdem mehrere Halbflaschen Whisky und ein, zwei Päckchen Zigaretten als Tombolagewinne.

Die Bemühungen des Ansagers, den Kreis der Mädchen dazu zu bringen, doch ein wenig hin- und herzugehen und ihre Reize zur Schau zu stellen, blieben ergebnislos. Entweder drängten sie sich übertrieben bescheiden zusammen, was ebenso verkehrt wie aufreizend war, oder aber sie standen mit gesenkten Köpfen x-beinig scheu da und liebäugelten unter gesenkten Lidern hervor mit den Männern. Mehrere derbe Bemerkungen sickerten durch das raunende Geschwatze, dann gab der Ansager Weisung, die Papiere einzusammeln. »Die Bleistifte auch«, ergänzte er bedeutsam, da einige der Männer versuchten, sie in der Brusttasche zu bergen. Mützen voller Zettel wurden bald darauf auf das Tischchen geleert, und der Ansager und ich sahen sie durch.

»Nummer sechzehn!« verkündete der Ansager, und unter dem tobenden Applaus der Zuschauer kam eine stämmige junge Frauensperson mit Raffzähnen, robust wie eine Eiche und etwa so geschmeidig, entschlossen in Richtung Bühne angeschlurft. Schwerfällig überwand sie die Stufen, überwand sie vielmehr nicht, sondern stolperte über die oberste und griff krampfhaft haltsuchend nach der Hand, die ich ihr zur Begrüßung entgegenstreckte. Ich gratulierte ihr feierlich und überreichte ihr den Preis, doch die Schüchternheit überwältigte sie so sehr, daß sie auch nicht den leisesten Dank formulieren konnte. Auch der Ansager schüttelte ihr die Hand. Die Zuschauer ergriffen die Gelegenheit zu einem Späßchen und verlangten lautstark, er möge die Siegerin küssen. Die beiden sahen sich an und dann wieder weg. Der Ansager grinste töricht. Das Mädchen schüttelte ihr üppiges Haar über ihre glühenden Wangen.

»Küssen!« Der Lärm wurde dringlicher, und der Ansager gehorchte pflichtgemäß. Da auch er vorstehende Zähne hatte, war es ein ziemliches Kunststück. Das Geräusch des Zusammenpralls verursachte mir eine Gänsehaut.

»Nummer achtundzwanzig!« rief der Ansager dann, und unter erneutem Aufprasseln von Applaus kam die Gewinnerin des zweiten Preises angerumpelt wie ein erschrecktes Kalb bei der Versteigerung. Drall, rotgesichtig und schwitzend, mit einem Schielauge behaftet. Sie hatte dicke Knöchel und einen fürchterlichen Geschmack in Sachen Parfum. Ihr dichtes rotes Haar war mit einem Sträußchen weißer Blumen geschmückt, die ich, hastig nach dem Taschentuch greifend, als die Blüten des wilden Knoblauchs identifizierte. Sie schüttelte mir schlaff die Hand, grinste mit zuviel Zahnfleisch, mied die Hand des Ansagers und stürzte die Stufen hinunter zu ihren Freunden.

Man hätte meinen können, die Männer zögen hier einen Scherz gigantischen Ausmaßes ab, oder die Mädchen erhielten ihre Preise aus Mitleid und nicht aus Bewunderung. Doch das war nicht der Fall. Die Inselbewohner beurteilten Schönheit ausschließlich nach praktischen Gesichtspunkten. Eine Frau mußte, um anziehend zu wirken, vor allem massiv sein, denn in dem windigen Klima hatte eine knochige oder normal entwickelte Frau entschieden Nachteile. Anna Vics Ehemann wurde viel beneidet, besonders während der Heuernte, denn seine Frau konnte nicht nur gewaltige Lasten auf ihren breiten Rücken laden, sondern an stürmischen Tagen konnte er beträchtliche Heustöcke in ihrem Windschatten aufrichten. Weniger glückliche Männer mit mageren Frauen mußten ihr Heu entweder Wind und Wetter überlassen oder niedrigere Heinzen setzen, durch die sofort der Regen drang. Es bestand kein Zweifel: Die Männer hatten ihren Wünschen gemäß gewählt.

Der nächste Preis war eine Flasche Whisky – man hatte inzwischen nämlich die Lose verkauft. Gewinner war ein langer, teiggesichtiger Jüngling aus Bruach, den ich bis jetzt nur gesehen hatte, wenn er sich still und heimlich hinter die Häuser verzog oder in leicht zu erreichenden Stallgebäuden verschwand. Heute war er weniger verhuscht, stolzierte auf die Bühne, nahm seinen Preis in Empfang, zog den Korken heraus, trat dann in die Mitte des Saales, hielt die Flasche in die Höhe, warf mit großer Geste den Kopf in den

Nacken und leerte sie auf einen Zug. Ich war darauf gefaßt, daß er bewußtlos umsinken würde. Statt dessen stakste er majestätisch zur offenen Tür und fragte mit dünner, aber schriller Stimme ganz naiv: »Wo is'n der blöde Polizist? Muß der sich nicht um Betrunkene wie mich kümmern?« Wie aufs Stichwort erschien ein uniformierter Polizist in der Tür, von einem Ohr bis zum anderen grinsend. Der Gewinner wankte auf ihn zu und packte ihn leutselig an den Knöpfen seines Waffenrocks. »Ich bin Duncan MacAllister«, erklärte er mit rasch undeutlicher werdender Zunge, »und ich bin so besoffen, daß man mich nicht frei rumlaufen lassen kann. Mich sollte man wo einsperren, wo ich nix anricht.«

Obwohl der Polizist sichtlich widerstrebte, packte Duncan ihn gebieterisch am Arm, und beide verschwanden unter höhnischen und ermutigenden Zurufen. Der Tanz begann erneut, und als etwa eine halbe Stunde später der Polizist allein zurückkehrte, hörte ich ihn auf Erkundigungen vertraulich antworten, er habe es so satt gehabt, daß Duncan ihm am Hals hing und bettelte, eingesperrt zu werden, daß er ihn durch ein Fensterchen hinter dem Saal geschubst und ihm gesagt habe, das sei die Gefängniszelle. Dann sei er so schnell wie möglich auf und davon. Später sickerte durch, daß das Fensterchen zur Damentoilette gehörte.

Um drei Uhr früh waren die Tänzer noch immer gut in Form. Alte und junge Männer, Matronen und Jungfern hopsten in dem seifigen Raum mit dem Überschwang von Zweijährigen herum, und die Inbrunst ihres Tanzes verbannte den Missionar und seine Prophezeiungen des Höllenfeuers ins Reich der Phantasie. Die Männer hatten Jacken, Krägen und Krawatten abgelegt und tanzten in Hemdsärmeln, auf ihren Gesichtern mischten sich Ekstase und Seligkeit. Zu Beginn jedes Tanzes näherten sie sich den Mädchen mit herablassender Männlichkeit und benutzten als Aufforderung den gleichen Satz, den gleichen gebieterischen Ton, mit dem sie eine störrische Kuh zum Weitergehen bewegten. Es klang verdächtig nach dem »Hoh, auf, Alte« der englischen Bauern. Die Straßenarbeiter machten sich gewaltig bemerkbar: zollbreit sonnenverbrannte Stiernacken oberhalb würgender Halsbündchen, schweißgetränkte Hemden. Ausgelassen rutschten und sprangen sie über den unebenen Boden, schwangen ihre Partnerinnen, als seien auch sie Hacken und Schaufeln, obwohl ich den Eindruck hatte, letztere würden rücksichtsvoller behandelt. Ihr Tanz war eine unbeholfene Kombination aus Sprüngen, Ausfällen und Kapriolen und wurde von unaufhörlichem, männlichem wie weiblichem Gekreisch begleitet. Ersteres klang begeistert, letzteres gequält. Mir fiel auf, daß keiner der Straßenarbeiter die Schuhe gewechselt hatte. Lachy, erhitzt und zerzaust, hopste wie besessen durch den Saal und schwenkte seine beiden Partnerinnen so drohend, als übe er Baumstammwerfen. Johnny wurde von Elspeth, der Lehrerin, hierhin und dorthin gejagt, seine Beine sahen aus, als bewegten sie sich mechanisch, seine Augen waren geschlossen. Möglicherweise schlief er fest. Mir fiel der Satz auf dem Plakat ein: »Mädchen, hier ist Eure Chance zu glänzen.« Die Mädchen glänzten in der Tat, und hätten sie sich nicht ihre hübschen Gesichter ausgiebig abgetrocknet (wozu sie sich gegenseitig die Taschentücher liehen), hätten sie sogar noch mehr geglänzt. Der Schweiß zeigte sich als dunkle Flecken von den Achselhöhlen bis fast zur Taille ihrer leichten Blusen. Von den Holzwänden des Saales troff das Kondenswasser, die Luft war blau von Tabaksrauch, und Zigarettenkippen und leere Schachteln wurden von den Füßen der Tanzenden auf dem Boden herumgestoßen. Am Schluß jedes Tanzes ließen die Männer ihre Tänzerinnen fallen, als seien sie heiß – der Vergleich ist vielleicht nicht ganz abwegig –, und eilten hinaus.

Irgendwann im Lauf des Abends riskierte auch ich, nach draußen zu gehen, um frische Luft zu schöpfen, und hörte zu meiner Überraschung den Klang eines Spatens, der in die Erde gestoßen wurde.

»Da ist Miss Peckwitt.« Die Bemerkung kam aus dem Dunkeln, und Sekunden später fragte mich Lachys Stimme, ob ich ihm »mal eben leuchten« wolle. Gehorsam ging ich auf die Stimme zu und fand eine Gruppe Männer, die angestrengt auf eine frisch umgegrabene Stelle im Erdreich schauten. Lachy bückte sich, hob eine Flasche auf und hielt sie in den Strahl der Taschenlampe.

»Das ist nicht unsre, Lachy«, sagte Johnny, der auch zu der Gruppe gehörte.

»Was für 'ne Marke war unsre denn?« fragte Lachy.

»Die jedenfalls nicht«, beharrte jemand, »tut die mal schnell wieder rein.«

»Wo zum Teufel ist dann unsre?« fragte Lachy gereizt, während er die Flasche wieder vergrub. »Ich bin verdammt sicher, es war hier irgendwo.«

Ein Stück weiter weg machte er sich wieder an die Arbeit, diesmal förderte er eine Flasche zutage, die alle befriedigt als die ihre erkannten.

»Ich hab vorhin noch eine vergraben, drüben an der Grenzmauer«, sagte Johnny, und an mich gewandt: »Miss Peckwitt findet es bestimmt furchtbar merkwürdig, daß man das Gesöff vergräbt«, meinte er kleinlaut, »aber mit Flaschen in der Tasche kann man nicht tanzen, und den Hiesigen kann man bei Whisky nicht trauen.« Zu Lachy sagte er: »Komm, wir holen meinen auch gleich, solang wir Licht haben«, sagte er eifrig.

»Auf keinen Fall«, erwiderte Lachy. »Laß die erst mal, wo sie ist. Die hier trinken wir zuerst, das wird nicht lang dauern.«

Es dauerte auch nicht lange, und binnen kurzem borgten sie sich erneut meine Taschenlampe. Wie viele Flaschen Whisky in dieser Nacht rings um den Saal vergraben worden waren, ahnte ich nicht, aber immer wenn ich Luft schnappen ging, war eine Gruppe Männer damit beschäftigt zu graben.

»Wie kommt das denn, daß im Saal ein Spaten zu haben ist?« fragte ich Johnny. »Das Komitee wird doch keinen zur Verfügung stellen, oder?«

»Natürlich nicht«, gab er zurück. »Wir haben ihn auf dem Herweg vom Friedhof mitgenommen.« Und weil er meinen erstaunten Blick mißdeutete, fuhr er fort: »Das ist schon in Ordnung, auf dem Heimweg stellen wir ihn wieder zurück.«

»Das Dumme bei den Mädchen ist, daß sie nicht tanzen können«, murrte Lachy, als wir bei einem Reel zusahen. Sein wanderndes Auge ruhte kurz auf einer vollblütigen jungen Sirene, die sich über mehrere Stühle drapiert hatte und mit hungrigen Augen die »Kavaliersreihe« absuchte. »Das da ist die einzige, die's richtig kann«, schloß er. Ich erkannte sie: Es war die Tochter des Missionars.

Ich zeigte auf ein besonders hübsches Mädchen mit einer prachtvollen blonden Lockenmähne. »Und wer ist das?« fragte ich.

»Ach, die gehört überhaupt nicht her«, sagte Lachy. Nach kurzem Überlegen ergänzte er: »Nicht richtig, die kommt halb und halb aus Glasgow.«

Der nächste Tanz war mir gänzlich unbekannt, und obwohl ich die Schritte der Tänzer genau beobachtete, sah ich keine zwei Paare, die nach dem gleichen Schrittsystem tanzten. Einige Pas waren reine Phantasiefiguren.

»Los, tanzen wir«, forderte Lachy mich auf.

»Tut mir leid, diesen Tanz kann ich nicht«, entschuldigte ich mich.

»Die andern auch nicht«, sagte Lachy, »aber wem macht das was, so lang wir uns amüsiern?«

Es war schwer, Lachy etwas abzuschlagen, weil er nur zu rasch etwas übelnahm, daher ertrug ich es, mich bei etwas schleudern und prellen zu lassen, was eine Gigue hätte sein können, aber mehr einer Übungsstunde für Judo glich.

»Das gefällt mir, wie ihr Städtischen auf den Zehn tanzen könnt«, keuchte mein Partner bewundernd.

»Auch Sie tanzen darauf«, erwiderte ich mit halb ironischem, halb gequältem Lachen.

»Ich? Auf den Zehn?«

»Ja«, sagte ich knapp, »auf meinen.«

»Hab ich mir gedacht«, sagte Lachy ohne Anzeichen von Reue. »Ich hab's dran gemerkt, wie Sie immer wieder das Gesicht verziehn.«

»Wie fanden Sie denn die heutige Schönheitskönigin?« fragte ich, als wir erschöpft auf unsere Sitze sanken.

»Die gäb eine verdammt gute Kalbin«, sagte er sachlich.

»Sie hätten sie also nicht gewählt?«

»Bestimmt nicht. Ich hab für die mit dem rosa Haar gestimmt.«

Ich hatte seit langem gemerkt, daß Farbnuancen in Bruach denen der übrigen Welt nicht im geringsten glichen. Eine rotweiße Kuh hieß beispielsweise »die Graue«, eine schwarze bezeichnete man als »blau«, rosa Haar aber war doch eine nähere Untersuchung wert. Ich bat Lachy, mir diese Besonderheit zu zeigen. Ein paar Minuten lang suchte er unter den wirbelnden Tanzpaaren und zeigte dann auf ein junges Mädchen mit blaß sandfarbenem Haar, das gerade ausgelassen einen Schottischen tanzte. Sie fing unseren Blick auf, winkte uns fröhlich zu und tanzte schwungvoll weiter. Ich war erstaunt, sie zu sehen. Ich hatte gehört, sie habe eine gute Stellung als Zofe in Edinburgh angenommen. Das erzählte ich Lachy.

»Die hat sie aufgeben müssen und ist heimgekommen«, berichtete er. »Bei der stimmt's nicht mehr. Haben Sie's nicht gehört? Schon seit ein paar Wochen.«

»Fehlt ihr denn was?« fragte ich, weil ich nicht gleich begriff, und beobachtete die raschen, behenden Bewegungen des Mädchens.

»Ja, doch«, sagte Lachy, »das auch. Wissen Sie nicht, daß sie furchtbar Rheuma in den Füßen hat? Es heißt, manchmal kann sie gar nicht auf ihre Beine treten, so schlimm.«

Im Moment jedoch konnte das Mädchen sehr wohl auf seine Beine treten. Wie sie da über den Boden rutschte und hüpfte, trat sie auch noch mehreren anderen auf die Beine. Bei mir war das Schienbein schon grün und blau, weil ich sie bei einem Reigen zur Nachbarin gehabt hatte.

»Und wie gefiel Ihnen die Gewinnerin des zweiten Preises?« erkundigte ich mich.

»Sie war nicht übel«, sagte Lachy. »Ihr Haar war recht ordentlich. So richtiges Highlandhaar.«

»Jawohl, so richtig mit Henna gefärbt«, widersprach Morag, die sich eben neben uns auf einer leeren Bank niedergelassen hatte. »Ich sag Ihnen, Miss Peckwitt, das Mädel mit dem zweiten Preis, die bildet der Lachy sich ein, die will er heiraten!«

»Tu ich nicht«, bestritt Lachy. »Wenn ich heirat, heirat ich eine Engländerin wie Miss Peckwitt. Die können arbeiten, die Engländer!«

Um fünf Uhr früh hatte sich der Tanzboden

deutlich geleert, und selbst die jüngeren Tänzer zeigten erste Anzeichen von Erschöpfung. Da keine weiteren Preise zu überreichen waren, fanden Morag und ich, wir könnten uns unauffällig von den Festlichkeiten entfernen. Wir waren müde, ich noch mehr als meine Wirtin, denn sie hatte wenig mehr getan, als den Abend über dazusitzen und zu schwatzen. Ich grub meinen Mantel aus der überfüllten Garderobe, warf ihn mir um die Schultern und folgte Morag zur Tür, als plötzlich eine wild blickende Gestalt hereinstürzte.

»Das Hotel brennt«, brüllte sie. »Hilfe! Hilfe!«

Selbst die ermattetsten Tänzer reagierten sofort, in weniger als einer Minute war der Saal von Tänzern, Zuschauern, Honoratioren und Musikern geräumt, und wir rannten so schnell wir konnten in Richtung des Hotels. Bald bekamen wir Brandgeruch in die Nase, und so roh es klingt, es war eine willkommene Abwechslung nach dem beißenden Gestank von Schweiß und Seifenflocken, den ich den ganzen Abend eingeatmet hatte. Als wir um die Ecke bogen, stießen wir auf das Hotel, aus dessen einem Mansardenfenster Flammen schlugen und Rauchwolken drangen.

Der Polizist, ohne Mütze und Jacke, bemühte sich bereits, aus den Festgästen eine Eimerkette zu bilden, und versicherte jedem, er habe bereits

»nach der Feuerwehr geschickt«. Seine Aufgabe war nahezu hoffnungslos, denn die Bruacher und ihre Nachbarn sind eingefleischte Individualisten und blieben es auch angesichts eines Brandes. Er hätte ebensogut versuchen können, eine Kette aus lebenden Aalen zu bilden wie eine Kette aus Gälen. Seine Mahnungen, Bitten und Drohungen blieben ohne Ergebnis. Die Menge gehorchte ausschließlich der eigenen Eingebung und hielt eigensinnig daran fest, persönlicher Einsatz sei allgemeinem Einsatz stets überlegen. Die wenigen, die nicht vom Feuer hypnotisiert waren, griffen nach Eimern und rannten zum Bach, doch der lodernde Schein des Hotels nach all der Dunkelheit blendete sie so sehr, daß Mensch und Eimer dauernd zusammenstießen und mindestens ebensoviel Wasser verschüttet wurde, wie schließlich die Flammen erreichte.

»Das Licht da reißt einem fast die Augen aus«, hustete Morag und trat zu einer Gruppe Frauen, die ich mehr oder minder gezwungen hatte, eine unregelmäßige und wenig taugliche Kette zu bilden. Doch auch mit »ausgerissenen Augen« wog Morag mindestens drei andere Frauen auf. Ihre Anwesenheit bewirkte, daß die anderen sich schämten und zupackten, ihr Mundwerk steigerte alle Anstrengung zum Eifer, und bald wurden die Eimer vom und zum Bach weitergereicht. Mehrere Männer standen daneben und teilten ihre Bewunderung zwischen dem brennenden Gebäude und der Eimerkette.

»Was soll ich machen? Was soll ich machen?« Die aufgeregte Hotelköchin kam aus der Küche gerannt und stand jammernd und händeringend inmitten der Verwirrung.

»Bringen Sie mir ein halbes Dutzend Stopfnadeln, damit ich sie diesen Flegeln da hineinrenne!« schrie eine schrille Stimme, die ich schwach erstaunt als meine eigene erkannte. Die Art, wie sich die hypnotisierten männlichen Zuschauer plötzlich in Bewegung setzten, ließ einen glauben, die Stopfnadeln seien sofort zur Stelle gewesen.

»Stell dich gefälligst in die Reihe!« schrie der schwergeprüfte Polizist einen Alten an, den Inhaber einer strohgedeckten kleinen Hütte, die gefährlich nah dem brennenden Gebäude stand, als der gerade vom Bach zurückkehrte.

»Tu ich nicht«, protestierte der Alte trotzig. »Das ist mein Haus und mein Nachttopf und das Wasser drin ist auch meins, und ich lösch nur meinen eignen Teil Feuer.«

Die Entgegnung war typisch für die Einstellung der Menge. Der Polizist sah den einsamen Brandbekämpfer zielbewußt auf sein Cottage lossteuern und sein Utensil vor sich hinhalten, als sei er Teilnehmer bei einem Ei-im-Löffel-Rennen.

Trotz unserer Müdigkeit arbeiteten wir alle wie die Berserker in dieser Nacht, doch obwohl jedes Hohlmaß des Hotels zur Brandbekämpfung eingesetzt wurde, hatten unsere Bemühungen doch nur geringen Erfolg. Wenn die Helfer ihre Energie so tüchtig eingesetzt hätten wie ihr Mundwerk, hätten wir vielleicht mehr erreicht, doch die Unfähigkeit des Gälen zur Kooperation ist angeboren, und seine Beredsamkeit wird, wenn überhaupt möglich, durch Gefahr oder Panik nur noch gesteigert.

Über eine Stunde später ertönte ein Schrei der Erleichterung, als ein kleiner Lastwagen elegant vor das Hotel glitt und ordentlich davor bremste. Nun begann ein Auftritt, der komödienreif war.

»He breeah!« Der Fahrer (in Feuerwehruniform) begrüßte uns alle mit echter hebridischer Höflichkeit, die nie versagt, aber einen manchmal rasend macht. Er und seine zwei Kameraden stiegen aus, schenkten der Rotte durchweichter Brandbekämpfer ein zuversichtliches Lächeln und schienen unsicher, ob sie uns nicht einzeln der Reihe nach die Hand schütteln sollten.

»Lieber Gott, ihr habt aber lang gebraucht«, beklagte sich einer der Zuschauer verdrießlich.

»Stimmt! Ihr habt Glück, daß wir überhaupt da sind«, entgegnete der Fahrer etwas hitzig. »Hat doch der Idiot, der uns gerufen hat, vergessen, uns zu sagen, wo's brennt!« Er wandte sich an seine Kameraden. »Das war vielleicht eine Arbeit, auf dem ganzen Weg alle Leute wachzuklopfen, um rauszukriegen, wo wir hinsollten.« (Ich war überzeugt, daß um diese frühe Morgenstunde viele Bauern ihnen unmißverständlich gesagt hatten, wo sie hinsollten.) Seine Kameraden nickten beifällig, und ich fragte mich, ob sie den Brand, nun sie endlich davorstanden, überhaupt bemerkt hätten.

In diesem Moment kam der Polizist, erschöpft und rußgeschwärzt, auf den Löschwagen zugelaufen.

»Alles dort rauf. Das lodert wie im Hochofen«, befahl er ungestüm.

Der Fahrer des Löschwagens, ebenfalls Befehlshaber, sah durch die breite Brust des Polizisten hindurch, als sei er Luft. »In meinem Beruf«, widersprach er kühl, »bin ich es, der anschafft, was zu tun ist.«

Der Polizist nahm die Abfuhr schweigend entgegen, wandte sich an die Umstehenden, die beim Eintreffen des Löschfahrzeugs ihre Gerätschaften vergessen hatten, und beschwor sie, wieder ihre Eimer zu nehmen und ihm zu folgen. Etwa ein Dutzend Männer gehorchten und rannten hinter ihm ins Hotel, wo man sie binnen kurzem in den oberen Räumen hin und her laufen sah, deutlich abgehoben wie Silhouetten auf einem Tapetenfries.

Mit einer Bedächtigkeit, die sicherlich sorgsam, für die Zuschauer aber aufreizend war, schlossen die Feuerwehrleute ihre Schläuche an und setzten die Motorpumpe in Gang. Der jüngste, ein mageres Kerlchen, dem cherubinisches Gelock unter der steifen Mütze hervorquoll, stapfte mit einem Schlauchstück zum Hotel, während Polizist und Helfer Wäsche und Decken aus den offenen Fenstern warfen, die unten von eifrigen Händen geborgen wurden.

»Fertig?« rief der Hauptmann dem Cherub zu.

»Fertig!« gab der Cherub zurück. Er stellte sich in Positur, um den Wasserstrahl auf eines der Fenster zu richten, da stürzte ohne Vorwarnung von oben eine Doppelbettmatratze auf ihn herab und begrub ihn unter sich.

»Hei!« schrie die Menge, und gestikulierende Retter kamen herbeigeeilt, um den Feuerwehrmann zu befreien.

»Hei!« riefen wieder alle, als auch die Retter unter einem wahren Matratzenhagel begraben wurden, der so genau gezielt war, daß es unter anderen Umständen Verdacht erregt hätte.

»Was ist denn passiert?« fragte der Feuerwehrhauptmann wißbegierig.

»Die haben ihn umgelegt«, wußte einer der Zuschauer zu berichten.

»Umgelegt?« wiederholte der Hauptmann mit einem kriegerischen Blick zu dem Fenster hinauf, an dem der Polizist zuletzt gesehen worden war. »Weswegen denn? Er hatte doch nichts angestellt.«

Nun kam der zweite Feuerwehrmann mit einem weiteren Schlauch angerannt, wurde aber beim Überqueren des Rasens ebenfalls umgerissen, nicht durch eine Matratze, sondern durch einen breiten Kleiderschrank, den jemand voll Übereifer und Panik unbedacht aus einem Fenster im zweiten Stock geworfen hatte. Zwei angstvolle Gesichter erschienen am Fenster, aus dem der Schrank gekommen war, doch ihre Sorge galt dem Schicksal des Möbels, nicht dem des unglücklichen Feuerwehrmannes, der mitten auf dem Rasen lag, einem Rasen, den sein noch immer sprudelnder Schlauch rasch in einen Miniaturteich verwandelte.

Der Feuerwehrhauptmann, wütend über die seinen Männern zuteil werdende Behandlung, stand noch immer neben der Motorpumpe und schleuderte aufgeregt Befehle nach allen Seiten. Worin diese bestanden, wußte keiner, weil sich natürlich keiner im mindesten darum kümmerte. Jetzt erschien der Polizist erneut auf der Bildfläche.

»Mann, hör mal«, schalt er den Feuerwehrhauptmann. »Was soll das für einen Zweck haben, den Keller unter Wasser zu setzen, wo das Feuer doch oben unterm Dach ist? Ein Schlauch nach oben löscht das doch sofort.«

»Du hast meine Kameraden beinah umgebracht«, gab der Hauptmann aufgeregt zurück. »Und was soll ich jetzt mit deinem Feuer?«

»Ich deine Kameraden umgebracht?« fragte der Polizist, der die den Feuerwehrleuten zugestoßenen Unfälle gar nicht bemerkt hatte. »Na, dann sind sie jetzt wahrscheinlich lebendiger, als wie sie noch gelebt haben! Und wenn du jetzt nicht sofort dort raufsteigst, melde ich dich«, schloß er grimmig.

Der Feuerwehrhauptmann heftete einen erschrockenen Blick auf seinen Gegner. »Ich? Und auf dieses Elendsdach steigen?«

»Warum denn nicht?« gab der Polizist mit bewundernswerter Beherrschung zurück. »Dort brennt es doch, oder?«

Sekundenlang sah es so aus, als wollte der Hauptmann in Tränen ausbrechen, dann krempelte er statt dessen sein Hosenbein hoch und wandte sich kläglich an den Polizisten.

»Hast du das gesehn?« fragte er und wies ein Holzbein zur näheren Prüfung vor. »Kannst du von einem Mann wie mir verlangen, daß er Treppen hoch oder gar auf Dächer kriecht und klettert?«

»Oh. Das ist was andres.« Der Polizist war mit einemmal ganz zerknirscht. »Dann gib mir lieber den Schlauch, und ich geh selber rauf«, bot er sich an.

»Bist du sicher, daß du's schaffst?« fragte der Feuerwehrhauptmann teilnehmend.

»Ich schaff's schon«, stieß der Polizist durch zusammengebissene Zähne und rannte weg, um seine Pflichten als Feuerwehrhauptmann anzutreten.

Wie er prophezeit hatte, löschte ein Schlauch auf dem Dach den Brand vergleichsweise rasch. Binnen einer Stunde waren die drohenden Flammen erstickt, und die verkohlte, tropfende Ruine des Dachstuhls tauchte aus der Rauchwolke auf. Ein feiner Nieselregen vollendete das gute Werk.

»Kommen Sie mit in die Küche«, sagte Morag. »Dort gibt's für alle Tee.«

Dankbar begaben wir uns in die Küche, wo wir die beiden verletzten Feuerwehrmänner vorfanden, die man aus ihrer schlimmen Lage befreit und mit erster Hilfe versehen hatte. Nun ruhten sie behaglich in Sesseln neben dem Herd und labten sich reichlich am vom dankbaren Hotelbesitzer gespendeten Whisky. Sie warteten, wie man uns mitteilte, »auf den Krankenwagen«, der sie ins Hospital fahren sollte. Ganz offensichtlich hofften sie, der Krankenwagen käme noch lange nicht.

Der Polizist, in zerrissenem Hemd, war unter der Schmutzschicht fast unkenntlich, als er in die Küche gewankt kam und sich auf einen Stuhl fallen ließ.

»Ich glaub, ich hab mir's Handgelenk verstaucht«, murmelte er. Jemand drückte mir eine zusammengerollte elastische Binde in die Hand, und ich verband ihm das Handgelenk, so gut ich konnte. »Großer Gott, was für eine Nacht«, sagte er und ließ das Kinn erschöpft auf die Brust sinken.

Als das Erlebnis überstanden war, begannen die Tassen munter zu klappern, und die Abenteuer der Nacht wurden in allen Einzelheiten wieder und wieder durchgehechelt, während man Tee trank und ganze Scones in die Schnattermäuler stopfte.

»Je eher der Krankenwagen kommt und diese Männer fachgerecht versorgt werden, desto besser wird es für sie sein.« Eine hohe, gebieterische Stimme brachte den Lärm in der Küche für kurze Zeit zum Schweigen. Die beiden Feuerwehrleute richteten haßerfüllte Blicke auf den Sprecher und füllten rasch noch einmal ihre Gläser. Die anderen begannen wieder zu schwatzen.

»Sollten wir nicht die Gemeindeschwester holen?« fragte ich den Polizisten.

»Unmöglich«, erwiderte er. »Die Schwester ist auf Urlaub in Glasgow.«

»Und wie wäre es mit dem Doktor?« beharrte ich. »Ist der auch auf Urlaub?«

Der Polizist gestattete sich ein grimmiges Lächeln. »Irgendwie schon«, sagte er. Das Lächeln wurde zu einem breiten Grinsen. »Hab ihn am Donnerstag einsperren müssen – wieder mal Trunkenheit am Steuer.«

Erst lange nach der Frühstückszeit machten Morag und ich uns auf den Heimweg, denn vom Autobus war weit und breit nichts zu sehen.

»Es hätte mir nichts ausgemacht, wenn's eng geworden wär und ich dafür nicht zu Fuß marschieren müßte nach so einer Nacht«, klagte sie. Ich schleppte mich neben ihr her den steinigen Weg entlang, wobei das trockene Heidekraut mir die Reste meiner Seidenstrümpfe abkratzte, und teilte ihre Gefühle.

Der Nieselregen zeigte Neigung, sich zum Wolkenbruch auszuwachsen, und das blasse Braun der frisch umgegrabenen Kartoffel- und Maisäckerchen verwandelte sich rasch in nasses Schwarz. Der Regen zischelte durch die schwach belaubten Büsche, und über uns stieg eine Lerche ins trübe Grau und ließ ihr Lied verströmen, als müsse sie ihren Jubel loswerden, bevor sie Schutz suchte. Der Bach plätscherte lustig unter der bemoosten Brücke hindurch.

»Ich hör Stimmen«, sagte Morag plötzlich, und als wir uns über das Geländer beugten, erblickten wir »die Fiedel« und »das Akkordeon«, im einen Arm ihre Instrumente, den freien Arm um die Schultern des anderen gelegt. Sie wiederholten ständig: »Nein, ich war schuld, so wahr ich hier sitz« und waren so vertieft in ihre neue Freundschaft, daß sie uns gar nicht bemerkten. Wir hielten es für klüger, sie nicht zu stören.

»Trotz des schlechten Wetters sehen sie ganz gemütlich aus«, sagte ich.

»Das glaub ich gern«, antwortete Morag. »Haben Sie nicht gemerkt, daß sie auf dem Sackpfeifer gesessen haben? Na, der wird wenigstens nicht naß.«

Als wir zu Hause ankamen, gingen wir nicht zu Bett, sondern machten uns an alle Hausarbeiten, die man im Sitzen erledigen konnte. Der von mir erwartete Brief wurde ordnungsgemäß um die Mittagszeit von einem rotäugigen und leicht benebelten Briefträger gebracht. Ich bot all meine Energie auf, um eine Antwort zum Briefkasten zu tragen.

Auf dem Heimweg sah ich eine Gruppe müder Männer, die in der Tür von Lachys Kuhstall Schutz suchten. Unter ihnen war Duncan, der Whiskytrinker. Weil ich mich an seine Aufführung gestern nacht und an die Therapie des Polizisten erinnerte, rief ich ihm zu, wie ihm denn die Haft gefallen hätte.

Duncan grinste schwach. »Das Gefängnis ist schon recht«, sagte er. »Aber die verdammten Wärterinnen lassen einen ja keinen Moment in Ruh.«

Marys Besuch

Es war, wenn ich mich recht erinnere, eines Morgens beim Frühstück in unserer Wohnung. Ich hatte vor kurzem meine Absicht bekanntgegeben, auf die Hebriden auszuwandern. Da hatte Mary mit der ihr eigenen Unverblümtheit die Rede auf sanitäre Einrichtungen gebracht. Damals hatte ich nicht gern darüber reden wollen, hauptsächlich weil ich instinktiv wußte, daß man Raffinessen wie Wasserspülung auf einsamen Dörfern nicht erwarten durfte, und gerade zum damaligen Zeitpunkt stellte ich mir die einzige Alternative nur ungern vor.

Bei meiner Ankunft in Bruach hatte Morag mich sogleich in die Feinheiten ländlicher Sanitäranlagen eingeführt und mir stolz ein schrecklich auffälliges Häuschen gezeigt, das quälend rosa gestrichen und rings von üppig wuchernden Brennesseln umwachsen war. Es stand in glorreicher Abgeschiedenheit am Ende des sogenannten Parks.

»Ich leere es jeden Tag ins Meer«, hatte Morag gesagt, und ich hatte Mary in einem Brief sofort über die Natur der in Morags Brief erwähnten »Mülle« aufgeklärt. »Als ich wußte, daß Sie kommen«, fuhr meine Wirtin fort, »hab ich's innen und außen frisch gestrichen, und Ruari hat es von da drüben neben dem Hühnerstall hier rüber rücken müssen.« Sie lachte ein kurzes Glucker-lachen. »Du meine Güte, und der Narr hat doch nicht gemerkt, daß die Farbe frisch ist, und kommt von hinten und packt es mit seinen zwei langen Armen und hebt es auf und trägt es dorthin, wo's jetzt ist«, schloß sie frohlockend.

Ihr Bericht war nicht ganz verständlich für mich, sie mußte angenommen haben, daß ich das Kunststück ihres Bruders nicht genügend würdigte.

»Wenn Sie's nicht glauben, brauchen Sie es nur von hinten anschaun, da sehn Sie immer noch Ruaris Umriß«, versicherte sie mir ernsthaft.

Spontan heuchelte ich starkes Interesse an Ruaris Heldentat, denn das bedrohliche Nesselgestrüpp wirkte weit stärker als der Impuls, »es sich von hinten anzuschaun«.

Das »Hausi« – wie Morag das Klosett in meiner Gegenwart nannte, obschon sie es, wie ich zufällig einmal mit anhörte, vor Ruari mit einem wesentlich derberen Namen bezeichnete – wirkte überaus zerbrechlich und war, wie ich glaube, im wesentlichen auf den Halt großer Steinhaufen angewiesen, die an den Seiten aufgeschüttet waren. Möglicherweise trugen sogar die Brennesseln etwas zu seiner Stabilität bei. Die Ventilation war überreichlich, und nachts war man dankbar für die allgegenwärtige Karbidlampe. Eine Kerze wäre binnen Sekunden in dem heftigen Luftzug ausgegangen. Die Tür war, wie ich zu meiner Beklemmung feststellte, nur mit einem Stück Schnur an einem rostigen Nagel verschließbar, eine dürftige und wenig beruhigende Einrichtung. Bei Benutzung jedoch ließen die Ventilationsöffnungen im voraus einen Blick auf etwa sich nähernde Besucher zu, und um den möglichen Eindringling abzuwehren, genügte ein kurzes Husten. Er suchte dann nach einem imaginären Vogelnest oder fing fleißig an zu jäten. Bei Morag und mir funktionierte das Arrangement ausgezeichnet, doch während eines Besuchs von einem männlichen Verwandten meiner Wirtin, einem Burschen ohne jegliches Feingefühl, hätte ich mir vor lauter Husten fast eine Halsentzündung zugezogen, daher bestand ich darauf, einen schönen, zweckdienlichen Messingriegel anzuschaffen, und Ruari wurde überredet, ihn an der Tür anzubringen. Ruari tat es mit unverhohlener Verachtung, doch seine spätere Feststellung, die Tür könne »ein bißchen mehr Halt gut brauchen«, überzeugte mich trotz Morags schweigender Kritik, daß hier ein Shilling neun Pence gut angelegt waren.

Für Toilettenpapier wurde nur zeitweilig gesorgt, da der Krämer es nur einmal im Jahr, zu Beginn der Fremdensaison, geliefert bekam. Wenn seine Sendung aufgebraucht war, versuchte Morag den Mangel durch eine Sammlung stark abgegriffener Zeitschriften auszugleichen, in denen eine Vielzahl von Fachgebieten behandelt wurden. Ich ließ genügend Vorrat an Toilettenpapierrollen per Post kommen, muß aber zugeben, daß mein Wissen sich während der Sommermonate durch regelmäßige Lektüre von Zeitschriften wesentlich erweiterte. Noch ehe ich ein Jahr in Bruach gelebt hatte, war ich versiert in Fragen wie »Zubereitung eines wachstumsfördernden Schweinetranks für frisch entwöhnte Ferkel« (dieses Studium war vertan, denn es gab in Bruach keine Schweine, wenigstens keine vierbeinigen) oder aber »Wodurch unterscheidet man einen Wasserpieper von einer Feldlerche« oder »Wie M.S. aus Glasgow ihre Kopfschmerzen los wurde« oder »Wie eine Hausfrau in Perth Frostbeulen vermeidet« oder »Wie man *scruggins* zubereitet«, obwohl ich nie herausfand, was *scruggins* sein mochten. Ich konnte sogar papageienhaft die passenden Make-up-Schattierungen für Blondinen, Brünette und Rothaarige oder eine Liste historischer Denkmäler Schottlands herbeten, fast ohne zwischendurch Atem zu holen. Ich glaubte gern daran, daß dieses Wissen sich eines Tages als wertvoll erweisen würde.

Erst in meinem zweiten Sommer in Bruach

riskierte Mary einen Besuch in meiner neuen Heimat. Kaum hatte sie ihre Absicht bekanntgegeben, begannen Morag und ich einen verspäteten Frühjahrsputz in Angriff zu nehmen und auch noch manches zu verbessern, was ursprünglich mir zu Ehren angebracht worden war. Ich war ja mittlerweile abgehärtet gegenüber mancherlei Unbilden des Landlebens, wußte aber noch, mit welchem Widerwillen ich anfangs mit ihnen in Berührung gekommen war. Ich wollte Mary nicht den Eindruck vermitteln, ich sei inzwischen total verwildert. Obschon Morags Haus eines der saubersten in Bruach war, würde doch, was auf den Hebriden als reinlich galt, für eine großstädtische Hausfrau als verkommen gelten. Deshalb scheuerten, polierten und reparierten meine Wirtin und ich und schwangen dazwischen auch noch mit mehr Energie als Geschick borstenarme Pinsel.

»Du meine Zeit, das können Sie aber gut«, rief Morag bewundernd nach einer meiner künstlerischen Orgien, die das triste Braun der Treppe in glänzendes, makelloses Weiß verwandelt hatte.

Nach dem Haus kam als erstes der »Park« dran, der außer einem halben Dutzend hoher Wacholder und, wie Morag es nannte, »gemischtem Rasen«, der aber nur gemischtes Unkraut war, lediglich einige überalterte Büsche schwarzer Johannisbeeren aufwies, die meines Wissens nie Erfreulicheres produziert hatten als schrumpelige Blätter und Ohrwürmer. Ruari, von uns überredet, mit zuzupacken, mähte regelmäßig das Gras und stieß ebenso regelmäßig eine reichhaltige Sammlung von Kraftausdrücken aus, wenn er mit der Sense an die vielen Steine stieß, die dort, wenn man ihm glauben wollte, in tückischer Absicht versteckt waren. Für mich war es genüßlich zu sehen, mit welch großartiger Leichtigkeit er rhythmisch und anmutig die Sense schwang, und auch instruktiv zu hören, mit welch großartiger Leichtigkeit er dabei fluchte. Schließlich ging Morag in ihrer Verzweiflung zu ihm hinaus.

»Ruari, nun halt den Mund«, bat sie. »Miss Peckwitt hört jedes Wort.«

»Wenn's ihr nicht gefällt, kann sie rauskommen und das Gras selber schneiden«, entgegnete Ruari kühn und fuhr ohne wahrnehmbare Pause fort, zu mähen und zu fluchen.

Allmählich zeigten unsere Bemühungen Erfolg. Der Garten glich nicht mehr einer Müllhalde, und nachdem ich hatte zuschauen dürfen, wie Ruari das Haus kalkte, sah es so blitzsauber aus, wie man es nur machen konnte.

»Jetzt ist der ganze Garten schön«, jubelte Morag am Abend, bevor wir Mary erwarteten. Ich blickte etwas widerwillig auf das »Hausi«, dessen grelles Rosa ich mit viel Mühe in nüchternes Grün verwandelt hatte.

»Ich wollte nur«, meinte ich etwas reserviert, »Sie hätten das Hausi gelassen, wo es war, nämlich neben dem Hühnerstall, statt es dorthin zu tragen.«

»Ich brauch Ruari nur sagen, er soll's wieder hinbringen, wenn er mal 'n Moment Zeit hat«, versprach meine Wirtin zuversichtlich.

»Nein, nein«, bat ich hastig und kombinierte im Geist Ruaris Schwerhörigkeit mit seinem Talent, genau im unrechten Moment das Falsche zu sagen. »Ich bitte Sie herzlich, lassen Sie es jetzt, wo es ist.«

»Aber der macht es genau wie seinerzeit, denk ich«, gab Morag zurück. »Nimmt's einfach in die Arme und fertig.«

Genau das fürchtete ich.

»Nein«, sagte ich entschlossen. »Und bitte erwähnen Sie es ihm gegenüber nicht.«

»Wie Sie wollen«, meinte Morag resigniert, und so blieb denn das Hausi mitsamt seiner Brennnesselpalisade, wo es war.

Am folgenden Tag fuhr ich aufs Festland, um Mary abzuholen, deren entschlossener Optimismus etwas Beruhigendes hatte. Zum Glück traf sie bei ihrer Ankunft auf schönes, wenn auch stürmisches Wetter, zu ihrem Pech aber auch auf den Zusammenbruch des einzigen verfügbaren Mietwagens. Der Chauffeur hatte zwar sein Bestes zu tun versprochen, um Ersatz herbeizuschaffen, aber ohne viel Hoffnung. Daher war unsere Erleichterung groß, als wir bei der Ankunft am Steg sein lächelndes Gesicht oberhalb eines knalligen Anzugs aus nicht zueinander passenden Karos strahlen sahen. Ich stellte Mary vor, und als das geschehen war, ließ er sich dazu herab, sich mit unserem Gepäck zu beschäftigen, was er nur unterbrach, um uns munter mitzuteilen, er habe nichts dagegen zu warten, falls wir noch eine Tasse Tee im nahegelegenen Teeraum zu uns nähmen. Ich sah deutlich, daß Mary bereits einen positiven Eindruck gewonnen hatte, und wies sie rasch darauf hin, daß der Wunsch, einem gefällig zu sein, ein notorischer Wesenszug der Inselbewohner sei. Unser Tee war ausgezeichnet, die uns bedienende Kellnerin freundlich und tüchtig, und ich beglückwünschte mich dazu, daß Mary sicher bald begreifen würde, welche Faszination die Insel für mich hatte. Erfrischt und angenehm befriedigt verließen wir den Teeraum, da fuhr ein Leichenwagen, düster und würdevoll, vor die Tür und hielt. Mary warf einen kurzen, erschrockenen Blick darauf. Mir fiel ein, daß man in England nicht damit rechnet, daß ein Leichenwagen vor einem Café parkt, während der Fahrer eine Tasse Tee trinkt. Ich fand, hier sei eine kleine Erklärung angebracht.

»Hab ich dir schon erzählt, daß man hierzulande in Sachen Beerdigungen sehr unsentimental ist?« begann ich. »Dieser Leichenwagen kommt vermutlich aus Glasgow. Und da weiß man nie, wie lange er schon unterwegs ist, und der Fahrer darf …« Der Rest meiner Worte erstarb mir auf den Lippen, denn in diesem Moment erkannte ich den Fahrer. Eifrig und dienstbeflissen kletterte er vom Fahrersitz und begrüßte uns – zum zweiten Mal an diesem Tage.

»Na, wie war der Tee?« fragte er gastfreundlich und wandte sich, ohne eine Antwort abzuwarten, an Mary. »Das Gepäck hab ich schon an Bord, Miss. Ich hab doch bestimmt nichts vergessen, oder?«

Ich sah Mary an, und »solang der Herr mich verschont«, werde ich den Ausdruck auf ihrem Gesicht nicht vergessen, mit dem sie in den Wagen starrte und statt des erwarteten Sarges ihre Koffer und Pakete erblickte, die zwischen den silbernen Dekorationen aufgestapelt waren. Sekundenlang wurde mir schwummrig, weil ich mir vorstellen konnte, welcher Schock ihr gleich bevorstand, wenn der Fahrer die Glastüren aufreißen und höflich darauf warten würde, uns einen »Schubs hinauf« zu geben. Es war selbstverständlich alles meine Schuld: Ich hatte dem Fahrer umständlich klargemacht, wie wichtig es sei, Ersatz für das fahruntüchtige Taxi zu finden, mich darauf gefaßt gemacht, auf einem Lastwagen zu fahren, auf einem Viehfloß, ja selbst in einem gemieteten Pferdekarren. In meinen kühnsten Phantasien wäre ich nicht darauf gekommen, man könne ein Taxi durch einen Leichenwagen ersetzen. Meine Miene war wohl im ersten Moment entsprechend verkrampft, doch ich war inzwischen an die ausgefallenen Transportmittel auf der Insel und die allgemeine Gleichgültigkeit dem Tode gegenüber gewöhnt und akzeptierte die Lage rasch, fast mit Gelassenheit, ja sogar Humor.

»Es gibt sonst nichts außer Shanks Pony«, flüsterte ich Mary hastig zu.

»Ob der erwartet, daß auch wir in den Kasten einsteigen?« fragte sie empört. Ich nickte.

Der Fahrer bemerkte unser Zögern. »Die Damen können vorn bei mir sitzen«, sagte er und begleitete die Aufforderung mit unbeschreiblich überlegenem Grinsen. »Ich hab der Frau ihre alte Mutter drin, die kann leicht hinten beim Gepäck fahren.« Er zeigte munter in den Fond des Leichenwagens, und nach einem vorsichtigen Blick konnte ich Mary beruhigend mitteilen, daß »der Frau ihre alte Mutter« weder im Sarg noch einbalsamiert, sondern im Gegenteil quicklebendig sei. Als wären meine Worte ein Signal, kam die Alte zuvorkommend von ihrem Sitz geklettert. Ich hatte gewisse Zweifel, ob man jemand, der dem Grabe so ersichtlich näher war als ich, hinten im Leichenwagen kutschieren lassen dürfe, war aber dann doch erleichtert, als sie meinen halbherzigen Vorschlag, mit mir Platz zu tauschen, ablehnte.

»Ist sehr bequem, meine Liebe«, belehrte sie mich, und ihr Greisinnengesicht kräuselte sich zu Lachfältchen. »Verstehen Sie, wo das doch für Leichen ist, da muß es doch bequem und gut gefedert sein.«

»Komm schon«, raunte ich Mary energisch zu. »Sonst müssen wir zu Fuß gehen.«

Widerstrebend ließ sie sich mit schicklicher Behutsamkeit auf den Vordersitz heben, wo sie steif aufgerichtet die ganze Fahrt über verblieb. Nach einem kurzen Hupen-Arpeggio hinüber zur Mannschaft diverser Fischkutter setzte der Leichenwagen sich mit respektloser Hast in Bewegung. Während der dickfellige Fahrer aufs Gas trat und ungerührt von Marys starrem, angstvollem Gesicht und unser beider eisigem Schweigen, hielt er uns einen Vortrag über die Vorteile eines Leichenwagens gegenüber jedem anderen Vehikel.

Morag erwartete uns mit ausdruckslosem Gesicht, als wir majestätisch an der Mauer vorfuhren. Sie musterte Mary etwas besorgt, doch ich erklärte ihr hastig im Flüsterton, daß die Reserviertheit meiner Kameradin nicht Hochmut sei, sondern der Schock, in einem Leichenwagen reisen zu müssen. Die Besorgnis verwandelte sich sofort in ein Lächeln wärmsten Willkommens.

Während sie Mary mit Ruari bekannt machte, zahlte ich den Fahrer (den genauen Fahrpreis) und wandte mich, während Morag und Ruari sich mit dem Gepäck plagten, an »der Frau ihre alte Mutter«, die inzwischen hinter den Glastüren hervorgekommen war und sich anschickte, den Platz neben ihrem Schwiegersohn wieder einzunehmen. Ich äußerte die Hoffnung, sie habe es bequem gehabt.

»Ach, wenn einer so fahren darf, kann einer gegens Sterben nichts haben«, lautete ihre Antwort.

»Die da«, bemerkte Morag bitter, »würde alles sagen, nur damit die Leute den Leichenwagen für ihre Beerdigung mieten, und der Kerl, der Fahrer, der will überall damit protzen, seit er ihn angeschafft hat. Man könnt meinen, er kann die Leute direkt in den Himmel fahren, statt zum Friedhof.«

Sie musterte aufmerksam unsere Kleider. »Man kann nur hoffen, daß er ihn saubergemacht hat, nachdem er heut früh das Kalb zum Markt gefahren hat«, sagte sie.

»Oh, nicht doch!« protestierte Mary.

»Aber ja doch«, beteuerte Morag. »Und seit drei Tagen bringt er drin immer die Schulkinder zur Schule.«

Da nun alles gut überstanden war, vermochte Mary matt zu lächeln. Wir meisterten die Mauer mit einer Gewandtheit, die bei mir auf lange Übung, bei Mary auf ihre langen Beine zurückzuführen war, und bald saßen wir beide bei Speck, Eiern und Haferkuchen und plauderten ohne Pause, als hätten wir uns erst gestern in England getrennt. Eifrig feuerten wir Fragen über Fragen gegeneinander ab, und draußen in den flüsternden Wacholderbäumen saß eine Drossel und ahmte uns in fragendem Ton nach. Noch ehe wir auch nur ein Zehntel unserer vertraulichen Mitteilungen ausgetauscht hatten, übermannte uns der Schlaf, und als wir am nächsten Morgen aufwachten, waren unsere Zungen gleich wieder in Bewegung. Mary war noch müde von der langen Fahrt, und wir saßen beide nach einem verspäteten Frühstück träge neben dem offenen Fenster und schwatzten ärger als die Stare auf dem Schornstein.

Plötzlich erschütterte Ruaris Gebrüll die Mauern des Hauses wie ein Rammbock.

»Du meine Güte, der schreit ja, daß es einem weh tut«, hörten wir Morag schimpfen, während sie die Tür öffnete. Die beiden Stimmen führten noch einige Minuten lang eine erregte Unterhaltung, dann folgte, nach vorübergehender Stille, ein flüchtiges Klopfen an unserer Tür. Morag kam hereingeplatzt. Da sie jedoch keinem Zwischenfall jemals gestattete, ihre guten Manieren zu beeinträchtigen, gab sie zunächst der Hoffnung Ausdruck, daß uns das Frühstück geschmeckt habe. Wir bejahten es.

»Ist etwas nicht in Ordnung?« fragte ich.

Morag warf einen bedrückten Blick auf Mary. »Es ist nur wegen diesem Mann«, sagte sie klagend. »Es heißt, er rennt rum und sticht das ganze Vieh.«

»Um Gottes willen«, riefen Mary und ich einstimmig.

»Ich hab gedacht, ob Sie mir helfen, meine Tiere auf den Hügel zu bringen«, fuhr Morag fort. Ich nickte zustimmend.

Wie schon erwähnt, gab es in Bruach einen gehörigen Anteil an geistig nicht Normalen, aber bis jetzt hatte ich noch nie von einem Viehmörder gehört. Wir merkten an Morags Verhalten, daß die Lage ernst war, daher sprang ich auf und zog Gummistiefel an (sie waren nötig wegen der vielen sumpfigen Stellen, die unlogischerweise immer zahlreicher wurden, je höher man stieg). Mary sah mich erstaunt mit großen Augen an.

»Soll ich mitkommen?« fragte sie in einem Ton, der zum Widerspruch aufforderte.

»Nein«, sagte ich. »Du verschließt hinter uns die Tür, dann passiert dir nichts. Hierher kommt er nicht.«

Ich war nicht im geringsten besorgt um ihre Sicherheit, insgeheim eher geschmeichelt, daß sie so bald schon erfuhr, wie geschickt ich im Umgang mit Vieh geworden war.

Morag war bereits beim Kuhstall, und ich hetzte hinter ihr her. Die zuknallende Haustür zeigte, daß Mary sich an meine Instruktionen hielt.

»Wenn Sie den Jungstier nehmen, kann ich die Kuh nehmen«, sagte Morag, während sie gewandt die beiden Tiere losband, und im Nu waren wir samt den Tieren aus dem dunklen Stall. Anscheinend lief der Messerstecher frei herum, da wollten wir die Tiere zu einem bestimmten Ort in den Hügeln bringen, wo die Männer des Dorfs sich zusammentun und eine Wachmannschaft bilden konnten, bis der Irre wieder in Gewahrsam war.

»Welche Richtung?« rief ich, als der Jungstier, den Schwanz stocksteif erhoben, ungestüm durch den »Park« stapfte.

»Zum Glen«, antwortete sie.

Mit unheilvollem Brüllen sprang das Tier vorwärts, und als ich den Strick um seinen Kopf fest ergriffen hatte, begann unser unvergeßlicher Treck. Zu behaupten, ich hätte an jenem Tag den Jungstier zum Glen geführt, wäre eine irrige Beschreibung unserer Wanderung. Es wäre korrekter zu sagen, der Jungstier übernahm die Führung, denn als er das andere Vieh auf den Hügeln witterte, zog er los wie verrückt, und ich raste ebenso verrückt hinter ihm her und hängte mich beherzt an sein Seil. Ich meinte Morag etwas hinter mir herrufen zu hören, doch es war mir unmöglich, das Tier in seiner wilden Flucht zu bremsen. Aus dem Augenwinkel sah ich den alten Murdoch einen Schubkarren Mist aus seinem Stall fahren, und als wir an ihm vorübersausten, hätte er vor Erstaunen fast den Schubkarren umgeworfen.

»Ja wohin denn?« rief er.

»Ich bring das Tier zum Glen«, schrie ich zurück und keuchte weiter hinter den übermütigen Sprüngen des Jungstiers her. Das Echo eines höhnischen Gelächters gellte mir in die hämmernden Ohren.

Mein Schützling und ich jagten ungebremst über die Hügel, durch tückische Moraste, übersprangen mühelos halbeingefallene Grenzmauern, segelten lässig über festen Torfboden, bis ich das Gefühl hatte, mindestens einer meiner Elternteile müsse ein Hirsch gewesen sein. Noch nie zuvor hatte ich geglaubt, Beine zu haben, die sich wie Räder bewegten, doch an diesem Tage funktionierten sie wie Räder, gingen rundherum, immer rundherum, als hätten sie weder Gelenke noch Muskeln, und ich begann zu bezweifeln, daß sie je wieder stillstehen würden. Möglicherweise hätte es ein erheiterndes Erlebnis sein können, wäre ich entsprechend trainiert und in Stimmung gewesen, doch ich hatte eine solche Todesangst vor dem Messerstecher, daß der ganze Treck ein Alpdruck war, obwohl er später in Bruach zu einer Heldensage wurde. Ein Augenzeuge berichtete: »Hab nicht gewußt, ob das überhaupt ’ne Frau is, die der nachzerrt, hat ausgesehn wie ’ne Kuh, die ’n großen Drachen steigen läßt.«

Endlich erreichten wir die Schlucht, in der ein buntes Gemisch durcheinanderwimmelndes Vieh muhte und blökte, in jeder Tonlage vom Kontrabaß bis zum Falsett, und eine Anzahl auffallend müßiger Männer im Heidekraut lagerte. Der Jungstier, dessen Flanken wogten, blieb ruckartig stehen und machte nur noch einige unbeholfene Schritte, als ich, die ich nur halb soviel Beine hatte wie er und somit nur die halbe Bremskraft, ihm heftig auf den Hintern prallte. Krampfhaft Luft holend ging ich zu Boden, meine Kehle fühlte sich an wie Sandpapier. Ruaris Donnerstimme drang in meine Erschöpfung.

»Sie hätten das Biest nicht so rennen lassen dürfen«, tadelte er, »das bekommt ihm schlecht.«

Ich warf einen vorwurfsvollen Blick in seine Richtung, zu sehr außer Atem, um mich zu rechtfertigen.

»Sind sie hier sicher?« fragte ich Lachy, als ich wieder verständlich sprechen konnte.

»Aye«, gab Lachy Auskunft, der wie immer

aus der Gruppe herausragte, »ich glaub schon, daß der ihn sich gleich vornimmt.«

Ich muß so begriffsstutzig ausgesehen haben, wie ich war.

»Wer bitte?«

»Na, der Tierarzt natürlich«, klärte Lachy mich auf. »Dafür haben Sie das Vieh doch hergebracht?«

Langsam dämmerte mir etwas. Ich erhob mich erschöpft und trat zu der Gruppe Zuschauer, die sich um eine kampflustige, aber fest vertäute Kuh versammelt hatten. Den Tierarzt kannte ich bereits, einen Mann aus Edinburgh mit gut entwickeltem Humor.

»Sie sind also der Irre, der ›rumrennt und die Tiere sticht‹?« fragte ich ihn spaßhaft-vorwurfsvoll.

»Muß ich wohl sein«, sagte er mit schiefem Lächeln. »Sehen Sie zu, wie ich es mache.« Er schnitt ein winziges Büschel Haar vom Hals der Kuh und führte die Nadel ein.

»Tuberkulosetest«, sagte er halblaut. »Ist auch verdammt hohe Zeit.«

Schweigend verfluchte ich Morags blumige Ausdrucksweise. Es war keineswegs das erste Mal, daß sie mir Streß und Peinlichkeit beschert hatte. Und vermutlich auch nicht das letzte. In diesem Augenblick traf sie selbst ein, ziemlich atemlos und leicht besorgt um mein Wohl. Auch sie schalt mich wegen meiner ungebührlichen Hast.

Um uns die langweilige Warterei zu ersparen, war der Tierarzt so freundlich, unsere beiden Tiere gleich zu »stechen«, und als dies zu allgemeiner Zufriedenheit erledigt war, wandte er sich einer räudigen schwarzen Kuh zu, die von einem Tattergreis namens Shamus Beab geführt wurde.

»*Er* hat einen Schnitt am Euter«, hörte ich Shamus zum Tierarzt sagen und sah letzteren sich bücken und die Kuh untersuchen.

»Das gefällt mir gar nicht«, sagte er, sich wieder aufrichtend. »Riecht auch verdammt merkwürdig.« Wieder bückte er sich und schnüffelte. »Riecht ganz verkehrt. Hast du irgendwas draufgeschmiert, Shamus?« fragte er stirnrunzelnd.

»Hab ich«, gab Shamus zu. »Ich hab's sogar dabei.« Er wühlte in seiner geräumigen Tasche, zog eine Tube hervor und hielt sie dem Tierarzt zur Prüfung hin. Ich brauchte kein zweites Mal hinzuschauen, um das verführerische Etikett einer bekannten, stark parfümierten Schönheitscreme zu erkennen, für die viel Reklame gemacht wurde. Der Tierarzt nahm eine Zigarette heraus und steckte sie sich zwischen die verdächtig zukkenden Lippen.

»Und warum zum Kuckuck schmierst du der Kuh so was aufs Euter?« fragte er.

Shamus überhörte die frechen Kommentare der interessierten Zuhörer, nahm die Mütze ab und kratzte sich energisch den spärlich behaarten Kopf.

»Hab's von den Hausierern gekriegt, als die da warn«, erklärte er mit schlichtem Ernst. »Und ich glaub, es hat *ihm* gutgetan.«

»Kann sein, kann sein«, lenkte der Tierarzt rasch ein und knipste sein Zigarettenetui zu. »Aber schau mal, Shamus, ich schick dir was Besseres für die Kuh. Das parfümierte Zeug kannst du deiner Frau schenken.«

Shamus warf einen verwirrten Blick auf den Sprecher. »Aber meine Frau hat keinen Schnitt auf ihrem –«, begann er.

»Nein«, warf der Tierarzt laut dazwischen, »fürs Gesicht natürlich.«

»Aber im Gesicht hat meine Frau auch keinen Schnitt«, meinte der Alte und schüttelte langsam den Kopf. Dann fügte er naiv hinzu: »Höchstens ihren Mund.«

Gackerndes Gelächter in der Runde. Der Tierarzt hielt die hohle Hand um das Flämmchen seines Streichholzes, um sein Grinsen zu verbergen.

Shamus sagte allen gleichmütig Lebewohl und zog mit seiner Kuh von dannen.

Inzwischen war der ruhige Morgen böig geworden, der Wind zerwühlte uns die Haare und zerrte an unserem Nacken. Morag und ich ließen das Vieh den Heimweg selber finden und gingen über das Heideland nach Hause. Mary öffnete uns ängstlich.

»Alles in Ordnung?« erkundigte sie sich.

Ich nickte kurz.

»Ihre Freundin ist wohl schrecklich nervös?« flüsterte Morag mir ins Ohr, denn natürlich hatte sie meine Anweisungen für Mary beim Abschied nicht gehört.

»Ja«, raunte ich hinterhältig, »leider.«

Arme Mary! Schon begann sie Bruach für eine Art Tollhaus zu halten, aber meine Erklärungen zu dem »irren Messerstecher« und meine hektische Überlandflucht ließen sie doch herzlich lachen.

»Becky«, prophezeite sie freudig, »du schaffst es noch bis zur Olympiareife!«

Für den Rest des Nachmittags und bis spät am Abend lag ich erschöpft auf dem Sofa. Mary war es zufrieden, ebenfalls auszuruhen, und als sie in der sinkenden Dämmerung am Fenster saß und ihre heiße Abendmilch trank, sagte sie: »Weißt du was, Becky, ich glaube, deine Insel hat trotz ihrer Ungehobeltheit einen gewissen Charme.«

Ich knurrte verschlafen.

Im Lauf des Tages hatte der Wind stetig zugenommen und sich jetzt zu einem regelrechten Sturm ausgewachsen. Mary beobachtete fasziniert, wie die Wacholderbüsche sich unter seinem Zugriff bogen.

»Hör mal, Becky«, begann sie plötzlich, »ich habe gerade ganz merkwürdige weiße Vögel vorbeifliegen sehen. Was mögen das für welche sein?«

»Weiß nicht«, sagte ich, stemmte meine schmerzenden Glieder von dem unbequemen Sofa hoch und ging zur Tür. Am Himmel war noch ein Rest Tageslicht, denn die sommerliche Abenddämmerung dauert auf den Inseln lange, fast zu lange. Ich spähte hinaus und sah keine Spur von irgendwelchen Vögeln, doch noch während ich hinaussah, kam etwas Weißes vorübergewirbelt. Ich rief Mary und führte sie ums Haus herum und den »Primelweg« hinunter.

»Eines ist sicher«, spottete ich, »vielleicht werde ich eines Tages olympische Läuferin, du aber wirst nie Ornithologin. Schau her, da hast du deine Vögel.«

Mary folgte meinem Blick auf das »Hausi«, und wir prusteten beide vor Lachen. Der böige Wind hatte die nagelneue Toilettenpapierrolle gefunden, peitschte sie mutwillig durch eine der größeren Ventilationsöffnungen, formte Girlanden daraus, die in den Ästen der dunklen Bäume hängenblieben und dort aussahen wie magere presbyterianische Jungfern, die sich zu einem höllischen Ball geschmückt haben. Luftschlangen von wehendem Toilettenpapier flogen hinauf ins Dorf, ringelten sich um Wäschepfosten, Kamine,

Ställe, ja sogar um die Hörner einer verdutzten Kuh. Ich rief Morag herbei. Als sie sah, was da geschah, hüpfte sie behende über das Gras und suchte jedes verflogene Blättchen des kostbaren Papiers zu retten. Mit einem Arm voll zerknittertem Papier kam sie wieder, das ich aber nur entgegennahm, um es erneut dem Appetit des Sturms zu opfern.

»Aber, aber, das ist doch schade«, meinte Morag vorwurfsvoll, als das letzte Stück von der Rolle, nunmehr restlos abgewickelt, den Hügeln zusegelte. Ich lächelte über ihre Betroffenheit und nahm mir insgeheim vor, weiterhin diese Marke Toilettenpapier zu bestellen, denn der Fabrikant schien uns preiswert zu bedienen: Es mußten ganze Kilometer auf der Rolle gewesen sein.

»Also, das war pure Bosheit von ihr«, sagte Morag.

»Von wem?« fragte Mary, doch ein Rippenstoß von mir warnte sie, dieser Frage weiter nachzugehen.

Allein in unserem Zimmer, erklärte ich ihr, daß »sie« der Wind gewesen sei.

»Der Wind ist also ›sie‹?« erkundigte sich Mary.

»Das kommt darauf an, mit wem du sprichst«, erklärte ich ihr. »Bei Morag ist er eine sie, beim nächsten, den du triffst, kann es durchaus ein er sein. Mit Nebensächlichkeiten wie dem Geschlecht verliert man hier keine Zeit.«

»Ist das aber eine Sprache!« sagte Mary.

»Ist das aber ein Volk!« murmelte ich.

Wir beendeten unser Abendessen und gingen hinauf zum Schlafen, wünschten aber im Vorbeigehen Morag noch gute Nacht, die gleich hinter der Außentür stand und einen Wagen mit unnötig hellen Scheinwerfern beobachtete, der den Weg heraufgesaust kam.

»Das ist der Taxler und seine Frau und ein Haufen Bekannter, die zum Tanzen fahren«, belehrte sie uns im Plauderton.

»Ach«, sagte ich ahnungslos, »dann scheint er das Taxi ja endlich wieder repariert zu haben.«

»Der? Doch nicht«, sagte Morag gelassen, »die fahren wieder alle im Leichenwagen.«

Vorbereitungen zur Hochzeit

»Im Frühling«, singt der Dichter, »denket der Jüngling an die Liebe.« Auf den Hebriden gilt dieser Spruch nicht. Im Frühling denkt der materialistische Crofter ans Pflanzen, denn eine Zukunft ohne Liebe kann er sich vorstellen, eine Zukunft ohne Kartoffeln aber ist undenkbar. Aus diesem Grund finden Hochzeiten meist im Herbst oder Winter statt, und da der Kleinbauer es mit dem Heiraten nie eilig hat, gelten die Begriffe »Herbst« und »Winter« oft für den Lebensabschnitt, in welchem er den schicksalhaften Schritt tut (mit Ausnahme jener Fälle, in denen die Braut – diskret ausgedrückt – genötigt ist, die Windeln vor der Aussteuer zu bestellen).

Irgendwann in einem Herbst wurde in Bruach geflüstert, man werde bald eine Hochzeit feiern. Ehe das Gerücht dreimal durchs ganze Dorf war, hatte es sich zur feststehenden Tatsache gewandelt. Bruach würde wirklich eine Hochzeit erleben, eine richtige weiße Hochzeit mit Brautjungfern, einem Empfang im Hotel, ja sogar gedruckten Einladungskarten. Bei letzterer Nachricht rümpfte Morag verächtlich die Nase.

»Rausgeschmissenes Geld«, sagte sie. »Wie

meine Tochter in Glasgow geheiratet hat, da hat sie auch Karten verschickt und unten dran *R.I.P.* drucken lassen, damit sie weiß, wie viele kommen.« Sie schüttelte betrübt den Kopf. »Aber keiner hat geantwortet, die sind hier alle so ungebildet.«

Es hatte während meines Aufenthalts in Bruach bereits zwei, drei Hochzeiten gegeben, da sie aber nicht zu der eben erwähnten Sorte gehörten, gab es nur jeweils eine heimliche Reise aufs Festland, ein paar hastige Minuten vor dem Standesbeamten und bei der Rückkehr nichts Romantischeres als ein weiteres paar Hände im Haushalt derjenigen Schwiegereltern, die Hilfe nötiger oder aber mehr Raum hatten. Diesmal jedoch war der Bräutigam ein mannhafter junger Fischer von nicht mehr als dreißig und die Braut, nur wenige Jahre älter als er, eine attraktive Kellnerin aus dem Hotel im Nachbardorf – einem Dorf, das nicht nur über eine Kirche verfügte, sondern sogar über eine Kirche mit Glockenturm und Orgel. Das Hotel hatte es übernommen, das Hochzeitsfrühstück auszurichten, und noch nie zuvor hatten die Bruacher sich auf etwas so Aufregendes freuen können. Vom ersten geisterhaften Raunen bis mindestens ein Jahr nach der feierlichen Trauung waren Hochzeiten, vergangene, gegenwärtige und künftige, wohin man auch kam, das einzige Gesprächsthema.

»Ach, Hochzeiten sind auch nicht mehr, was sie waren«, klagten die alten Leute. Anna Vic jedoch, deren Hochzeit erst kürzlich, nämlich vor dreißig Jahren, stattgefunden hatte, widerlegte diese Kritik energisch.

»Also nach meiner Hochzeit waren mein Onkel Roddy und mein Onkel Hamish drei volle Tage lang verschwunden«, argumentierte sie temperamentvoll. »Und wo haben wir sie schließlich gefunden? In der Allta-Höhle dort drüben. Hatten sich drin verbarrikadiert mit Kästen Bier und Whisky und hoch und heilig gelobt, sie kämen erst heim, wenn sie sich einen Weg durchgetrunken hätten.«

Die Onkel Roddy und Hamish, deren patriarchalische Erscheinungen jetzt keine Anzeichen ihrer wilden Jugend mehr aufwiesen, waren anwesend, hörten und bekräftigten die Behauptungen der Dicken.

»Fast hätten wir's geschafft«, sagte Roddy stolz und drehte sein gerötetes Gesicht kurz vom Kaminfeuer fort. »Wie sie uns fanden, hatten wir nur noch eine volle Flasche.«

»Das ist wahr«, bestätigte Hamish und nickte gedankenverloren. »Und wenn Bier und Whisky noch so gut wärn wie damals, hab ich kein' Zweifel, daß wir's noch mal schaffen würden.«

»Psst! Psst!« machten einige Frauen mit besorgten Seitenblicken auf mich.

»Und alle drei Nächte hat's Stein und Bein gefrorn, und wir dachten alle, die wärn schon fast erfrorn«, fuhr Anna Vic unbeirrt fort.

»Kann mich nicht erinnern, daß mir's je wärmer war«, wandte Hamish ein und zielte einen saftigen Strahl Spucke ins glimmende Torffeuer.

»Das glaub ich gern«, meinte der Straßenarbeiter. »Mann, dreißig Jahr ist das jetzt her, und ich find immer noch leere Flaschen in der Höhle.«

Seine Bemerkung wurde von einem Chor begeisterten Gelächters begrüßt, das anhielt, bis man Lachy fragen hörte, ob sich jemand noch an die Skean-Hochzeit erinnere. Offenbar erinnerten sich alle.

»Erzähl mal Miss Peckwitt von der, Lachy«, sagte Johnny, und Lachy bedurfte keiner weiteren Überredung. Er begann seine Geschichte.

»Bei der Hochzeit in Skean«, begann er, »waren wir fast alle dabei, und Braut und Bräutigam standen vor dem Pfarrer, wie's sich gehört. Und der Bräutigam war so blau wie 'n Veilchen. Er war so betrunken, daß ihn sein Trauzeuge die ganze Zeit von hinten stützen mußte, und damit hatte er alle Hände voll zu tun. Natürlich war der Pfarrer hier am Ort geboren und großgeworden und nahm es überhaupt nicht übel, daß der Bursche so voll war. ›Willst du diese Frau zum Weibe nehmen?‹ fragt er.

›Ich nehm sie für ’n Weilchen‹, sagt der Mann. ›Nur bis ich sie satt hab.‹

›Du bist so betrunken, daß du nicht weißt, was du sagst‹, erklärt der Pfarrer. ›Ich kenne dich besser als du dich selbst.‹ Und macht weiter mit dem Gottesdienst und fragt den Burschen nicht noch mal. Na ja, alles lief glatt, bis sechs Monate später der Kerl wieder zum Pfarrer kommt.

›Ich hab die Frau satt‹, sagt er, ›und will sie los sein.‹

›Mann, das kannst du nicht‹, erklärt der Pfarrer.

›Kann ich doch‹, sagt der Bursche. ›Ich hab sie nur unter Vorbehalt genommen, und all meine Bekannten und Verwandten, die in der Kirche waren, können beschwörn, daß ich Ihnen klar und deutlich gesagt hab, ich nehm sie nur unter Vorbehalt.‹

›Menschenskind‹, stöhnt der Pfarrer, ›ich flieg doch sofort aus der Kirche, wenn bekannt wird, daß ich jemanden getraut habe, der so besoffen war wie du damals.‹

›Mir egal, was mit Ihnen passiert‹, sagt der Bursche. ›Die Frau will ich los sein und mir eine gute Milchkuh kaufen. Beides zusammen kann ich mir nicht leisten.‹

›Nun hör mal‹, sagt der Pfarrer. ›Ich hab drüben auf der Insel die beste Milchkuh. Wenn du den Mund hältst und die Frau behältst, schenk ich dir das Tier.‹

Natürlich weiß der Bursche, daß das großartig ist, und genau darauf war er aus. Er hat die Frau gar nicht satt, sie haben die Sache nur zwischen sich abgesprochen. Nach weiteren sechs Monaten geht er wieder ins Pfarrhaus und sagt, er braucht ein Pferd, und noch später braucht er einen guten Schafbock und so immer weiter. Nur der liebe Gott weiß, was er mit der Zeit alles zusammengekriegt hätt, aber der arme alte Pfarrer ist einfach hingegangen und weggestorben. Würd mich nicht wundern, wenn ihn die Sorgen umgebracht hätten«, schloß Lachy selbstzufrieden.

Selbstverständlich zweifelte ich an der Wahrheit der Geschichte, aber jeder kannte das betreffende Paar, und die Bewunderung für die Schlauheit des Ehemannes war offenkundig.

»Wie lang ist das denn her?« fragte ich.

»Ach, nicht mehr als zwanzig, fünfundzwanzig Jahr«, erwiderte Lachy, »der Mann ist jetzt reich, Miss Peckwitt.«

Das wunderte mich nicht.

Obwohl die Hochzeit in Bruach erst in ein paar Wochen stattfinden sollte, brachte sie doch auch meine Pläne durcheinander, denn ich hatte zu einem längeren Besuch zu Mary reisen und bis nach Neujahr in England bleiben wollen. Sie versprach jedoch so interessant zu werden, daß ich sie nicht versäumen wollte. Ich gab daher meine Absicht bekannt, meinen Urlaub abzukürzen, um dabeizusein. Sofort wurde ich mit Aufträgen überschüttet. Ich sollte zahllose Artikel aus englischen Geschäften besorgen, denn die Bruacher verachteten zwar die Engländer als Rasse, waren aber von der Überlegenheit englischer Waren fest überzeugt.

Schüchtern, aber mit einem rührenden Optimismus wurden mir Bitten vorgetragen, eine Ablehnung war unmöglich. Meine Einkaufsliste wurde von Tag zu Tag länger. Die künftige Braut erbat ein Paar weiße Seidenstrümpfe, ein Spitzentaschentuch und – sie errötete – ein Paar rosa, gekrauste Strumpfbänder. Kleid, Schleier und Schuhe, teilte sie mir mit, habe sie bereits aus einem Versandkatalog. Die Firma spezialisierte sich meiner Überzeugung nach darauf, abgelegene Orte mit überholten Modeartikeln zu unverschämten Preisen zu beliefern. Giggle und Sniggle, die Brautjungfern sein sollten, wünschten sich Haarreifen, und zwar in Blau.

»Sehr hübsch«, lobte ich, denn sie hatten beide schöne blaue Augen. »Sind eure Kleider auch blau?« Das wußten sie nicht. Die Kleider kamen secondhand aus einem Geschäft in Glasgow, »weil sie ja doch nur einmal benötigt würden«, und die Farbe hinge davon ab, was das Geschäft liefern könne. Mein Vorschlag, doch auf die Kleider zu warten, ehe sie sich für die Accessoires entschieden, wurde mit nachsichtigem Lächeln entgegengenommen. »Zu Blau paßt doch jede Farbe«, belehrten sie mich überlegen, und mit resigniertem Seufzer schrieb ich die blauen Haarreifen auf meine Besorgungsliste.

Morag wollte Handschuhe – schwarze.

»Für die Hochzeit?« wandte ich ein.

»Die passen dann auch gleich für Kirche und Beerdigungen«, meinte sie.

Lachy, der sich noch immer nach einer englischen Ehefrau sehnte, drängte mich, ihm eine mitzubringen.

»Blond oder braun?« fragte ich scherzend und zückte den Bleistift.

»Das ist mir ganz egal«, sagte er. »Ich nehm alles, was Sie bringen, weil ich glaub, Sie kennen meinen Geschmack jetzt ganz gut. Sie darf keine von diesen Bericken tragen.« Ich mußte einen Moment nachdenken, ehe ich die »Bericken« in »Perücken« übersetzt hatte.

Kirsty, die hagere, faltige Alte, lugte eines Abends kurz vor meiner Abreise schüchtern durch die Tür. In der einen Hand hielt sie verkrampft einen Zettel.

»Ich krieg nie einen Hut, der mir paßt«, klagte sie, als wir uns zu einem *strupak* niederließen, und wer je Kirstys unschöne Züge gesehen hatte, vermochte dieses Bedauern durchaus nachzufühlen. »Hören Sie, könnten Sie mir einen Hut besorgen wie den hier?« fuhr sie fort und entfaltete nervös ein Papier. Es war eine Reklameseite, auf der verschiedene Formen charmanter Hüte abgebildet waren. Ihr dürrer, knorriger Finger ruhte auf einem, unter dem stand: »Fesches Käppchen, wie geschaffen für die Einführung des jungen Mädchens in die Gesellschaft.« Ich betrachtete es lange und versuchte mir vorzustellen, wie Kirstys müdes Gesicht davon gekrönt würde, deren »Einführung in die Gesellschaft« vor etwa einem Vierteljahrhundert keinerlei Spuren hinterlassen hatte.

»Der paßt doch, oder?« erkundigte sie sich schüchtern.

»Was für eine Farbe soll er denn haben?« wich ich aus.

»Also mein Mantel, der ist braun, und da dachte ich mir, dazu wäre blau doch riesig nett.« Sie sprach kleinlaut, aber fest. Jeder Versuch zum Widerspruch wäre mir so ausgelegt worden, als sei ich aus anderen Gründen nicht bereit, die Besorgung zu übernehmen, daher nickte ich und riskierte nur den lahmen Vorschlag, grün sei vielleicht besser geeignet.

»Aber meine Augen sind doch blau, und es heißt, Blauäugigen steht Blau immer«, entgegnete sie mit kindlicher Offenheit. Ihre ausgeblichenen Augen kreuzten sich kurz mit den meinen und glitten wieder fort, und nicht zum ersten Mal verfluchte ich die Autoren der Groschenromane mit ihren unweigerlich blauäugigen Heldinnen, die das ebenso unweigerlich blaue Kleidchen trugen, das »das Vergißmeinnichtblau ihrer Augen noch vertiefte«. Schicksalsergeben faltete ich den Zettel und legte ihn zu meiner Einkaufsliste, die mittlerweile zu beträchtlicher Länge angewachsen war.

Am Abend vor meiner Abreise hatte ich noch in letzter Minute einiges zu bügeln, da klopfte es schüchtern an die Tür, und auf mein Herein trat Euan der Schwachsinnige ein. Ich war höchlichst überrascht, ihn zu sehen, denn obwohl er manchmal in Moragς Küche saß, war er bisher nicht in den Bereich meines Zimmers vorgedrungen. Sein Erscheinen war mir höchst unwillkommen, doch ich lebte nun schon lange genug auf den Hebriden, um mir ein wenig gälische Höflichkeit angeeignet zu haben, daher forderte ich ihn halbherzig auf, sich zu setzen. Euan schluckte zweimal, grinste breit, blieb jedoch linkisch an der Türe stehen. Ich hielt es für klüger, ihn zu ignorieren, bis er selbst etwas sagte, und bügelte weiter.

»Du fährst nach England?« Seine Stimme durchfuhr meine Gedanken mit einem Ruck, während ich das Bügeleisen sorgfältig zwischen die komplizierten Fältchen einer Bluse gleiten ließ.

»Ja«, sagte ich.

Euan nahm dies mit raschem Blinzeln zur Kenntnis, sagte aber sonst nichts.

»Möchtest du, daß ich dir etwas mitbringe?« fragte ich neckend, denn mir war bekannt, daß er kein eigenes Geld besaß.

»Ja.« Das Wort platzte mit erschreckender Vehemenz aus ihm heraus, gefolgt von krampfhaftem Schlucken.

»Dann sag mir mal, was, und ich werde mein Bestes tun«, redete ich ihm zu und nahm mir, überwältigt von Mitleid für den armen Schwachsinnigen, ernsthaft vor, ihm mitzubringen, was er wollte, wenn es nur im geringsten durchführbar sei.

»Bring mir –«, stotterte er flehend, und dabei traten ihm die Augen so weit aus dem Kopf, daß ich jeden Moment erwartete, sie würden auf den Boden kugeln.

»Ja, was soll ich dir denn bringen«, ermutigte ich ihn.

»Esel!«

Ich starrte Euan so lange an, daß das Bügeleisen eine Falte in meine Bluse brannte, die sich nie mehr beseitigen ließ.

»Einen Esel?« platzte ich heraus. »Welche Sorte?«

»Mit Beinen«, ergänzte er furchtsam.

»Meinst du einen echten Esel?«

Er nickte und zwinkerte energisch, aber die

Worte fehlten ihm. Fast hätten sie auch mir gefehlt.

»Du meine Güte, ich kann dir doch unmöglich einen echten Esel mitbringen«, erklärte ich. »Wie um Himmels willen meinst du denn, soll ich mit einem echten Esel in die Bahn einsteigen?«

Seine Miene wandelte sich abrupt von leuchtender Vorfreude zu tiefster Niedergeschlagenheit. Er wandte sich ohne ein weiteres Wort um, schloß die Tür leise hinter sich und überquerte den Gang in Morags Zimmer. Erst einige Minuten später hörte ich, wie sie ihn heimschickte. Als die Haustür sich hinter ihm geschlossen hatte, kam Morag in mein Zimmer. Ich fragte sie sofort, ob Euan ihr erzählt habe, ich solle ihm einen Esel mitbringen.

»Hat er«, sagte sie, »und ich hab ihn gefragt, ob er denn schon mal einen Esel gesehen hat, daß er Sie damit belästigt.«

»Und?« wollte ich wissen.

»Eigentlich nicht, hat er gesagt, aber er glaubt, ein Esel sieht aus wie ein zerdrücktes Pferd. Er glaubt auch nicht, daß Sie schon mal einen gesehn haben.«

»Ich? Und wieso nicht?«

»Er meint, wenn Sie einen gesehn hätten, wüßten Sie, daß man mit dem nicht auf die Eisenbahn muß. Er sagt, dann wüßten Sie, daß er selber Beine zum Laufen hat.«

»Ich frage mich nur, was er von mir erwartet«, sagte ich trocken. »Soll ich darauf reiten, neben ihm herlaufen oder ihn hinten an den letzten Eisenbahnwagen anhängen?«

Morag lachte. »Ach, Euan weiß doch nicht, daß England weiter weg ist als Shuna«, entschuldigte sie ihn. Ihr Blick fiel auf meine offenstehenden, sauber gepackten Taschen auf dem Sofa. »Ist also alles fix und fertig?« fragte sie.

»Ja«, sagte ich. »Ich laß aber die Koffer offen und leg erst im letzten Moment obenauf, was sich leicht zerdrückt.«

Sie nickte, bestätigte kurz den Rest unserer Verabredungen für morgen und wünschte mir eine gute Nacht.

Diese Nacht war für mich immer wieder durch Träume unterbrochen: Der Wecker war stehengeblieben oder hatte nicht geläutet, mein Gepäck war auf geheimnisvolle Weise verschwunden, ich hatte mein Portemonnaie verlegt und konnte die Fahrkarte nicht bezahlen. Endlich riß mich das durchdringende Gerassel des Weckers in die Wirklichkeit zurück. Ich entzündete eine Kerze, glitt widerwillig aus dem Bett und warf einen Schlafrock um. Als ich die Füße in die Pantoffeln steckte, drangen gedämpfte Geräusche von unten im Haus in mein Bewußtsein. Fenster wurden aufgerissen, Türen sperrangelweit geöffnet, und ein ersticktes Brüllen mischte sich mit dem beizenden Gestank nach Rauch.

»Miss Peckwitt, schnell! Das Haus brennt!« Ich bezweifle, daß es einen anderen Satz gibt, der einen so schlagartig aktiv werden läßt, wie der von meiner Wirtin geäußerte. Ich rannte blitzschnell die Treppe hinunter, riß die Tür zu meinem Wohnzimmer auf und sah mich einem riesigen Brandherd gegenüber, der im und vor dem Kamin wütete, wobei ein Feuerregen glühender Ruß vom Kamin herunterkam und auf dem Linoleum weiterglomm.

»Türen und Fenster zu!« befahl ich, weil ich mich an Instruktionen auf einer Zigarettenreklame erinnerte. Gehorsam sprang Morag ans Fenster und schloß es mit einem solchen Ruck, daß die beiden unteren Scheiben herausflogen und zerbrachen. Die nächsten paar Minuten waren ein einziges Chaos. Morag nahm sich vernünftigerweise einen Besen und kehrte die glimmenden Rußteilchen dem Kamin zu. Sofort mischte sich der Geruch nach versengten Borsten mit dem erstickenden Rauch. Ich griff mir zwei Eimer und rannte hinunter ans Meer, aber wie das Pech es wollte, war gerade Ebbe, und es war ganz unmöglich, sie zu füllen, wenn man nicht knietief hineinwatete – keine beneidenswerte Aufgabe an einem finsteren Wintermorgen. Mit zwei vollen Eimern und einer Taschenlampe kann man schlecht laufen, und ich hätte auf keinen Fall versuchen sollen, drei Stufen auf einmal zu nehmen. Ich plumpste hin, und das eisige Wasser floß unter und um mich, ehe ich wieder aufstehen konnte. Also zurück ans Meer, um die Eimer zu füllen, deren einer jetzt ernstlich leckte, und mit soviel Tempo, wie man bei einiger Vorsicht riskieren konnte, wieder ins Haus. Morag kehrte noch immer nach Leibeskräften, wenn man das Herumschieben von Ruß mit einem kahlen, qualmenden Besenstiel kehren nennen kann. Der Raum war so voller Rauch, daß man so gut wie nichts sah. Ich schüttete das Wasser über den Boden, doch während ich unterwegs gewesen war, hatte auch das Tischtuch Feuer gefangen, und die Tapete über der Kamineinfassung bräunte sich rasch in der Hitze.

»Holen Sie Ruari«, schluchzte Morag. »Laufen Sie, schnell, holen Sie ihn.«

Ich packte das Tischtuch und warf es ins Freie, wo es auf dem Gras verkohlte, ohne Schaden anzurichten, und rannte Ruari holen. Zweifellos gibt es Augenblicke, in denen Taubheit die schlimmstmögliche Behinderung ist. Das jedenfalls dachte ich, als ich an Ruaris Haus donnerte, faustweise Kiesel gegen sein Fenster warf und, obwohl mir der Hund in seinem Zwinger aus vollen Lungen half, das Getöse zu vergrößern, von drinnen nichts hörte. Ich entdeckte, daß die

Tür nur eingeklinkt war, und betrat das Haus, weiter unaufhörlich nach Ruari rufend. Die einzige Antwort war ein Duett ruhiger, gleichmäßiger Schnarchtöne.

Ich stieg die halbe Treppe hinauf, weiterhin rufend, erreichte den Treppenabsatz, trat in das Schlafzimmer, aus dem das Schnarchen drang, und packte Ruaris flanellbekleidete Schulter. Ich schüttelte sie energisch. Den Mund nah an seinem Ohr beschwor ich ihn, aufzuwachen und uns zu helfen. Schließlich kam er zu sich, schoß in die Höhe, und zwar mit solcher Plötzlichkeit, daß er mit dem Kopf gegen meine Zähne prallte.

»Wuff, wuff, wuff«, machte er, wie eine Bulldogge, die man gezwungen hat, ins kalte Wasser zu springen.

Rasch setzte ich ihm auseinander, was passiert war, und betonte, das Haus sei in unmittelbarer Gefahr. Mit überraschender Schnelligkeit tauchten Ruaris Beine unter der Bettdecke auf, doch dann besann er sich und zog sie hastig wieder zurück.

»Kann mich nicht anziehn, wenn eine Frau zuschaut«, sagte er vorwurfsvoll.

»Pardon!« sagte ich, verließ das Zimmer und wollte die Treppe hinunter.

»He, wohin denn mit der Lampe«, wurde hinter mir hergebrüllt, »ohne Licht seh ich doch nicht, wo ich bin und wo meine Sachen sind.«

Ich kehrte ins Schlafzimmer zurück und fand Ruari, noch immer leicht benommen, auf dem Bettrand sitzend. Bei meinem Anblick kroch er sofort wieder unter die Decke und zog sie sich bis ans Kinn herauf.

»Frau, Frau«, schalt er, »nun laß mich mal in Ruhe in meine Buxen steigen, ja?«

»Ohne Lampe finde ich doch nicht hinunter«, protestierte ich, »ich weiß ja schon bei Tag nicht Bescheid bei euch im Haus und im Dunkeln erst recht nicht.«

Wir einigten uns auf einen Kompromiß, indem ich die Lampe durch den Türspalt ins Schlafzimmer hielt, während ich mit dem Rest meines Körpers außerhalb blieb.

»Haben Sie die Augen zu?« fragte Ruari.

»Selbstverständlich«, schnauzte ich zurück.

Murrend und schwer atmend zog er seine Kleider an, die sich, wie ich argwöhnte, an Quantität und Qualität wohl eher für eine Nordpolexpedition als für Brandbekämpfung im Nachbarhaus eigneten. Als das vollbracht war, beschloß er Bella zu wecken, die während des ganzen Aufruhrs tief und fest weitergeschlafen hatte.

»Los, los! Hol Wasser, wir müssen bei Morag löschen«, befahl er. Während wir die Treppe hinunterliefen, folgte uns Bellas Gejammer: wie sie sich denn ohne Licht anziehen solle. Ich tat, als hörte ich sie nicht, mich ging es nichts an, daß

Ruari und Bella gewohnheitsmäßig bis in den hellen Tag hinein im Bett blieben.

»Moment! Erst Stiefel anziehn«, sagte Ruari, als ich schon zur Tür strebte, und während ich vor Ungeduld kochte, holte er seine Stiefel unter einem Stuhl hervor und setzte sich gemächlich hin, um sie anzuziehen. Kaum hatte er den zweiten zugeschnürt, sprang ich hinaus und rannte zurück zu Morag. Ihm würde jetzt das durch das scheibenlose Fenster deutlich sichtbare Feuer genügend leuchten. Wieder erinnerte ich mich an die Anweisungen auf der Zigarettenreklame.

»Salz!« schrie ich, ins Zimmer stürzend. »Wir brauchen eine Menge Salz, um das Feuer zu ersticken.«

»Mein Gott!« wimmerte Morag. »Ich hab den letzten Eimer Salz für die Heringe verbraucht und nicht mal so viel übrig, daß es für die Kartoffeln reicht.«

Ruari erschien, und mit aus Verzweiflung geborener Entschlossenheit packte Morag ihn am Ohr.

»Salz!« brüllte nun auch sie. »Hol mir Salz, viel Salz!«

Ruari schüttelte den Kopf. »Haben wir nicht, nicht mal genug für die Heringe, und der Krämer hat auch keins mehr.« Er legte die Hand aufs Ohr, um nicht noch mehr hineingebrüllt zu bekommen.

Morags Miene bekam etwas Verkniffenes. »Müssen wir eben die Salzheringe opfern.«

Ich schüttelte zweifelnd den Kopf, denn obwohl ich sonst Salzheringe willig opfere, waren sie in dieser Form nicht das geeignete. Doch ehe ich meine Zweifel formulieren konnte, war Ruari in seinen Schuppen gestürmt, hatte das schwere Heringsfaß aus der Ecke hochgehoben, hatte meine wenig angebrachten Hilfsangebote mit einem nicht wiedergebbaren knurrenden Kraftausdruck abgelehnt und wankte mit dem Faß ins Haus.

»Mach Platz«, warnte er Morag. Sie konnte sich gerade noch in eine Ecke retten, um dem Katarakt aus Heringen, Salz und Flüssigkeit zu entgehen, mit dem Ruari den Inhalt des Fasses auf den Brandherd kippte. Es zischte heftig, beißender Qualm erhob sich erneut im Zimmer, das Haus begann ärger zu stinken als eine Bücklingsfabrik, aber das Feuer war doch zum Teil erstickt, und als die seltsam gewandete Bella endlich mit Wasser und nassen Säcken eintraf, war das Brüllen des Feuers abgeebbt und ließ langsam, aber unaufhaltsam nach. Der Tag brach an, als wir weiteres Wasser heranschleppten und damit die heißen Wände und das verkohlte Linoleum tränkten und Ruari aufs Dach kletterte, um von oben her nasse Säcke in den Kamin zu stopfen.

»Warum ist denn das passiert?« fragte er wütend, kaum daß er wieder Atem hatte.

»Ich wollt doch bloß Miss Peckwitt ein anständiges Frühstück machen, und da geht mir das widerliche blöde Feuer beinah aus«, rief Morag mit einem feindseligen Blick auf den rotglühenden Kaminrost. »Ich wollt nur, daß sie was Vernünftiges in den Leib kriegt, eh sie losfährt, da hab ich eben eine Masse Paraffin aufgeschüttet, und was soll ich euch sagen, macht doch das alte Luder ›puff!‹ und fliegt den Schornstein rauf.«

Ich riskierte einen erschöpften Blick auf die Uhr. Morag folgte meinen Augen, stieg auf einen Stuhl und wischte mit dem Schürzenzipfel eine Rußschicht vom Zifferblatt: Es war just die Zeit, zu der mein Zug von der Festlandstation hätte abgehen sollen. »Ach herrje, jetzt haben Sie Ihren Zug verpaßt«, bemerkte sie gänzlich überflüssigerweise.

»Ja, das habe ich«, bestätigte ich und besah mir niedergeschlagen den verrußten Inhalt meiner Koffer. Ich sammelte alles frisch Gebügelte zusammen, um es nochmals zu waschen.

»Na ja«, sagte Morag in aller Gemütsruhe, »jetzt bin ich zum erstenmal wirklich sicher, daß der olle Schornstein ordentlich sauber ist.«

Es gab keinen weiteren Zwischenfall, der mich hätte abhalten können, am nächsten Tag nach England abzureisen. Nach ereignisloser Fahrt lief der Zug im Bahnhof meiner Heimatstadt ein, wo Mary mich erwartete. Die Rückkehr ins Stadtleben war sehr anregend, ich genoß in vollen Zügen wieder den »modernen Komfort«, das Tragen leichter Schuhe, die schönen, friedlichen Gottesdienste, die dünnen Butterbrote. Meine Einkaufsfahrten waren erstaunlich erfolgreich, nur die Suche nach den rosa, gekrausten Strumpfbändern bereitete Schwierigkeiten. Schließlich stöberten wir sie in einem verkommenen Lädchen in einer Nebenstraße auf: ein köstliches Paar, mit Rosenknospen, Spitzen und Puscheln aus Schwanenflaum. Ich durfte sicher sein, daß die künftige Braut ganz entzückt sein würde. Kirstys »Traum der Debütantin« wurde erstanden und in einer eleganten Hutschachtel zur Post gegeben. Die Haarreifen der Brautjungfern, sehr blau, sehr betörend, lagen sicher auf dem Grund eines meiner Koffer. Schließlich waren alle Artikel auf meiner Liste abgehakt – bis auf die Frau für Lachy und den Esel für Euan –, und ich konnte mich ungestört eigenen Plänen zuwenden.

Ich spielte seit geraumer Zeit mit dem Gedanken, mir für Bruach einen kleinen Wagen anzuschaffen, und begann ihn jetzt in die Tat umzusetzen. Wie ich Mary erklärte, hatte ich es satt, mich mit einem Plätzchen auf dem Viehfloß zu begnügen oder mich zusammenzukrümmen, um in einen Lieferwagen von ungenügenden Dimensionen zu passen – bei den äußerst häufigen Gelegenheiten, bei denen der Bus von Bruach nicht einsatzfähig war. Auch war der Leichenwagen noch immer ein beklemmend regelmäßiges Transportmittel auf der Insel, und obwohl ich bisher immer das Glück gehabt hatte, den Sitz neben dem Fahrer zu bekommen, wurde mir doch etwas ängstlich beim Gedanken, dies könne einmal nicht mehr durchführbar sein. Ich hatte Glück, konnte einen alten zweisitzigen Morris erwerben, den wir sogleich »Joanna« tauften, und nahm Fahrstunden bei einem renommierten Fahrlehrer. Nach ein paar Wochen war ich von meinen Künsten hinlänglich überzeugt, sagte England Lebewohl und fuhr mit Joanna auf und davon, nur anfangs ein wenig beklommen wegen der sechshundert Kilometer nach Bruach. Ich wollte meinen Bestimmungsort spätestens eine Woche vor der Hochzeit erreichen.

Das Gefühl des Heimkommens, das ich empfand, als ich mit Joanna die Fähre verließ und sie mit der Insel bekannt machte – die Überfahrt war gnädigerweise sehr ruhig gewesen –, war für eine in der Stadt groß gewordene Engländerin sehr sonderbar. Der Charme der Insel überwältigte mich aufs neue, und obschon Dezember war und der Fahrtwind mir mit eisigen Fingern über die Wangen strich, ließ ich doch beide Wagenfenster offen und atmete die frische, belebende Luft in tiefen Zügen. Zu meiner Linken erstreckte sich die Bucht, friedlich und still, und spiegelte die dunklen, regengewaschenen Hügel, die ankernden Fischerboote und den langsamen Flug der heimkehrenden Möwen. Die untergehende Sonne war nur noch ein feuerrotes Streifchen über dem Horizont, während im Norden der sich rasch purpurn färbende Himmel von leuchtendem Grün eingefaßt war. Ich freute mich, als ich die ersten schilfgedeckten Häuser von Bruach erreichte, die für das ungeübte Auge aussahen wie stämmige braune Pilze, durch die sich eine Schnecke hindurchgefressen hat. Aus dem Schneckenloch kräuselte sich der jetzt so vertraute blaue Torfrauch, mischte seinen Duft mit dem von bräunendem Mehl und erinnerte mich daran, daß Samstagabend und die Sabbatbäckerei im Gange war. Ich hielt mit Joanna neben der Mauer, sprang heraus, und eine strahlende Morag eilte mir zur Begrüßung entgegen. Der Versuch, eine Umarmung zu vermeiden, die mir so offensichtlich zugedacht war, wäre ungehörig gewesen, doch noch ehe diese vorüber war, war Bella aufgetaucht, um mir ähnliche Beweise ihrer Zuneigung zu liefern, während ein errötender und lächelnder Ruari ungeduldig darauf wartete, mir mit grimmigem Nachdruck die Hand zu schütteln. Es war eindrucksvoll, wie begeistert mich die drei willkommen hießen, und es ließ den

Empfang in England vergleichsweise kühl erscheinen. Ein gewisses Hochgefühl zu unterdrükken fiel schwer, denn die Herzlichkeit der Gälen ist ein liebenswürdiger Zug, auch wenn es ihm gelegentlich an Aufrichtigkeit fehlt. Während die Frauen mich mit dem Finger anstupsten, um zu prüfen, ob ich abgenommen hätte, und sich von Joanna und meinem neuen Kleid entzückt zeigten, kümmerte sich Ruari um meine Koffer. Wieder in meinem angestammten Zimmer, wurde großes Theater um mich gemacht, ich wurde gestreichelt, mir wurde versichert, man habe mich sehr vermißt, und als ich abends ins Bett ging, fühlte ich mich von all der Zuwendung so geschmeichelt, daß es mir nicht leid tat, das städtische Leben wieder einmal hinter mir gelassen zu haben.

Meine Rückkehr war das Signal für eine Besucherkette, die mich willkommen hieß, mich inspizierte und das Neueste aus England hören wollte. Unter den ersten waren die Braut und die zwei Brautjungfern. Alle drei äußerten sich begeistert über meine Einkäufe für sie und teilten mir eifrig mit, daß die Kleider für die Brautjungfern inzwischen aus dem Secondhand-Laden eingetroffen seien. Obwohl weder Farbe noch Schnitt der Kleider identisch waren, wie sie eigentlich gehofft hatten, waren die Mädchen offensichtlich hingerissen. »Eines ist so eine Art

Rosa«, erzählten sie, »und das andere eine Art Orange«, eine Farbzusammenstellung, die sie mit Entzücken, mich mit Bedauern erfüllte. Nicht lange nach dem Brautgefolge kam auch Kirsty, nicht weniger verliebt in den aus England geschickten Hut, den ich kommenden Sonntag auf ihr würde bewundern dürfen. Kirsty auf den Fersen kamen Padruig und Euan. Wieder mußte ich mir anhören, wie ersterer einen Besuch im »Buckham Palace« gemacht hatte, und bei seinem Bericht saß Euan daneben und sah mich aus treuen Hundeaugen an, offenbar nicht gekränkt darüber, daß ich ihm keinen Esel mitgebracht hatte.

»Euan scheint gar nicht traurig, daß ich ihm den Esel nicht bringen konnte«, sagte ich zu Morag, als die beiden gegangen waren.

»Wieso, er glaubt doch, Sie hätten ihm einen mitgebracht«, verbesserte sie mich.

»Was?« rief ich lebhaft. »Wie kann das sein?«

»Die Jungen haben ihm erzählt, daß Sie einen mitgebracht haben und daß er morgen zu Ruari in den Stall kommt, damit er üben kann, auf ihm zu reiten.«

»Das ist doch wirklich das Allerletzte!« sagte ich ärgerlich. »Weiß der Kuckuck, was sie mir damit wieder eingebrockt haben! Der Bursche wird mir auf Schritt und Tritt folgen.«

»Nein, nein«, beschwichtigte Morag, »die haben Ihnen nichts eingebrockt. Sie haben sich von der andren Seite der Insel einen zahmen Hirsch ausgeliehen, und zu Euan haben sie gesagt, daß es ein englischer Esel ist. Das war doch von Anfang an der Witz. Deswegen sollte er Sie doch bitten, ihm einen Esel mitzubringen.«

In dem albernen Plan erkannte ich den kombinierten Einfallsreichtum von Lachy, Angus und möglicherweise auch noch Johnny und schwor allen dreien Rache.

»Ist schon in Ordnung«, fuhr meine Wirtin fort. »Euan hat doch noch nie einen Esel gesehn.«

Da ich es strikt ablehnte, zu bleiben und Zeugin der Begegnung zwischen Euan und dem Hirsch zu werden, habe ich nur Moragś Bericht über den Ausgang des Bubenstreichs. Sie schilderte ihn mir, halb erstickt vor Lachen, äußerst farbig und – wie zu erwarten war – in ihrer höchsteigenen Sprache. Anscheinend hatten einige der Männer – besonders Angus, Lachy und Johnny – den Hirsch festgehalten und Euan überredet, ein Bein über den Sattel zu schwingen. Sobald er das getan hatte, ließen die Männer los, und der Hirsch sprang mit Riesensätzen den Hügeln zu. Wie durch ein Wunder – keiner konnte es erklären – gelang es dem Reiter, sich festzuhalten und begleitet vom lautstarken Ermunterungsgebrüll der Zuschauer über ein Drittel des Anwesens getragen zu werden, ehe er über das Schwanzende des Tiers abrutschte und der Länge lang im Dreck landete. Der Hirsch flüchtete in panischer Eile und war bald außer Sicht. Euan klopfte sich den Lehm von der Hose, suchte seine Mütze und stürmte ihm nach. Auch er war bald außer Sicht, und etwa zwei Stunden später wollte der Wildhüter ihn noch gesehen haben – immer noch im Laufschritt.

Es war mir eine Erleichterung zu hören, daß Euan endlich heimgekehrt und unverletzt geblieben war, der arme Kerl!

»Das verzeiht er mir nie«, klagte ich.

»Verzeihen? Wieso verzeihen?« widersprach Morag. »Er glaubt, es ist ein wunderbarer Esel. Er tut seitdem nichts andres, als mit seinem englischen Esel protzen.«

Ich stöhnte. »Und was wird jetzt, wo er weg ist?« fragte ich.

»Da machen Sie sich mal keinen Kummer. Er glaubt, der ist bis nach England zurückgerannt, und ist ganz sicher, daß Sie ihn von dort wieder mitbringen, wenn Sie das nächste Mal hinfahren«, erklärte sie gelassen.

Zwar war es schwer zu glauben, daß der Streich so gut geglückt war, wie seine Urheber behaupteten, doch ich mußte zugeben: Euan schien nicht im geringsten enttäuscht über das Benehmen seines unechten Esels. Im Gegenteil, er fuhr fort, mich mit einer geradezu bedrückenden Ergebenheit zu behandeln, die nicht abnahm.

Die Hochzeit

Als der große Tag der Hochzeit nahte, machten sich die Bewohner von Bruach an die schwere Aufgabe, Glückwunschtelegramme zu verfassen.

»Was werden Sie denn schreiben?« fragte mich meine Wirtin eines Abends, und als ich meinte, ein Telegramm käme mir unnötig vor, da ich ja bei der Feier persönlich anwesend sein würde, war sie ehrlich erstaunt und bestand darauf, in Bruach sei es Sitte, auch dann Telegramme zu schicken, wenn man selber mitfeierte. Außerdem, ließ sie mich wissen, schickten einige der selbsternannten dörflichen Barden Glückwünsche in gereimter Form. Sie schlug vor, ein gewisser Peter könne ja »einen Vers« für mich schreiben, falls ich das wünschte. Ich schüttelte den Kopf. Meine bisherige Kenntnis von der örtlichen Dichtkunst hatte mich überzeugt, daß sie leidlich war, wenn, ja wenn man Rhythmus, Metrik und Grammatik völlig außer acht ließ. Andernfalls aber mitnichten. Der Vetter meiner Wirtin, Lehrer an einer höheren Schule in Glasgow, hatte, wie sie mir anvertraute, »ein großartiges Gedicht« für ihr Telegramm geliefert. »Der ist bei so was wirklich gut. Warten Sie nur, bis Sie's hören«, jubelte sie mit mädchenhaft strahlenden Augen und setzte kokett hinzu: »Ich sag's Ihnen jetzt nicht, sonst verderb ich Ihnen den Spaß.«

Ich murmelte etwas wie: daß mir ein prosaisches »Herzliche Glückwünsche und alles Gute« genüge, woraufhin Morag mich anglotzte wie ein gekränktes Kind, das sich für etwas bestraft sieht, was es nicht begangen hat, und jählings das Thema wechselte. Von den Telegrammen sprach sie nicht wieder.

Am eigentlichen Hochzeitstag dämmerte der Morgen spät, und als ich mir eine durchsichtige Stelle in die Fensterscheibe gerieben hatte, sah ich, daß es ein öder, deprimierender, typischer Dezembertag zu werden versprach. Unten im Haus summte meine Wirtin ein Liedchen und erledigte rasch ihre häuslichen Pflichten, denn sie wollte früher weg, weil sie für den Großteil des Tages ihre Hilfe in der Küche zugesagt hatte. Die Kühe sollten im Stall bleiben, statt wie sonst auf die Hügel getrieben zu werden, und ich hatte versprochen, ihnen das Abendfutter zu geben, ehe ich nach einem frühen Imbiß zur Kirche fuhr. Als Morag gegangen war, verbrachte ich den Morgen damit, Joanna zu polieren. Sie war trotz ihres Alters in bemerkenswert gutem Zustand. Um die Mittagszeit kochte und aß ich nur eine Kleinigkeit im Hinblick auf die Hochzeitstafel, die gewiß recht üppig ausfallen würde. Ich war in

Gummistiefeln und Regenmantel unterwegs, um die Kühe zu füttern, ehe ich mich umzog, da ließ ein durchdringendes Hupkonzert mich herumfahren. Ich erblickte den Taxichauffeur in einem prächtigen neuen Taxi, der mir heftige Zeichen machte. Ich ging durch den Garten zur Straße.

»Ist nicht dieser Kerl der größte Trottel auf der ganzen Insel?« schrie er leidenschaftlich, ohne erst die übliche Bemerkung über das Wetter zu machen. Ich spürte sofort: Hier war etwas ernsthaft schiefgegangen.

»Welcher Kerl? Was hat er denn getan?« fragte ich und überlegte, warum er sich wohl gerade mir anvertraute.

»Na, Sandy natürlich, der Bräutigam«, erklärte der Taxichauffeur, »heut früh, heißt es, eh jemand auf war, ist der mit'm Boot nach Lochnamor, und jetzt wart ich seit einer halben Stunde und nirgends eine Spur von ihm.«

Ich schaute auf die Uhr. Es war zehn Minuten nach zwei. Die Trauung sollte um drei Uhr stattfinden. Lochnamor war mit dem Boot eine Stunde weit, doch es gab einen holprigen Fußweg durch das Glen, den Joanna, wenn er überhaupt befahrbar war, in etwa zwanzig Minuten schaffen mußte. Die Miene des Taxichauffeurs war beredt genug.

»Demnach wollen Sie, daß ich mit meinem Wagen durch das Glen fahre und ihn hole?« fragte ich.

»Ach ja, Miss Peckwitt!« antwortete er bescheiden. »Ich glaub, es ist die einzige Art, diesen Menschen herzubringen. Das Ding da –«, er hielt inne und sah mit hinterhältiger Verachtung auf die Vorderräder seines Luxusmodells, »liegt zu niedrig auf'm Boden. Da ist gar kein Drandenken.«

»Die Zeit ist aber sehr knapp«, mahnte ich, »ich müßte auch noch die Kühe füttern.«

Der Taxifahrer stieg hastig aus seinem Wagen. »Die fütter ich«, erklärte er entgegenkommend.

Ich dankte ihm und lief zu Joanna. Im Laufen rief ich ihm zu: »Und Wasser müssen Sie ihnen auch geben. Der Brunnen ist dort drüben.«

»Ach, die laß ich eine Weile raus, und dann holen sie sich ihr Wasser selber«, gab der Taxichauffeur zurück.

»Aha«, sagte ich bedrückt, zuckte aber die Achseln. Sollte er doch tun, was er wollte, es war keine Zeit zu widersprechen. Ich freute mich, daß Joannas Motor an diesem Vormittag schon einmal gelaufen war, sie sofort ansprang und ich rasch wenden und auf die Straße einbiegen konnte. Ich trat aufs Gas, so stark ich es nur riskieren durfte, und lenkte in Richtung Glen. Der Weg schlängelte sich und war holperig, lose Steine flogen auf und knallten mit beunruhigender Häufigkeit gegen die Unterseite des Wagens, die Kurven waren nervenzerfetzend, doch Joanna umrundete sie so geringschätzig wie ein Vollblutpferd auf vertrautem Gelände, und endlich erreichten wir die Stelle, an der sich die Spur zur winzigen, geschützten Bucht erweiterte. Es herrschte größte Ebbe, und oberhalb des Brandungssaums stand auf »Beinen« ein Fischerboot im Trocknen, unter dem zwei Männer im Arbeitsanzug hockten und eifrig Muscheln vom Kiel kratzten. Sie waren viel zu vertieft in ihre Tätigkeit, um mein Auftauchen wahrzunehmen, und zweifellos hatte das Rauschen des Meeres Joannas Motorengeräusch gedämpft. Ich wendete den Wagen und rannte an den Strand hinunter.

»He, Sandy«, rief ich den Bräutigam an und rang nach Luft vor dem starken Geruch nach Fisch, Tang und Teer, der das Boot umgab. »Du wirst schrecklich spät zu deiner Trauung kommen.«

»Großer Gott!« entfuhr es einer der Gestalten, die sich unter dem Boot vorwälzte. »Die ist doch nicht heut, oder?«

Sandy, ein schlanker, braunhaariger Bursche mit einem Schnurrbart, der ihn aussehen ließ, als hätte er soeben von einem Igel abgebissen, starrte ungläubig erst mich, dann den anderen im Arbeitsanzug an, der unter dem Heck vorgekrochen kam. An ihren Mienen war deutlich zu erkennen, daß sie die Hochzeit vergessen hatten.

»Ich wollt heut noch den ganzen Boden machen«, murmelte Sandy und starrte bedauernd seinen halb abgekratzten Bootsrumpf an.

»Den ganzen Boden werden eher die anderen mit dir aufputzen, wenn du auf deiner Hochzeit nicht erscheinst«, drohte ich ihm lachend.

»Tja, dann muß ich wohl.« Er wandte sich verzweifelt an seinen Mitarbeiter. »Du mußt dableiben und den Boden allein weiterkratzen«, sagte er.

»Aber ich muß doch mit. Ich bin dein Brautführer«, gab der zu bedenken.

»Hochzeit hin, Hochzeit her, wir können das Boot nicht so der Flut lassen«, wandte Sandy ein.

»Vielleicht könnten wir vor der Flut wieder hersausen«, meinte der Partner hoffnungsvoll.

Sandy schien kurz zu überlegen, ob es schicklich sei, wegen eines Bootes von der eigenen Trauung wegzulaufen.

»Nein, das schaff ich vielleicht nicht«, sagte er, und man hörte deutlich, welch großer Versuchung er ausgesetzt gewesen war.

»Du bleibst am besten da und machst es allein.«

Widerstrebend fügte sich der Brautführer in sein Martyrium, und ich fing an, den unschlüssigen, teerverkleckten Bräutigam in Joanna zu nötigen. Wieder fuhr ich in verwegenem Tempo durch das Glen, und um zehn Minuten vor drei taumelte der mittlerweile sehr nervöse Sandy aus dem Wagen in die Arme seiner Familie, die ihn auf der Schwelle erwartete. Seine Mutter hielt die Hochzeitshose, seine Tante hielt sein Hemd und seine Großmutter die Jacke, sein Vater, ein von Rheuma fast verkrüppelter Alter, hielt sich bescheiden im Hintergrund und bot ihm Kragen, Krawatte und Schuhe. Draußen auf dem Weg zappelte der Taxichauffeur, Haar und Hemdbrust voller Heuhalme, neben seinem Luxusmodell. Wie die Familie es fertigbrachte, Sandy in seinen Hochzeitsanzug zu kriegen, ahne ich nicht – ich hatte damit zu tun, Joanna um das Taxi herum zu manövrieren –, doch bei der Heimfahrt sah ich flüchtig, wie der Bräutigam zum Bach rannte, mit beiden Händen krampfhaft die Hose festhaltend, gefolgt vom Taxichauffeur-Kuhversorger, der ein Paar Hosenträger und ein Handtuch schwenkte. Ich hatte gerade vor Morags Haus angehalten und war aus dem Fahrersitz geklettert, da kam das Taxi auf vollen Touren unter fröhlichem Hupen vorübergesaust. Aus einem heruntergekurbelten Fenster flatterte ein weißes Herrentaschentuch: eine Anerkennung meines Beitrags zur Festveranstaltung.

Mir blieb nur noch, mich ordentlich anzuziehen, und mir war klar, daß selbst wenn das verspätete Eintreffen des Bräutigams die Trauung verzögern sollte, ich immer noch Glück hätte, wenn ich die Zeremonie nicht ganz und gar verpaßte. Mit ungeschickten Fingern zog ich mir mein Kostüm an, und nach einem raschen Rundblick in der Küche, ob auch alles in Ordnung war, hastete ich wieder zu Joanna. Gerade setzte ich mich zurecht, da rief mich aus einiger Entfernung eine Stimme an. Kochend vor Ungeduld wandte ich den Kopf, spähte um die Wagentür und sah den rheumatischen Bräutigamvater wakker den Hügel heraufkeuchen. Atemlos, die gerunzelte Stirn schweißüberströmt, erreichte er den Wagen und ließ sich mit einem kläglichen Japsen gegen ihn fallen.

»Wollen Sie mit zur Hochzeit?« fragte ich.

»Nein«, pustete er betrübt, »einer muß dableiben und auf die Kühe aufpassen.«

»Sagen Sie bloß nicht, Sandy hat den Trauring vergessen«, soufflierte ich ihm.

»Nein, nein. Schlimmer.«

»Schlimmer?«

»Das da hat er liegenlassen«, verkündete der Alte ernsthaft und zückte ein kleines, in weißes Tuch gehülltes Päckchen.

»Was ist denn das?« fragte ich argwöhnisch.

»Sein Gebüß«, erwiderte er, »und ohne Gebüß kann er doch nicht heiraten.«

»Aber das ändert doch nichts«, tröstete ich, doch der Alte richtete sich sehr gerade auf und spuckte unerwartet heftig aus.

»Für *sie* schon«, sagte er. »Ewig sitzt sie ihm im Genick, er soll seine Zehnen anziehn, und wenn er jetzt ohne Zehnen zur Hochzeit kommt, wird diese Hexe bestimmt mitten in der Kirche Krach schlagen.« Wieder spuckte er aus. »Sie nehmen sie ihm doch mit, ja?« schmeichelte er, und in seiner Stimme lag ebensoviel Besorgnis wie Dringlichkeit. »Und eilen sich, ja?«

Ich nahm das Taschentuchbündelchen und legte es auf den Beifahrersitz, sagte dem alten Mann Lebewohl und legte den Gang ein. Joanna jaulte den Hügel hinauf. Nach ein paar Kilometern begann mir das Humoristische der Situation aufzugehen, doch noch ehe ich hätte lachen können, erschien eine wild gestikulierende Gestalt mitten auf dem Weg. »Da hat man jemand vergessen mitzunehmen«, murrte ich vor mich hin und bremste. Ein alter Mann, in keiner Weise passend für die Hochzeit angezogen, trommelte mit so unempfindlichen Fingern an die Scheibe, als seien es Kegel.

»Ach, ist das heut kalt, kalt, kalt«, begann er im Plauderton, als ich das Fenster herunterließ.

»Stimmt«, sagte ich kurz. »Aber ich bin wahnsinnig in Eile. Was wollen Sie?«

Er schien leicht gekränkt über meine Schroffheit. »Fahren Sie durchs Dorf?« erkundigte er sich und lehnte sich mit dem Ellbogen auf die Wagentür.

»Ja. Bitte sagen Sie mir, was Sie wollen«, antwortete ich gereizt.

Von meiner Reaktion erschreckt, entwickelte er eine gewisse Arroganz.

»*Sie* will wissen, ob Sie ihr 'n Huhn zur Post bringen.« Er nickte herablassend in Richtung eines Hauses, in dem »sie« zu wohnen schien.

»Ich kann keine Sekunde länger warten«, sagte ich, einen Fuß schon auf dem Gas, den anderen auf der Kupplung. »Wenn es wirklich fix und fertig ist, nehme ich es mit.«

»Sie rupft's gerade«, sagte er gelassen. »Wollen Sie nicht ein Momentchen reinkommen?«

»Na, hören Sie mal«, erwiderte ich außer mir. »Ich bin unterwegs zu einer Trauung und muß rechtzeitig dort sein, denn hier –«, ich zeigte auf das Bündelchen, »ist das falsche Gebiß des Bräutigams, und ohne kann er nicht heiraten.«

»Kann er nicht?« erkundigte sich der Alte.

»Nein«, sagte ich kurz und bündig.

In seinem Gesicht mischten sich jetzt Mitleid und Neugier. »Wieso kann der nicht ohne seine Zähne heiraten?« wollte er wissen, zwinkerte mir dann anzüglich zu und meinte: »Er wird sie doch nicht heiraten, nur um sie zu beißen, oder?«

Ingrimmig hieb ich den Gang herein, und Joanna tat einen Sprung wie eine empörte Jungfrau, während der Alte über seinen eigenen Witz lachend zurückblieb. Zwar hatte dieser Halt nur wenige Sekunden gedauert, aber ich verzweifelte allmählich daran, rechtzeitig in die Kirche zu kommen. Ich fuhr, wie ich kaum je vorher gefahren war. Der Minutenzeiger der Uhr am Armaturenbrett schien fast genauso zu rasen wie der Wagen und zeigte auf beinahe halb vier, als ich vor der Kirche hielt. Ich überlegte, wie ich Sandy das kostbare Bündelchen zukommen lassen könnte, und hastete zur vordersten Bank. Als ich stehenblieb, um die Lage zu überprüfen, hörte ich den Pfarrer den Gottesdienst mit einer Stimme beginnen, die an Zauberdämonen der Pantomime denken ließ. Meine Hoffnung sank, stieg aber wieder, als ich feststellte, daß die Zeremonie eben erst begonnen hatte und bis zum verhängnisvollen Augenblick noch einige Minuten blieben. Verstohlen schlich ich mich am Seitenschiff entlang zur vordersten Bank, vor der das junge Paar, die beiden Brautjungfern, der Pate und der Taxichauffeur Aufstellung genommen hatten. Letzterer, der schon als Kammerdiener, Fahrer und Kuhversorger gedient hatte, war nun auch noch in die Rolle des Trauzeugen gezwungen worden. Ich tat einen tiefen Atemzug und wurde durch das Aroma daran erinnert, daß Sandys Toilette in der Tat nur unzulänglich gewesen war – die ganze Kirche roch nach Fisch, Tang und Teer –, und ohne mich um die leicht befremdeten Blicke der Erstbänkler zu kümmern, drängte ich mich zwischen sie. Die leichte Unruhe ließ den Pfarrer aus dem Gebetbuch aufblicken und einen forschenden Blick auf mich richten. Ich starrte mit tiefer Andacht auf das Betkissen zu meinen Füßen. Behutsam stupste ich meine Nachbarin an und zischelte: »Hier sind Sandys Zähne. Geben Sie sie weiter, aber lassen Sie sie um Gottes willen nicht fallen.« Mit angehaltenem Atem sah ich das weiße Päckchen die Bank entlang weiterwandern und ein fast unhörbares »He«, sagte mir, daß es schon fast sein Ziel erreicht hatte. Der Taxichauffeur tat einen Schritt rückwärts, griff wiederholt hinter sich ins Leere, trat wieder vor, und nach einer kaum wahrnehmbaren Bewegung seines Arms waren die Zähne sicher in Sandys Tasche. Es war eben noch rechtzeitig.

»Willst du diese Frau …«, begann der Geistliche. Sandys Hand fuhr in die Tasche und dann zu seinem Mund. Er schien ein ausgedehntes Gähnen zu unterdrücken. »… bis der Tod euch scheidet«, schloß der Geistliche. Der Adamsapfel des Bräutigams stieg und fiel zweimal.

»Ich will«, sagte er fest.

Als die Spannung nachließ, sank ich in mich zusammen, so gut ich es konnte auf dem wenigen Raum, den die gut gepolsterten Verwandten mir auf der Bank ließen. Der Geistliche schlug sein Buch zu, und die Organistin, eine winzige Frau mit rundem, rosigem Gesicht und eng anliegenden Zöpfen unter einem mit Kirschen schwer überladenen, blauen Strohhut, begann sich plötzlich zu krümmen wie eine Makrele am Haken, während ihre kurzen Beinchen die Pedale bearbeiteten. Fast noch ehe der Choral angesagt wurde, wieherte die Orgel mit den ersten Takten von ›In Eden sprach die Stimme ...‹ los, in die die Versammlung lustlos einstimmte. Am Schluß des Gottesdienstes verschwanden die Hauptpersonen in der Sakristei, und sobald die Tür sich hinter ihnen geschlossen hatte, warf die Organistin ihre hochhackigen Schuhe ab und fing an, ihre Füße zu massieren. Die Gemeinde begann eine murmelnde Unterhaltung, in deren Verlauf sie eine Reihe respektvoller Kommentare über mein spätes Erscheinen und dessen Anlaß abgaben. Meine Erklärungen erregten solches Interesse, daß sich binnen kurzem eine ganze Menschenmenge um mich sammelte, die weitere Einzelheiten hören wollte. Selbst die kleine Organistin näherte sich auf Zehenspitzen und in Strümpfen und lauschte meiner Geschichte. Ich war gerade an dem Punkt, wo der Alte gewünscht hatte, ich solle auf das Huhn warten, als ohne Vorwarnung die Tür zur Sakristei aufflog und das glückliche Paar herauskam, beide bis zu den Backenzähnen grinsend. Die Gäste kehrten auf ihre Plätze zurück, und die Organistin flüchtete nach einem entsetzten Blick zur Sakristei wieder an die Orgel und bemühte sich vergeblich, die Pedale zu erreichen. Die Braut, die darauf wartete, die triumphalen Klänge des Hochzeitsmarsches zu hören – und dafür bezahlt hatte –, blickte fragend auf die stumme Orgel, unter der eine zerzauste kleine Gestalt verzweifelt ihre Schuhe suchte. Der errötende Bräutigam, die Arme steif, die Fäuste fest geschlossen, studierte intensiv seine Füße, während sich im Hintergrund der Geistliche verstohlen mit dem Ärmel über den Mund wischte.

Ich schlüpfte hinaus zum Wagen, um meine Kamera zu holen, und stellte fest, daß der Regen nicht mehr drohte, sondern bereits in spontanen Schauern niederging. Kaum hatte ich Stellung bezogen, erschienen Brautpaar und Gefolge in der Kirchentür, verspätet begleitet von einem fürchterlichen Mißton der Orgel, der gut zur Harmonie der orangegelben und rosaroten Brautjungfernkleider paßte, die zwar gewaschen, aber nicht gebügelt worden waren.

Die Musik nahm ein jähes Ende, und fast gleichzeitig kam die energische, aber leicht zerzauste Organistin durch die Kirche gesaust, noch immer auf Strümpfen. Sie trug in der einen Hand eine überdimensionale Tüte von etwas, was ich für Konfetti hielt, in der anderen den kirschenüberladenen Hut. Ich brachte meine Kamera in Anschlag, beschwor die Gäste, etwas von der Gruppe wegzutreten, machte ein paarmal Klick und nickte, als ich fertig war. Ich hätte gewünscht, daß Reis oder Konfetti zur Hand gewesen wären, doch ersterer war dem Krämer ausgegangen, letzteres hatte er nie geführt. Neben mir entdeckte ich den alten Murdoch.

»Seit Wochen heb ich die Eierschalen auf. Gibt kein beßres Konfetti als zerdrückte Eierschalen«, belehrte er mich, während er eine erste Faust voll auf die Neuvermählten schleuderte. Die Organistin schüttete reichlich aus ihrer Tüte in die ihr ungeduldig hingestreckten Hände der weniger gut Ausgerüsteten. Ich sah, daß es kein Konfetti, sondern Grieß war. Daß man für Pudding Reis durch Grieß ersetzen kann, genügte offenbar, um ihn auch als Ersatz für Reis bei Trauungen zu benutzen. Die Hochzeitsgesellschaft bahnte sich einen Weg zum wartenden Taxi durch ein Gemisch aus Puddingzutaten und Glückwünschen, und unter ihren Schritten knirschte es, als liefen sie über frische Asche.

Als die Taxitür hinter ihnen zuknallte, durchbrach ein schriller Zuruf die Abschiedsworte, und als wir uns umsahen, kam Lachy auf uns zugewankt, bereits leicht angeheitert. Unter munterem Hupen verließ das Taxi den Straßenrand, von innen winkte das junge Paar. Auf der Bordkante aber wippte Lachy und zeigte jubelnd auf die hintere Stoßstange des Taxis, an der ein Paar leicht zuzuordnender Schuhe baumelte. Die

Menge grölte beifällig, und die meisten liefen hinter dem Taxi her um die Kurve, in Richtung Hotel, wie übermütige Kinder. Aus den Zurückbleibenden löste sich die Organistin, ging rachsüchtig auf Lachy zu und überschüttete ihn mit einem eindrucksvollen Strom Gälisch, was der nicht im geringsten zerknirschte Adressat mit breitem Grinsen entgegennahm. Irgendwie mußte es Lachy gelungen sein, sie zu beschwichtigen, denn als ich mich vorbeugte, um Joanna anzulassen, hörte ich Schreie und Quiekser und sah die erwähnte Dame vom Schuhdieb huckepack genommen. Mit der einen Hand drückte sie den Hut auf ihre derangierte Frisur, mit der anderen hielt sie sich krampfhaft am Kropf ihres Reittiers fest, wirkte aber wenig glücklich. Sie war rührend dankbar, als ich ihr anbot, sie im Wagen mitzunehmen, und das ganze Stück bis zum Hotel schimpfte sie über Lachys Spitzbüberei.

Im Hotel begrüßte mich Morag, festlich gekleidet, rot vor Vergnügen und Küchenhitze, auf das wortreichste.

»Für neunzig Personen ist Essen vorgesehn, und hundertdreißig sind gekommen, hat die Wirtschafterin mir erzählt«, sagte sie. Zum Glück war mit Nichteingeladenen gerechnet worden, und das gleichmütige Hotelpersonal war eher erfreut als bestürzt darüber, fast ein halbes Hundert mehr abfüttern zu müssen. Bei solchen

Gelegenheiten dankt man Gott für die Natur der Gälen.

»Es sind die Männer, die die Schafe verladen haben«, fuhr Morag erklärend fort. »Sie haben zwar gesagt, sie würden's wohl nicht schaffen, aber ich glaub, sie hatten's schon die ganze Zeit vor. Jedenfalls sind sie jetzt da und bleiben auch da, wenn sie sich's nicht anders überlegen.«

Ja, jetzt waren sie da und schienen auch durchaus bleiben zu wollen: Männer, die den ganzen Tag Schafe auf Lastwagen verladen hatten, Männer, deren Anzüge von Fett und Schafdung starrten, Männer, deren Hände aussahen, als hätten sie mit fettigen Kohlen gespielt. Sie standen da, ihre genagelten Stiefel sanken tief in die Teppichböden der Hotelhalle ein, und lehnten sich müde auf ihre rauhen Hirtenstäbe, während sich ihre Hunde, verwirrt von der ungewohnten Umgebung (in der Bar hätten sie sich sicherlich heimischer gefühlt), argwöhnisch zwischen den Beinen der versammelten Gäste durchschlängelten und hin und wieder stehenblieben und ihre Herren stumm und fragend ansahen.

»Natürlich«, tönte Morags Stimme wieder in mein Ohr, »sind wir jetzt so viele, daß wir das Essen schichtlich servieren müssen.«

»Schichtweise«, verbesserte ich automatisch, aber ihre Aufmerksamkeit hatte sich bereits anderem zugewendet.

Die Gäste begannen nun am Hochzeitspaar vorbeizudefilieren, und jeder, der dem Bräutigam die Hand geschüttelt hatte, steckte ihm einen dünnen Umschlag zu. (Wie ich später hörte, machte Sandy vierzig Pfund Reingewinn bei seinem Empfang, zehn Pfund mehr, als er erwartet hatte.) Als nächstes wurde unter sorgsamer Aufsicht des Geistlichen die Hochzeitstorte von der albern kichernden Braut angeschnitten und verteilt, zusammen mit Sherry und Portwein. Die Gäste bildeten heitere kleine Gruppen, tranken verlegen den Wein in kleinen Schlucken und bemühten sich, das Tortenstück herunterzuwürgen, ohne es zu kauen – man lehrt sie in der Schule, daß dies der Inbegriff der Vornehmheit sei. Die Schafhirten, die sich zwanglos unter die passender Gekleideten mischten, umkrampften ihre Gläser mit starken, schwieligen Händen und schürzten die aufgesprungenen, trockenen Lippen, um den Wein möglichst zierlich zu schlürfen. Sie traten dabei ständig von einem Fuß auf den anderen – eine Gewohnheit, die, wie ich bemerkt hatte, allen eigen war, die aus den Hügeln stammten.

Fast jeder, dem ich in Bruach je begegnet war, befand sich unter den Anwesenden, selbst die klapprigsten Alten. Der Vorarbeiter, seltsam ungewohnt ohne die Schnur, die sonst die Knie seiner Hosenbeine zierte, hatte dem alten Farquhar den Arm um die Schultern gelegt. Der trug einen grünlich-schwarzen Anzug, dessen Taschen sich so verdächtig ausbeulten, daß ich schon meinte, er habe vielleicht seine Ratten mitgebracht. (»Nein«, belehrte mich Morag, »da sind nur die Beutel drin, damit er mitnehmen kann, was er nicht mehr runterkriegt.«) Die Onkel Hamish und Roderick äugten mit kaum verhohlener Verachtung auf den Grund ihrer leeren Gläser. Ruari und der alte Mac saßen in einer Ecke und brüllten sich Scherze zu, bis die leeren Stühle um sie her mitvibrierten. Adam der Wildhüter flegelte sich auf einen Stuhl und schnupfte zufrieden, indes sich die alten Weiber von Rhuna über seine breite, tweedverkleidete Brust hinweg Vertraulichkeiten zuschwatzten. Der Polizist, nahezu unkenntlich in Zivil, unterhielt sich angeregt mit Dugan und versuchte den betrunkenen Lachy zu übersehen, der auf Händen und Knien am Boden kroch und seine verlorene Brille suchte. Da Lachy nie in seinem Leben eine Brille besessen hatte, sah es so aus, als würde seine Suche länger dauern.

Eine Magd erschien, die das Brautpaar ostentativ übersah, und murmelte dem Geistlichen ein paar Worte ins Ohr. Der nickte verständnisvoll.

»Kommt essen«, befahl er mit mächtiger Stimme, und da er es übernahm, das Brautpaar in den Speisesaal zu führen, schlossen sich die Gäste willig an.

Das Mahl selbst war für Inselverhältnisse üppig und wurde mit einer Energie und einem Genuß verzehrt, daß man es sicherlich noch in einigen Kilometern Entfernung hätte hören können. Teller klapperten, Messer und Gabeln klirrten gegen Teller, Gläser und falsche Zähne, Stühle rückten, Mägen knurrten, Füße scharrten, Münder schwatzten und tratschten, während die Gerichte auf ihren Platten immer wieder auf eine Weise am Tisch die Runde machten, die eher an ein Rugby-Feld als an einen Speisesaal denken ließ. Am Ende des Mahles hielt der Geistliche eine lange Rede auf die Gesundheit des Brautpaares, die dem Gelächter nach sehr komisch sein mußte, aber auf gälisch gehalten wurde, so daß ich das allerwenigste verstand. Der Bräutigam weigerte sich strikt, den Toast zu erwidern, ebenso die Braut. Auch der Brautführer ließ sich entschuldigen, und da alles schon ungeduldig auf das Verlesen der Telegramme wartete, vermied der Geistliche es vernünftigerweise, mit seinen eigensinnigen Pfarrkindern zu streiten, raffte den Haufen der Glückwunschbotschaften zusammen und begann sie auf englisch laut vorzulesen.

O diese Telegramme! Noch nie in meinem Leben hatte ich solch saftige Zoten gehört. Nie hätte ich gedacht, daß ein Diener der Kirche solche Pöbelhaftigkeiten dulden, geschweige denn sich an ihnen beteiligen würde. Und doch stand er da in seinem Klerikerkragen und schwarzen Anzug und versuchte vergeblich sein Vergnügen zu verbergen, als er sie langsam und nachdrücklich vortrug. Einmal wurde der Name meiner Wirtin als Absender genannt, und da ich in diesem Moment zufällig ihren Blick auffing, sah ich sie genüßlich lächeln. Die Braut vermochte kaum ihre leuchtenden Augen vom Gesicht des Geistlichen zu wenden, außer wenn sie ihren verlegenen Ehemann in die Rippen stieß, damit er das »Humoristische« nur ja mitbekam. In ihrem keuschen weißen Gewand zeigte sie etwa soviel Hemmungen wie ein balzender Kater.

Als sämtliche Telegramme verlesen waren, kehrten wir zurück in die Halle, wo ein weißhaariger Geiger, an Jahren fast so fortgeschritten wie an Alkoholkonsum, übertrieben behutsam ein Liedchen spielte.

»Bißchen schneller, Peter«, drängte die Braut, deren Partner der Taxichauffeur-Kuhversorger-Brautführer war, da sich ihr Ehemann mit ein paar Freunden an die Bar zurückgezogen hatte. Gekränkt über die Kritik an seinem Spiel, beschleunigte der Geiger sehr stark, und die Braut mußte, um Schritt zu halten, mit der Ausgelassenheit eines Kalbs herumspringen und hinterließ überall deutliche Spuren von Grieß. Ihre Anstrengungen genügten jedoch nicht, um die einzelnen Stücke Eierschale abzuschütteln, die noch immer an den Strähnen ihres stark ondulierten Haares hingen.

Der Tanz ging – mit mehreren Erfrischungspausen – weiter bis ungefähr halb zwölf, und um zehn Minuten vor Mitternacht wurde der Ehemann aus der nun geschlossenen Bar gerettet und nach oben zu seiner Frau geschickt.

»Früher«, sagte die Uralte aus Rhuna, neben der ich jetzt saß, »blieben die alten Leute die ganze Nacht bei Braut und Bräutigam, und morgens stand die Braut auf und machte ihnen Frühstück.« Sie seufzte wehmütig.

»Und wie lang ist das her?« fragte ich.

»Ach, keine dreißig, vielleicht vierzig Jahr, wenn ich mich recht erinner.«

»War es bei Ihrer Hochzeit auch so?«

»Meiner? *Mo ghaoil*, ich war nie im Leben verheiratet«, entgegnete sie naiv.

Ich lachte laut heraus. Ich hatte sie im Lauf des Abends mehrmals gesehen und immer mit dem Glas in der Hand. Ich schob daher ihre Antwort auf zuviel Whisky.

»Ganz nüchtern sind Sie auch nicht mehr, wie?« neckte ich sie. »Sie wollen dreizehn Kinder gehabt haben, ohne verheiratet gewesen zu sein?« Wieder lachte ich.

»Aber ja doch, Miss Peckwitt, so wahr ich hier steh«, versicherte sie mir ernsthaft. »Ich war nie im Leben verheiratet und bin froh, daß ich jetzt im Alter keinen lästigen Ehemann hab.«

Ich sah sie begriffsstutzig an. »Und die Kinder?« entfuhr es mir unbedacht.

Die Alte richtete sich zu ihrer vollen Größe auf und blickte übertrieben tugendhaft zur Decke. »Die freilich«, sagte sie ehrfürchtig, »hat der Herrgott selbst ins Leben gerufen.«

»Du liebe Zeit«, flüsterte ich erschüttert und bestaunte den madonnenhaften Ausdruck dieses alten Gesichts. Es zeigte keine Andeutung von Scham oder Verlegenheit über meine Reaktion. Die Alte fuhr schlicht fort, mir auseinanderzusetzen, welch ein Segen die Kinder für sie gewesen seien. Zum Glück näherte sich jetzt eine Kellnerin mit einem Tablett Gläser, dem »letzten Tropfen auf den Weg«, und machte uns nachdrücklich darauf aufmerksam, der Whisky sei für die Männer, der Sherry für die Damen. Ohne ihren vorwurfsvollen Blick zu beachten, nahm ich mir einen Whisky. Ich hatte das Gefühl, ihn nötig zu haben.

Um weiteren niederschmetternden Enthüllungen aus dem Wege zu gehen, suchte ich meine Wirtin, und als ich sie gefunden hatte, verabschiedeten wir uns und wollten gehen. In der Tür des Hotels jedoch stellten wir fest, daß der Weg durch eine lärmende, drängelnde Schar von Hochzeitsgästen, Angestellten und Barbesuchern verstellt war.

»Das machen wir immer so nach einer Hochzeit«, erläuterte Morag. »Denen ihr Schlafzimmer ist gleich über der Haustür, und wenn die Braut das Fenster aufmacht und ihren Strumpf rauswirft, ist es Zeit, daß alle heimgehn.«

Sie hatte kaum ausgeredet, da erhob sich ein wüstes Gebrüll aus der Menge. Am Fenster darüber wurde die Jalousie hochgezogen, es erschien eine Hand, und Sekunden später segelte ein seidener Strumpf zwischen die Zuschauer und landete auf dem Polizisten, der ihn triumphierend schwenkte, ehe er ihn zusammenrollte und in die Tasche steckte. Sofort zerstreute sich der Menschenschwarm in alle Richtungen, einige Arm in Arm, fröhlich singend, andere kaum noch in der Lage, sich aufrecht zu halten.

Am folgenden Morgen hatte Morag mir Trauriges mitzuteilen. Lachy und Johnny waren im Gefängnis. Sie hatten, so hieß es, gleich nach dem Fest angefangen zu raufen, und Lachy hatte Johnny eine Whiskyflasche über den Kopf geschlagen. Das war eine schlimme Nachricht, denn Lachy und Johnny standen normalerweise wie David und Jonathan zueinander. Leider war es nur allzu wahr, wie der Polizist mir später erzählte.

»Der arme Lachy«, sagte ich. »Er hat Johnny bestimmt nicht weh tun wollen. Sie waren doch immer so gute Freunde.«

»Klar«, bestätigte der Polizist, übrigens ein sehr netter Mensch. »Genau das hat Johnny auch gesagt, als er zu sich kam. Himmel, war der böse, als er rauskriegte, daß ich Lachy eingesperrt hab. Er hat mir alle Schimpfnamen gegeben, die man sich denken kann, und noch ein paar mehr. ›Das ist mein bester Kumpel‹, hat er gesagt. ›Was‹, sag ich, ›dein bester Kumpel, wo er dir eben mit der Flasche den Schädel gespalten hat?‹ – ›Er hat's doch nicht bös gemeint, du Arml…‹, sagt Johnny. ›Hör mal‹, sag ich, ›wenn du nicht aufhörst, hier rumzumeckern, sperr ich dich gleich mit dazu‹, sag ich zu ihm. ›Ich komm schon mit, und gern auch noch‹, sagt Johnny, und bei Gott, Miss Peckwitt, der ist so schnell vorneweg, daß ich kaum nachkonnte«, schloß der Polizist.

Ich murmelte etwas Teilnahmsvolles.

»Und wir kommen aufs Revier und da – Sie haben sicher schon gehört, was er da gemacht hat?«

Ich schüttelte den Kopf.

»Reißt der Idiot den Feuerlöscher von der Wand und dreht ihn voll auf den Sergeanten und mich. Klar mußten wir ihn dann einsperrn. Was hätten wir denn sonst machen sollen?

Unsere Sachen total ruiniert«, fuhr er in gekränktem Ton fort, »und dabei hatte ich meinen besten Anzug an.«

Aus weiteren Bemerkungen schloß ich, daß es auf der Insel nur eine einzige Arrestzelle für Übeltäter gab. Die Wiedervereinigung der beiden sei, so sagte er, schlicht ergreifend gewesen.

»Und was geschieht jetzt mit ihnen?« fragte ich.

Der Polizist spitzte die Lippen. »Kommt drauf an«, sagte er. »Kostet ihn vielleicht 'n Fünfer.«

»Lachy muß sturzbetrunken gewesen sein, um so was anzufangen«, sagte ich.

»Den hätten Sie sehn sollen«, erwiderte der Polizist. »Wie ein wilder Stier.«

»Wie haben Sie ihn denn überhaupt auf die Wache gekriegt?« fragte ich, weil ich wußte, wie wenig hilfreich in einer solchen Situation die Dorfbewohner sein konnten.

»War keine Kleinigkeit, kann ich Ihnen sagen«, teilte er mir im Vertrauen mit. »Handschellen hätten wir für ihn gebraucht, weil der solche Kräfte hat, aber ich hatte keine bei mir. Wenn man auf Hochzeit geht, meint man doch nicht, daß man Handschellen braucht.«

Er warf mir einen Blick zu, als solle ich ihm das bestätigen. »Es wurde ein richtiger Ringkampf, und dabei fiel mir was ein, was ich in der Tasche hatte.« Er lächelte – es war ein verstohlenes, erinnerungsträchtiges Lächeln. »Und da hab ich ihm die Hände auf den Rücken gedreht und das Ding drumgetan. ›So, Lachy‹, sag ich, ›jetzt hab ich dir

Handschellen angelegt, du bist nämlich verhaftet.‹« Der Polizist lachte jetzt laut heraus. »Hat tadellos funktioniert, der Trick. Sanft wie ein Lamm ist er mitgegangen, beide Hände hinter sich gefaltet, als wollt er rückwärts beten. Er war nämlich noch so stockbesoffen, daß er den Unterschied zwischen Handschellen und dem hier gar nicht gemerkt hat.«

Er zog einen Gegenstand aus der Tasche, und ich erkannte ihn sofort. Ein Paar davon hatte ich in einem altmodischen Laden einer Nebenstraße gefunden: besetzt mit Rosenknospen, gesäumt mit Spitzen, geschmückt mit Puscheln aus Schwanenflaum. Die Braut war entzückt von ihnen gewesen.